云 裳 歌

蓝幽若 著

百花洲文艺出版社
BAIHUAZHOU LITERATURE AND ART PRESS

图书在版编目（CIP）数据

云裳歌 / 蓝幽若著 . -- 南昌：百花洲文艺出版社 ,2020.1
ISBN 978-7-5500-3668-0

Ⅰ . ①云… Ⅱ . ①蓝… Ⅲ . ①长篇小说 – 中国 – 当代Ⅳ . ① I247.5

中国版本图书馆 CIP 数据核字 (2020) 第 106148 号

云裳歌

蓝幽若 著

责任编辑　许　复
书籍设计　弘　图
制　　作　刘毅夫
出版发行　百花洲文艺出版社
社　　址　南昌市红谷滩新区世贸路 898 号博能中心 A 座 20 楼
编辑电话　0791-86894717
邮　　编　330038
经　　销　全国新华书店
印　　刷　郑州彩金印印务有限公司
开　　本　787mm × 1092mm 1/16　　印张 13.5
版　　次　2020 年 7 月第 1 版第 1 次印刷
字　　数　200 千字
书　　号　ISBN 978-7-5500-3668-0
定　　价　43.00 元

赣版权登字　05-2020-73

目　录

第一章　楔子

宁国皇城，是夜，风疾雨骤。

公主府的望月阁，足有五层高，楼上灯火通明，隐隐约约有丝竹声传出，廊檐下亮着的红灯笼随风左右摇摆，热闹非凡。

阁楼下，却有一个女子跪在雨中。

女子容颜绝色，只是双目无神，脸色惨白。她的怀中，紧紧地抱着一个小小的襁褓。襁褓中的婴儿小脸乌青，奄奄一息，似立马就要咽气了一般。

"云裳公主，回去吧，驸马爷不会见你的。"守在阁楼门口的，是云裳从小到大最信赖的宫女，莲心。

明明是六月的天，可这雨落在身上，却仍旧让人觉着冰冷刺骨。

她咬了咬牙，将身上的披风拉得紧了些，以免怀中的孩子被雨淋到……

是什么时候开始的呢？云裳恍恍惚惚地想着，自己信任的人竟然都一个个地背叛了自己，她的日子变得步履维艰，顶着公主的名号，过得却连个下人都不如。

许是泪早已流干了，即使心痛到了极致，却也哭不出来。

云裳抬起眼来："莲心，你我主仆十多年，我待你向来不薄。如今，我只求你，让我见见驸马，求他找个大夫来，给孩子看病，这孩子，也是他的啊……"

她的声音有些沙哑，带着深深的倦。

"公主，你求奴婢也没用啊，驸马爷吩咐了，任何人都不能来打扰他……"莲心站在屋檐下，望着雨中的女子，嘴角笑容讥诮，啧，公主呢，也不过如此嘛，不受宠的公主还不如一个受宠的丫鬟。

云裳瞧着怀中孩子脸色愈发苍白，心中痛极恨极，只伸手握住孩子的小手，猛地站了起来，朝着莲心撞了过去。

事发突然，莲心没有防备，被撞倒在地，忍不住发出了一声尖叫。云裳连忙打开阁楼的门，冲了上去。

"哎哎哎，不许上去啊，华镜公主还在上面呢……"莲心咬了咬牙，摸了摸被摔得生疼的地方，眸色渐冷，"哼，上去了又如何？你以为驸马爷和华镜公主会真的给你的孩子找大夫？呵……"

"哎呀，你不要碰那儿……"

"啊……静然，你真坏。"

有声音从屋中传来，暧昧至极。

云裳只觉着眼前一黑，手一软，几乎抱不住怀中的孩子，只连忙拽住手边的木栏杆，才勉强站稳了脚。

半晌之后，她才缓过神，用手肘推开了门。

"谁？"男子的声音尚且带着喘息，云裳瞧见床榻上飞快拉过被子盖住自己身子的两人，心中已然冷极。

见是云裳，华镜蹙着眉拉了拉莫静然的衣袖："赶紧将人打发了，莫要让她坏了我们的兴致。"

"滚！"莫静然皱眉怒斥。

不等云裳开口，莫静然便又转过了身，同身下的女子调笑着："不必理会她，咱们继续吧？"

床上的女子轻笑一声，抬脚勾住莫静然的腰，脚趾在莫静然背上轻轻摩挲着，眼睛却是看向云裳的："也好，皇妹可要瞧好了，皇姐教教你，怎么侍候好男人，如何让男人对你言听计从欲罢不能……但凡你在榻上稍稍知情识趣一些，也不至于落到如今这个地步不是？"

莫静然眼中升起一团火，身子猛地一动，身下的女子便发出一声："啊……"
声音娇媚无比。

随后，屋中便响起了一片喘息声。

云裳只觉得，心中似是有人拿着利器，一刀、一刀……她恍惚中能听到伤口裂开的声音。

这便是自己亲自选的驸马，这便是自己一直崇敬着的皇姐。

云裳闭上眼缓了半晌，才睁眼看向怀中孩子，孩子的眼神似乎有些涣散了。

云裳心中焦急，眼中流下一行泪来："驸马，皇姐，求你们，求你们救救我的孩子，他快要不行了，求你们了……"

"吵吵闹闹的烦不烦啊？"莫静然正在兴头上，被云裳这么一打扰，心中烦躁至极，站起身来快步走到云裳跟前，伸手便从云裳怀中将孩子抢了过来，看也没看，"不行了是吧？不行了你还带过来做什么？不如直接扔了算了！"

说着便抱起了孩子，打开窗户，猛地扔了出去。

"不！"云裳大惊，被震得脑中似是炸开了一般，一片空白，好半晌才缓过神来，转身就要冲出门。

"孩子……我的孩子……孩子！"声音几乎嘶哑。

只是华镜已经披衣堵在了门口，手中还拿着一把剑，剑尖冷冷地指着她的脸："皇妹想走？哎呀，今儿个不知道怎么回事，总瞧着皇妹这张如花似玉的脸太过粉嫩，真想划上几刀，看会变成什么样。"

云裳早已经心乱如麻，见华镜眼中的奚落和嘲讽，几乎不假思索地哭求："只要放了我，皇姐想怎么处置云裳都成，都成！"

华镜眯了眯眼，抬起拿着剑的手，让剑尖从那娇艳却惨白的脸上划了过去。云裳只觉得脸上传来火辣辣的疼意，只是，想到孩子，便咬紧了牙关，一声不吭。

华镜顿觉有些无趣："连哭都不会，真是无趣呢。"

说罢便侧了侧身让开了路。

云裳不管不顾地朝着门外冲了出去，脚下一滑，便从阁楼的楼梯上摔了下去。

疼……

强忍痛意站起身来，跑出门外。

她的孩子躺在地上，安安静静地，没有哭闹。只是脑袋上有血流了出来，被雨水冲刷着，蔓延了开来。

云裳慌忙将孩子抱了起来，嘴里喃喃道："没事的，没事的，我的桓儿没事的，娘这就带你去找太医，找太医，娘这就带你去，就是拼了这条命，我也会带你去找太医，找大夫。我的桓儿会好好的……"

说着便将孩子抱在自己的怀中，冲出了院子。

"她不会真去找太医去了吧？"莫静然站在窗口，望着云裳跑远，消失在雨帘之中，才有些担忧地道。

身后有温温软软的身子靠了过来："静然不用怕，这公主府不是早就被你守起来了吗？她出不去的，且即便是出去了，进了宫也无用，她早已经失了父皇的宠爱。且如今父皇去秋狩未归，压根不在宫中，她只能去找母后，可是，母后是本公主的母后，却不是她的……"

莫静然一颗心落了地，只转身猛地抱起身后的女子，往榻上走去。

"啊……"华镜发出一声带着几分媚意的惊呼:"静然,你真坏……"

"皇后娘娘,云裳公主来了。也不知道究竟发生了什么,奴婢瞧着,她的身上都是血呢……"宫女急急忙忙地跑进内殿,对着坐在铜镜前选簪子的华贵妇人禀报着。

皇后皱了皱眉:"镜儿不是说,云裳被关在公主府了么?怎么跑到本官这里来了。"

正说着,便听见云裳带着哭腔的声音传来:"母后,母后,救救桓儿,救救桓儿。"

皇后转过头,便瞧见一个浑身湿透的女子跑了进来,脸上一道可怖的伤痕,森森的,连骨头似乎都能看到。她松开披风,披风下抱着的孩子早已没有了呼吸,血流了一路。

"救什么救,他分明都没得救了。"皇后漫不经心地拨弄着放在梳妆台上的一排发簪。

"不会的,母后,桓儿好好的,求母后救救桓儿,求母后传太医救救桓儿。"云裳双目通红,只连忙跪下,朝着皇后磕了好几个头。

皇后抬起眼,朝着站在门口的宫女使了个眼色,才道:"绣心去传个太医吧,顺便让人给云裳公主端杯酒来,暖暖身子。"

那宫女连忙退了出去,不一会儿便端了一杯酒上来,皇后笑着看向云裳:"裳儿先坐吧,本官已经叫人请太医去了,你先喝杯酒暖暖身子,莫要等桓儿好了,你却倒下了,你还得照顾桓儿呢。"

云裳依言坐了下来,嘴里喃喃道:"对,我不能倒下,倒下就没有人照顾桓儿了,没有人了……"

说着便伸出带血的手取过酒杯,仰头喝了下去。

皇后这才笑了笑:"这才是好孩子,本官最讨厌有人弄脏本官的栖梧宫了,你还敢带着个死了的孩子过来,晦气……"

云裳一愣,不明白皇后为何突然变了语气,却觉得自己腹中一阵绞痛,痛得自己直不起身子。

"娘娘,毒药好似发作了呢?"一旁传来一个轻柔的声音,云裳记得,这是母后身边绣心的声音。

"母后……"云裳皱了皱眉,"母后……"

"本官可不是你的母后,你的母亲早就死了。"皇后的声音冷若冰霜,"本官本不想杀你,看着你痛苦地活着本官也很高兴,可惜,你弄脏了本官的栖梧宫。"

云裳听着皇后的话,心中痛极,有泪水滑落,她却忍不住哈哈笑了起来:"我果真是天底下最蠢的女子,信了你,信了华镜,信了莫静然,却没有想到,我信着的人,竟然这般对我，你们好狠啊……哈哈哈，我宁云裳，即便是死也不会放过你的……不会。"

云裳尚在说着话，便猛地吐出了一口血，而后再也支撑不住身子软软地倒在了地上："如果有来世，我定然会寻到你们，报仇，报仇……"

话音还未落，抱着孩子的手已经松开了。

皇后身旁的宫女弯下腰将手放在云裳鼻尖探了探："娘娘，死了……"

皇后笑了笑，转过身子，拿起一支凤凰簪子，声音幽幽："死了啊，那便拖到西郊的密林里面，喂狗吧……"

第二章　大梦已觉

夏日，蝉鸣阵阵，宁国皇宫中霓裳殿的廊檐下，立着一个太监和一个宫女。

青衣宫女眉头轻蹙，眼中写满了担忧："你说这公主到底是怎么了？自从那日醒来之后就跟没了魂儿似的，每日话也不怎么说，总坐在镜子前面发呆，晚上还老做噩梦。想来是这回从这么高的地方摔下来，吓到了吧？"

那太监闻言，连忙四处看了看，才凑到那青衣宫女耳边道："莲心姑姑，你说，公主会不会是中邪了啊？我尚未入宫的时候，姐姐家的孩子溺了水，救过来之后也是那样痴痴呆呆的，不哭不闹也不说话。后来请了道士来，道士就说是碰到了不干净的东西，做了法之后就好了，跟没事儿人似的。你看……公主像不像……"

莲心仔细想了想："本来也不觉着，听你这么一说，倒还真的有些像。可请人做法这种事情可是大事，我们也做不了主，得向皇后娘娘禀报才是。但皇后娘娘因为公主摔伤之事，自己向陛下请了个照顾不周之罪，将自己关在栖梧宫中思过已经三日……"

那太监"嗯"了一声，顿了顿，才道："说来，咱们公主也并非是皇后娘娘亲生，皇后娘娘却这般尽心尽力地照料着。此番公主摔伤明明是因为自个儿顽皮，娘娘却专程去请罪，娘娘这心胸气度，倒也真的没几个人能够及得上。怪不得都说咱们皇后娘娘贤良淑德，天下无双呢。"

两人正谈论着，却总觉着身后似乎有人，两人回过头，就瞧见一个小人儿，穿着一袭粉色衣衫，赤着脚站在他们身后不远处，却正是他们方才谈论之人——

云裳公主。

两人急急忙忙向那小女孩行礼："见过公主。"

莲心心细，连忙问着："公主怎么出来了？可是被蝉声吵得睡不着觉了？奴婢已经吩咐了宫人去将殿中的蝉都给抓了，很快就能安静下来了。"

云裳点了点头，看了眼院子里正举着竹竿捕蝉的宫人，没有说话，转身又进了内殿。

方才那太监的话她是听见了的，贤良淑德？天下无双？

云裳嘴角泛起一丝冷笑，那笑容挂在她那张小小的脸上却显得实在有些不符。

回到内殿，云裳便又坐到了镜子前，镜子里映照出一张八九岁的女童的脸，小小的，乖巧精致。

云裳抬起手摸了摸自己右边的脸庞，她此前从高处摔下，昏迷不醒几日，做了一个很长很长的梦。

梦里，这里，被人划了一道深深的口子，那个人，是她一直从很喜欢的姐姐，是皇后娘娘的亲女儿，是传闻中才貌双全的华镜公主呢。

华镜的驸马是将军，二十余岁就战死在边关，自己可怜她年纪轻轻失了夫婿，将她接到自己府中，却不想她借机勾引自己的丈夫……还让她亲眼看着她与自己的丈夫苟合。

而她深爱且信任的丈夫，竟然当着她的面，将他们的孩子从阁楼上扔了下去。

孩子，她的孩子……

回忆到此处，云裳只觉着心痛若狂。

而在自己受到了那样残忍的对待之后，那个被自己视作亲生母亲一般尊敬的皇后娘娘，却骗自己喝下了毒酒。

云裳闭上眼，将所有情绪掩藏在自己的眼眸之中。

那个梦太真实了，真实到她几乎以为自己会带着愤恨就那般死去，却不想一觉醒来，发现自己还是七八岁的模样。

原本以为只是一场单纯的梦，却发现，梦里经历过的一切，却似乎和自己正在经历的，一模一样。

梦里的自己也是在这个年纪的时候摔伤过一次，而后昏迷了好几天，醒来之后便听闻皇后娘娘贤良淑德，去请了罪受了罚。

自己在梦里对这个不是自己的亲娘，却对自己万般维护的皇后娘娘十分感激，对她愈发信任，可以说得上是言听计从的，却不曾想，一切都是皇后与华镜设下的一个局，一个极大的局……

云裳的亲生母亲曾与父皇青梅竹马，后被封为锦妃，只是不知道为何触犯了父皇，便被打入了冷宫，自己也被皇后娘娘抱养了。

皇后对云裳十分宠爱，事事顺从着，渐渐地云裳便变得跋扈了起来，什么都不放在眼里，总是闯祸，变得越来越不可理喻。

也因此，连原本宠爱她的父皇也对她失望至极。她刚及笄，便让她选了自己喜欢的驸马，将她嫁了出去。

原本以为，嫁给自己喜欢的男人就会幸福了，却不曾想，成亲之后的一切却与她此前所想全然不同，原本待她极好的驸马开始流连秦楼楚馆，婆婆对自己亦是百般刁难，她入宫想要向父皇诉苦，父皇却压根不愿意见她，皇后也只无关痛痒地宽慰几句……

此前自己尚且不觉，可因为那一场真实得连细节都十分清晰的梦，却让她对自己如今正经历着的这一切遍体生寒，总觉着透着诡异。

那个梦，是不是冥冥之中上天给她的预示？

呵……

云裳咬了咬牙，不管那一场梦是真还是假，她都得要杜绝那些事情再次发生……

"云裳妹妹，云裳妹妹……"门外突然传来一个清脆悦耳的声音，接着便响起了一片行礼的声音："华镜公主万福金安。"

云裳一惊，猛地站起身来，却一不小心碰到了梳妆台，梳妆台上的东西落了一地。

云裳被东西落地的声音惊醒，才惊觉自己似乎反应得有些过度了。

即便是适应了两三日，自己听见华镜的声音，也总让她想起梦里华镜那张美艳而狰狞的脸，心中仍旧无法平静。

"妹妹……"一个紫色身影已经跑了过来，在云裳面前站定，拉着云裳的手上上下下打量了一番："妹妹身子有没有好些？还没好完全呢，怎么就光着脚这样站着？虽然天气有些热，可是地上有地气的，赤脚踩着也还是对身子不好的。"

华镜说着便又转过头吩咐跟在后面的宫女："莲心，你赶紧去给妹妹拿双鞋子来穿上啊，怎么照顾主子的？"

云裳从华镜进来的时候便一直在打量她，虽然比梦中年岁小些，可是梦里那个长大后的华镜面貌却是没有变的。

这般体贴入微的模样，也难怪梦中的自己会对她那般信任，全然不曾料到，她竟能做出那些事情来，倒果真是知人知面难知心啊……

莲心正要去拿鞋子，云裳却冷着脸挣脱了华镜的手，径直走到了床榻边上了床，而后翻了个身，背朝着她们躺下了。

华镜面子上有些挂不住，强撑着笑了笑："妹妹要睡了吗？那我就不打扰了。"

隐隐约约听见有些声响，应该是华镜带着莲心出了寝殿，而后便有小声的说话声在外间响起，是华镜在问："妹妹这是怎么了？可是身子还不舒服？"

"奴婢也不知道是怎么了？自从公主摔倒昏迷了两日醒来之后，便这个样子了。常常一个人发呆，也不说话。奴婢方才还在同小安子说呢，也不知道是不是碰到了什么不干净的东西，正想着去同皇后娘娘禀报一声，请个得道高人来驱驱邪呢。"

外面安静了片刻，才听见华镜若有所思的声音传来："本公主这就跟母后说去……"

而后外面便没有了声响，想来是都已经走了。

云裳闭上眼，慢慢平复自己的心情，想要不让梦中的情境重演，就得要学会面对，学会作戏，不能让华镜和皇后发现端倪。

只是自从她被皇后抱养之后，身边的人都是皇后派来的，一个也不值得信任，在这宫中，若是连一个能够信任的人都没有，那将是寸步难行的……

谁能帮帮她呢？

云裳猛地睁开眼，倒是有一人，应该是她如今唯一能信任的了。

只是不知道，她会不会帮自己……

第三章　只身薄裳寒

夜深人静，一个小小的身影悄悄推开了霓裳殿的门，裹紧了披在身上的黑色披风，冲入了夜色之中。

小人儿穿过大半个内宫，来到一处较为偏僻的宫殿门口，敲响了门。

敲了好一会儿，门里才传来一个带着几分苍凉的声音："谁呀？来了。"

门"吱呀"一声打开，里面探出一个脑袋来，是一个穿着灰色布衣的嬷嬷。云裳将自己的披风兜帽掀开，抬起脸望向那个嬷嬷……

"云裳公主？公主你怎么这个时候来了？"那嬷嬷脸上是掩饰不住的惊讶，只飞快左右瞧了瞧，将云裳拉了进去。

这殿中荒凉得紧，一口井，一棵树，便再无他物，只是收拾得还算干净，云裳之前的时候从未曾进过这儿，此时细瞧之下，只觉得眼眶有些难受。

屋子里有昏黄的灯光透出来，云裳脚步顿了顿："你们还没睡？"

嬷嬷自她进门便一直在小心翼翼地细细打量她，此刻听她问话，才垂下头低声回答道："没有吃的了，主子说连夜做些衣服来给尚食局的太监们送去，换些吃食。"

云裳抿了抿唇，也不再言语，走在前面，推门进了屋。

屋中坐着一个女子，一身布衣一支木簪，却仍觉得清丽非常。

此刻那女子正凑在一盏油灯前绣着东西，听见推门的声音，那女子头也不抬，只低声问道："郑嬷嬷，这么晚了，是谁在敲门啊？"

云裳只觉得鼻尖有些酸，两步走上前，跪倒在地，声音亦是忍不住地带上了几分哽咽："娘……女儿对不起你……"

在那个梦中，她自觉在皇后那里十分受宠，对自己有一个被关在冷宫中的亲生母亲之事十分忌讳，不允许旁人在她跟前提起任何有关她生母之事，每当听人说起她的母亲之时，便总一脸高傲地道："本宫身份高贵，本宫的母亲自然是母仪天下的皇后娘娘，怎么可能是那般下贱的锦妃？"

如今想来，真可谓是字字诛心。

那女子听见声音，急忙抬起头来，见着云裳亦是一呆，而后才有些慌乱地站起身来："云裳？你是云裳。"

云裳苦笑一声，点了点头，自己自幼与母亲分别，连母亲都不太认得她了。

云裳还未说话，锦妃已经急忙伸手将她扶了起来，责备道："你这孩子，怎么大半夜的还跑出来？也不穿鞋，冻着了怎么办？"

明明只是普普通通的两句话，云裳却只觉着鼻尖一酸，再也忍不住落下泪来。

血脉亲情永远是割舍不掉的存在，便是她们母女分离七八年，再次相见，母亲第一眼瞧见的，却仍旧是她光着的脚。

再想起梦里自己那个刚半岁就被亲爹摔死了的孩子，云裳心中愈发酸涩，泪落得愈发厉害。

锦妃一见云裳哭便急了，连忙抬起手帮她擦干净眼泪："怎么哭了，她们对你不好吗？可是我明明听说，皇后对你视如己出啊？"

视如己出？

好一个视如己出啊！

云裳抬起手咬了咬牙，浑身都在打着战："娘，女儿过得不好。她们表面上对我好，可是暗地里却用尽各种手段让我变得越来越不好，她们宠着我，让我渐渐变得娇纵跋扈，让我越来越没用……"

"我身边的每一个人都是皇后派来监视我的，他们每天都在我耳边告诉我，皇后娘娘对我多好。又每日同我说，华镜公主又被太傅责罚了，又被罚抄字罚练琴了，我听闻之后，就会觉着太傅太过严苛，心中惧怕无比，不想去进学。"

"这个时候，皇后就会告诉我，我不想去便可不去，我是她最为宠爱的女儿，她舍不得让我受一丝委屈。"

"身边若是有宫人一不小心出了错，那位平日里温柔亲切的皇后娘娘就会同我说，那些宫人做错了事情，尽管打就是，打死了母后也给你撑腰。娘，你觉着，这样下去，女儿好得起来吗？"

"女儿如今已经八岁了，琴棋书画，样样不识，嚣张跋扈苛待宫人的名声前殿后宫人人皆知。而与之相反，华镜公主，却已经在皇城中美誉无数，道她六艺皆精才华横溢，传她温柔动人亲切体贴……"

锦妃骇然，这些事情，却从未有人同她说起过。

捧杀！

这是捧杀！

她断然没有想到，这样的招数，皇后竟会用在一个才几岁的孩子身上，会用在她的骨血身上。

锦妃睫毛微湿，沉默了半晌才开了口，嗓音沙哑："是我害了你。"

外面隐隐约约有钟声传来，云裳急忙起身："娘，我就是来看看你，我得走了。前几日我从石头上摔了下来，昏睡了两日，醒来之后，我故意说我每天晚上都会做噩梦，不许太监宫女靠近，发出脚步声我就怒斥他们。这几日，终于没有人敢在我睡觉的时候过来查看了，我这才得了空子跑出来。"

"若是早起的宫人发现我不见了，会连累娘亲的。"

云裳说着，转身就要走。

"裳儿……"身后传来锦妃的声音。云裳眼神暗了暗，取下手上带着的金镯子，转身将镯子塞到了锦妃手中："娘，女儿出来得匆忙，没带什么东西，你先把这个拿去换些吃的，这宫中的奴才都是捧高踩低的，娘受苦了。过些时日女儿再找机会来看娘，多给娘亲捎些东西过来。"

说完便重新戴上披风的兜帽转身冲进了夜色中。

锦妃目送着云裳的背影离去，跌坐在凳子上，良久也没有说话。

倒是郑嬷嬷开了口："主子，云裳公主这？"

锦妃抬起眼，眼中带着泪："嬷嬷，我是不是太任性了？当初不想看七郎将一个个妃子接进宫，不想看着他与别的女人恩恩爱爱，所以躲到了这儿图清净。这么些年，日子清清苦苦的，也熬过来了。可是，却忘了，云裳还那般小，她终究是我的亲生骨肉啊。"郑嬷嬷沉默了片刻："主子，这后宫之中本就万分险恶，主子自小便不屑这些纷争，看不过去也是正常。主子住进这儿之前，也给过一些人恩德，明儿个一大早我就去找个信得过的人前去保护公主，有个人跟在公主身边总归要好些。"

锦妃点了点头，坐在椅子上，却有些心不在焉。

黑暗之中，刚从冷宫出来的云裳匆匆赶回了自己的霓裳殿。

云裳站在殿门口，微微皱了皱眉，自己对母妃一点儿也不了解，在那个梦中自己也未曾见过母妃，只是记得她在自己还未及笄的时候，便生了重病去了。

自己今夜这样走一遭，也不知道有没有用……

只是不管有没有用，这一辈子，她都要好好对待那个女子。

　　云裳回到屋中，将自己的黑色披风放回箱子里，在榻上坐了良久。这霓裳殿中都是皇后的人，她想做什么都束手束脚的，她得要想法子打破这个局面才是……

　　云裳心思微动，又赤着脚蹿出了内殿。正殿中，点了几盏琉璃灯，云裳眯着眼瞧了会儿，抬手将琉璃灯打翻在地，而后匆匆回到内殿，躺在床上假寐，手却被捏出了汗来。

　　"走水啦，走水啦！"霓裳殿中响起一阵惊呼，接着便吵闹了起来，"快，云裳公主还在里面呢。"

　　"快救公主……"

　　云裳翻身下床，站在内殿门口看着外间的一片火光，嘴角扬起一抹笑。

　　如果那一场梦真的是上天给她的预示，那么她便再也不会让人有任何机会，将她玩弄于股掌之中。

　　那两个女人不是一直眷念着权力和富贵荣华么？

　　她一定会将她们现在拥有的，一点一点地从手里夺走。

第四章　火光燃，梦醒转

火势渐大，外面的吵闹声也渐大。

"云裳公主还在里面，快去救云裳公主！"

惊呼声喊叫声不时响起，可却没有一个人真正冲进来救她。

云裳轻笑了一声，虽是自己早已经预料到的结果，却仍觉着有些悲凉。

烟从内殿和正殿之间的门缝中钻了进来，呛得云裳几乎咳出泪来。云裳心中正暗自算计着时间，突然听见窗户"嘭"的一声响，云裳转过头，就瞧见窗口处翻进来了一个侍卫模样的人。

烟雾有些大，云裳瞧不见那侍卫的脸，只听见那人道，"公主，得罪了……"

云裳只觉得身子一轻，就被那人抱了起来，从窗口翻了出去。

待侍卫将云裳放下，云裳还未站稳，便被人一把抓住了肩："裳儿，你可有受伤……"

这个声音……

云裳只觉得鼻尖有些酸，张了张嘴，却未语泪先落："父皇……"

在那场梦中因为自己张扬跋扈，父皇对自己愈发失望，十岁之后，两人便极少见面了。

今日她放这场火，本来是为了其他目的，却不想，自己逃出生天之后第一个瞧见的，竟然是这个梦中对自己失望至极的父皇。

云裳隔着眼中的氤氲雾气望向这个天下至尊的男人，却见他不似记忆中那般威严冰冷的模样，许是来得急了，他头发散乱，连龙袍也只是胡乱地披着，眼中却盛着满满的担忧。

云裳忍不住又落下泪来。

皇帝见云裳这般模样，只以为是她受了伤，连忙扶着她询问道："裳儿可是哪儿受了伤？让父皇瞧瞧……"

云裳连连摇头："裳儿没事，没事。"

皇帝犹自不信，正想叫太医，却听见一个女子的声音传来："发生了什么？怎么公主的宫殿会突然着火的？"

云裳眯了眯眼，转过头去便瞧见一个衣着华贵的女子走了过来，身后跟着四个宫女，可不正是那在栖梧宫中闭门思过的皇后娘娘？

云裳目光扫过皇后身后跟着的那四个宫女，微微顿了顿，哟，还有她霓裳殿的熟面孔？

"皇后……"身旁的皇帝见到那个女子，只神色淡淡地看了她一眼，便放开了抓着云裳的手。

云裳微微愣了愣，脑海中似乎有什么东西闪过，却快得令她抓不住。

她不敢细想，只一瘪嘴，又朝着皇后哭了起来："母后，你怎么才来？要不是父皇的侍卫救了裳儿，裳儿就要被烧死了。好大的火啊，母后……"

皇后听云裳这么说，脚步一顿，抬眼就瞧见皇帝微微蹙起的眉头。

皇后暗自咬牙，面上却是带着温和的笑容，只上前抓住了云裳的手，柔声道："前两日裳儿摔伤了自己，所以这两天母后都在栖梧宫中为裳儿祈福。因害怕受打扰，所以下令不见任何人，所以知道得晚了些，裳儿可是受惊了？是母后的不是……"

云裳眯了眯眼，低着头，眼中有一抹暗色闪过："都是裳儿的不是……"

说着便又抬起了头，眉眼重新染上了笑意："裳儿没事，母后别担心，母后今儿个好美啊……这凌云髻梳得真漂亮，碧云姑姑一定花了不少时间吧，可衬母后了……"

皇后只觉着皇帝的目光从她头上扫过，心中愈发的不高兴了起来，这云裳今天是怎么回事？为何总觉得她的每一句话都是在针对自己？

先是说她来得太晚，如今又说她头上的发髻漂亮，定然花了不少的时间，不是明摆着告诉陛下，她是故意来晚的吗？

可是……

皇后低头看了眼面前的少女，只见她神色天真，睫毛之上还带着泪珠，却又不似作伪。

皇后心中烦躁之情更盛，前几日云裳从阁楼上摔下来，皇帝虽然嘴里不说什么，可是却也对她生了几分芥蒂，今日这样被云裳一闹，恐怕会对她更加的不满了。

云裳瞧着皇后的脸色，心中冷笑一声，便又开始哭了起来："母后，有人要害我，有人要害我！先前我瞧见黑影子了……可是云裳害怕，不敢出声，结果就起火了，好大的火啊，云裳好怕……"

皇后凝眉，正欲说话，便听见皇帝震怒的声音："竟有此事？宁一，霓裳殿中所有人全部抓起来，带到监察府审理……"

皇后心中一惊，虽然这宁云裳是养在她的名下，可是早些年皇帝对这个公主十分上心，自己将这霓裳殿中的人尽数换成自己的眼线也是费了不少心思花了不少工夫的。

这些年宁云裳渐渐变得嚣张跋扈，让皇帝越来越不喜欢她。这大部分都是自己安插的这些宫人的功劳，若是就这样全部被抓了起来，以后想要再安插，可就难了。

思及此，皇后连忙道："裳儿刚刚受了惊，身边没个人照顾也是不行的，若是将人都抓走了，谁来服侍裳儿啊……"

皇帝此举正合云裳心意，云裳心中自是高兴，哪能让她这般轻易地破坏掉？

云裳想着，便故意委委屈屈地拉了拉皇后的手道："母后，裳儿不要他们服侍，有人要害裳儿，裳儿害怕，裳儿不要人服侍……"

皇后的眼中有怒意闪过，一瞬而逝，却被云裳看得真切。

云裳觉得心中畅快极了，真真想不到啊，竟然能够将皇后的眼线一次性拔除，以前是她年龄小，不懂事，被钻了空子。如今她虽然仍旧是这幅年少的模样，可是没有人会知道，她做了那一场梦，好似过完了一生，许多事情，如今都看得分明。

一切才刚刚开始呢，皇后与华镜若是对她没有算计，自然也不会有什么。若是她们果真如梦中那样，一直在算计着她……

那么，一切便将不同了。

皇后，你们母女可要好好的，受着……

"丁一，将人都带下去。今天裳儿随朕一起去万寿宫歇着，朕还有政务没有处理，便歇在勤政殿了，明日让内侍总管带着裳儿去挑几个顺眼些的宫女太监。这霓裳殿也烧了，暂时住不了人，至于裳儿以后住哪儿，等明日朕再做决定吧。"

"天晚了，皇后你还是回宫歇着吧。大晚上的，这些凤钗步摇的，还是别戴了，免得天黑瞧不见弄丢了。"皇帝说着，便率先转过身朝着门外走去："裳儿，随朕回宫。"

云裳也没有料到父皇竟然会让她去万寿宫，心中虽有些讶异，却也急急忙忙地跟皇后道别道："母后，裳儿先去了，明儿个再来和母后请安。"

随后便跟了上去。

皇后福身："恭送陛下。"

皇帝和云裳的身影愈走愈远，渐渐消失在夜色中。皇后眯着眼望了半晌，眼中的恨意渐浓，却又慢慢地淡去，良久，才直起身子沉声道："回宫……"

夜色正浓，今夜，这宫中，却有好些人睡不着觉了。

第五章　天光乍破

皇后刚回到栖梧宫外，就瞧见华镜立在宫门前，一见到她，华镜便急急忙忙跑了过来："母后！"

皇后皱了皱眉："这么晚了，不好好睡觉，站在这儿做什么？"

华镜看了看皇后身后的宫人，挥了挥手，将人屏退了，才低声道："母后，我听闻霓裳殿起了火，现在情形如何了？那小贱人烧死了没？"

皇后刚刚在霓裳殿受了一顿气却又没地儿发，本就心中郁结，一听华镜的话就更不高兴了，哼了一声道："死？哪有那么容易？被你父皇身边的侍卫给救了。她还说瞧见了什么劳什子人影，害得陛下将本宫辛辛苦苦安插在她身边的人都给带走审问去了。"

"什么？那那些人会不会说出什么来啊？"华镜也不过是个还未及笄的少女，听皇后这么一说，脸上满是惊慌之色。

皇后抿了抿唇："本宫亲自挑选的人，自然是绝对可信的。哪怕是死，也别想从他们嘴里套出一个字来。"

"倒是云裳，似乎有些不对劲。平日里她从不会忤逆本宫的意思，方才陛下要将那些宫人带走的时候她却……"

华镜听皇后这般说，忙道："白日里我去看她她也完全不搭理我，想来应该是被吓着了吧？她一直都在我们的掌控之中，这些日子也没什么异常。她那么蠢，哪里会有这些心机？对了，白日里我去的时候，莲心还说，觉着那宁云裳是中了邪，让我们请个道士和尚的，给她驱驱邪呢。"

"驱邪？"皇后呢喃着这两个字，嘴角勾起一抹笑来，"倒的确是应该驱驱邪……"

"母后可是想出了什么好法子？"华镜对皇后素来了解，见她神情就知她定是想出了办法对付那小贱人，连忙追问着。

皇后笑了笑，勾了勾手指："附耳过来……"

华镜立马凑了上去，便听见皇后的声音在耳侧响起，带着淡淡的冷："再过些日子，就是你及笄的日子了，到时候……"

云裳一觉睡到了午时，吃了些东西又有些困倦，正想午睡，就看见内侍总管带着十多个人走了进来，瞧着打扮，都是官女内侍，云裳一下子没回过味来，便听见内侍总管道："公主，陛下让奴才带些人来给公主挑选，都是侍候公主的，公主你瞧瞧，喜欢的就留下，不合眼缘的奴才就送回去。"

云裳这才想起这一茬，忙抬眼看向殿中站着的官人："近身侍候的官女太监我各选两个就好，其他做事的公公就瞧着合适的给我随意挑选几个吧，人不要太多，够用就行。"

此前便因为云裳一直觉着侍候的人越多才能彰显身份尊贵，才让皇后安插了那么多人进来，如今她醒悟过来，自然不会再让那样的事情发生了。

云裳从太监中选了两个看起来机灵能干的，官女中选了个年龄较小的，刚想点最后一个官女，却瞧见最边上有一个官女的袖子动了动，云裳瞧过去，忍不住眯了眼："你叫什么名字？"

那官女连忙行了个礼："回禀公主，奴婢叫琴依。"

云裳点了点头："瞧着倒是个能干的，那就跟着我做我的贴身管事吧。"

那官女连忙谢了恩。

内侍总管见云裳选好了人，便笑着道："皇上将清心殿给了公主，那可是个好地方，就靠着燕雀湖，风景不错，又不似明镜湖那般热闹，倒是个难得的风景佳却又清静的地儿。"

清心殿云裳倒也知道，在她的梦里，那儿似乎是被赐给了一个受宠的妃子，云裳也是去过的，风景倒确实是不错的。云裳想着，似乎一切都开始慢慢不同了，心情便好了起来，站起身道："父皇还在和朝臣议事吧，那本公主就不去打扰他了，公公待会儿代本公主向父皇道声谢，本公主便先带着这几个下人回清心殿了。"

内侍总管应了，云裳才抬脚出了万寿宫，朝着清心殿走去。

因为有些突然，清心殿也是刚打扫完，云裳瞧着倒是十分满意，进了屋，便嘱咐其他三人去帮忙整理整理东西。霓裳殿虽然烧了，云裳大部分的东西却还是在的，已经被送了过来。

琴依被云裳单独留了下来。

云裳上上下下打量着这个女子，只觉她眉清目秀，整个人都透着一股子温婉的气息，也正是如此，方才云裳才没有看中她。云裳想要的，是一个处事能干，有手段的人。

"是谁让你来的？"云裳看了半晌，才淡淡地问道。

琴依福了福身，将手腕之上的镯子褪了下来，恭恭敬敬地递给云裳："这是公主的东西，公主应当识得的吧？"

云裳自然是认识的，这是她昨日夜里才送给锦妃的手镯。

方才也正因为她认出了这手镯，才将琴依留了下来。

"奴婢曾经受过锦妃娘娘的恩惠，锦妃娘娘让奴婢来服侍公主，从今以后，公主便是奴婢的主子。"

云裳不知道锦妃如何将琴依送了过来，却也明白过来，自己的母妃恐怕并不像自己想象中那般无能，想想也是，若真没有任何手段，恐怕早就无声无息地消失在了这吃人的皇宫中了。

只是云裳不知，这般自顾自地将锦妃卷了进来，究竟是好还是坏。

云裳淡淡叹了口气，收起心中百转千回的心思，低声对琴依道："你是母妃派来的，我自然会将你当作自己的心腹，我虽然身份尊贵，却没有值得信任的人，你是第一个，希望你不要辜负了我的信任。"顿了顿才又道："这些个宫女太监，我也不知道底细，你盯紧些……"

琴依点了点头："奴婢知道该怎么做。"

两人又说了会儿话，云裳才挥了挥手让她退下了。

第六章　浮梦又辗转

清心殿风景果真不错，云裳在这儿住了几日，便喜欢上了这里，还专程让人在院子里装了个秋千，平日里闲来无事，总喜欢坐在上面晃悠。

"公主……"云裳正坐在秋千上打盹儿，便听见琴依的声音响起。

云裳抬起手挡住嘴，打了个哈欠才道："不是只是去拿个绣样儿，怎么去了那般久？"

琴依四下望了望，走到云裳身后，扶着秋千有一下没一下地推着，小声道："方才奴婢在去的路上遇见了皇后娘娘身边的绣心姑姑。绣心姑姑带奴婢去见了皇后娘娘……"

"哦……"云裳眸中迸发出一丝冷意，皇后果真开始下手了。

云裳微微抬了抬眼皮道："皇后娘娘？她可是想要收买你为她办事儿？"

不等琴依应答，云裳便又喃喃自语着："这么迟吗？我以为，我选了人之后她就该按捺不住的。"

琴依点了点头："大抵是因为此前总管公公选人的时候并未经皇后娘娘之手，这几日，她都在忙着调查我们的底细的缘故吧？此番皇后娘娘找奴婢过去，便已经做好了万全的准备，将奴婢的身世情况都调查得一清二楚。"

奴婢家中就剩下一个叔叔，奴婢与他们一家子关系本就不好，当初还是他们将奴婢卖进宫的呢……

不过皇后派去的人愚蠢，去告诉奴婢的叔叔婶婶奴婢在宫中平步青云，想要接他们一家子去享福，他们竟也信了，连忙说他们是奴婢最亲的亲人，欢天喜地地跟着去了。

"皇后娘娘以为拿他们一家子就能够威胁得了奴婢，殊不知，若非是奴婢出不了宫，奴婢就亲自去寻仇去了。"

云裳没有出声，琴依又接着道："皇后娘娘说奴婢若是为她办事，将来定会许奴婢荣华富贵，多大的恩赐啊，于是……奴婢答应了……"

云裳很快意会过来琴依的意思，忍不住笑了："既然应了，还不赶紧去为你的皇后娘娘卖命去？"

琴依这几日跟着云裳，也渐渐熟悉了她的脾气，知晓这位公主不似其他人口中所言的那般蠢笨，反而是个十分机灵的，有着和外表不符的成熟劲儿。

听见云裳那般说，琴依便知她已经明白自己的打算："可别说，这皇后娘娘想来是气极了，这次使出来的手段十分毒辣，而且，奴婢怀疑，这次不过是她想要试探试探奴婢而已，真正毒辣的应当还在后面。"

说着便凑在云裳耳边将皇后交代的事情细细与云裳说了。

云裳微微蹙眉，眼中渐渐凝结成冰："倒真是好计策呢，不过，若只有你里应外合，也是极其容易被发现的，我觉着，皇后娘娘既然是想要收买，定然不只是你一人。"

"我之前一直在她的掌控之中，她定然觉得，我是个没用的，想要收买我身边的人，是轻而易举之事，你这两天仔细留意着另外三人，有什么情况第一时间同我禀报。这一回，我定然要让她知道，这后宫中，她也不是真的能为所欲为的……"

云裳在院中晃悠悠地坐了一下午，用完了晚膳，正想回内殿躺下，那日带回来的一个叫小林子的公公却悄悄跟在了云裳身后，轻声道："公主，奴才有事儿与你禀报，只是不便与其他人说，请公主屏退左右，容奴才禀报……"

"哦？"云裳脚步一顿，回头看了看小林子。这个小太监是个活泼的人，平日里总是叽叽喳喳的，感觉是个心直口快的，倒是让云裳印象有些深刻。

云裳瞧了他一眼，让琴依带着另外一个宫女进内殿去铺床，自己转身找了个椅子坐了下来，却见那小太监有些犹豫，半晌没有说话。

云裳笑了笑道："不是说有话要对本公主说？平日里总见你叽叽喳喳的，怎么这会儿却不吭声了？"

除了琴依，云裳在其他人面前总是不忘自己还是个八岁的孩子，说话也尽可能符合自己的年岁，此刻也是瞪着一双大眼睛望向小林子，眼中是满满的疑惑。

小林子犹犹豫豫了良久，才低声道："公主，皇后娘娘要害你……"

云裳一愣，没有想到，这样的话竟然会从小林子的嘴里说出来，只是却也只愣了那么一瞬间，心中便迅速定了下来，连连摇头道："怎么可能？小林子你可别乱讲话，我才不信呢，母后对我可好了，总是给我好多好吃的，还不会强迫我去练琴啊写字啊背诗什么的，母后是宫里对我最好的人了。"

　　小林子闻言似乎有些着急，连忙道："公主殿下，你要相信奴才啊，你是奴才的主子，奴才断断是不会害你的，公主殿下对奴才们好，奴才才敢说的。"

　　"昨儿个晚上，奴才在殿中睡着觉呢，莫名其妙就被突然出现的黑衣人带走，奴才吓得半死，却看见了皇后娘娘。皇后娘娘说过两日要请人来给公主驱邪，让奴才这两日在公主的吃食里面放些东西……"

　　"吃的？是什么好吃的啊？我就说，母后对本公主最好了吧，有好吃的都想着要给本公主，母后定然是想要给我惊喜，所以才专程让你放的……"云裳眯了眯眼，将所有情绪都掩藏在眼中，笑着道。

　　"公主……奴才专程留了个心眼，将皇后娘娘给的东西弄点出来，喂鸡吃了……"小林子看起来有些着急，额上有微微的汗沁了出来。

　　云裳好奇地瞪大了眼睛："嗯？发生了什么？"

　　"最开始喂的时候都是好好的，奴才喂了三次，结果方才去看，也不知发生了什么，那鸡就跟疯了似的，到处乱跑，将一起关着的其他鸡啄得满身血。奴才猜想，那药应当不会马上发作，发作起来便会让人十分亢奋疯狂。皇后娘娘说过两日要请道士来咱们这儿驱邪，这药恐怕是那个时候发作的……"

　　小林子皱着眉头，眉宇间有些不安。

　　云裳沉默了片刻才道："我知晓了，你将药给我吧。对了，母后是不是威胁你了呀？不然她怎么让你放药呀？"

　　小林子从袖袋中掏出一个小药包，递给云裳后才嘿嘿一笑："奴才本就是个孤儿，哪来可以威胁奴才的？不过皇后娘娘说事成之后给奴才一锭金元宝，可是奴才就在这宫里，吃穿不愁的，这辈子也没想着要出去，拿来也没用。奴才只是不想做这害人的事儿，本来奴才想不将那药放进去便是，也不必告诉公主，只是奴才又害怕，这殿中，怕是还有其他人被皇后娘娘收买了。奴才也只是想要提醒提醒公主殿下，让公主殿下小心一些。"

　　云裳点了点头，笑着道："我看你平日总是去小厨房蹲着，也专程请了给我送膳的活儿，想来是个贪吃的，你喜欢吃什么，明儿个我让人给你做去，就当本公主赏你的啦……"

　　小林子果然欢喜得眯起了眼，点了点头道："谢谢公主，奴才喜欢吃酒酿丸子，嘿嘿……"

　　云裳点了点头："那便做酒酿丸子！天晚了，你也早些下去吧，我也歇下了……"

　　说着便站起身将小药包收好，走进了内殿。

第七章　尘嚣起

两日之后，皇后果然带了人过来，说云裳近日又是从阁楼上摔下来又是宫殿走水的，怕是沾惹了什么不干净的东西，便专程让人去凌云观找了个老道士来为云裳作法驱邪。

云裳听见外面的请安声，朝着琴依使了个眼色，琴依便悄悄退了出去。

云裳起身出了殿门，正殿之中，华镜正挽着皇后的手，在笑着说着什么。

云裳不动声色地看了半晌，心中暗自想着，这才是真正的母女。

华镜转过头瞧见了云裳，三两步上前，拉住了云裳的手："妹妹你出来了啊？方才你身边宫女说你在小歇，母后与我想着还得要准备些时候，就没有让宫人打扰你。既然醒了，那便一起看吧。姐姐听说道士作法比那民间杂耍还厉害，所以专程跑来瞧个热闹。"

云裳脸上笑容渐渐转冷，瞧热闹，恐怕，她华镜来瞧的，是自己的热闹吧？

云裳也不表现出来，只是笑着道："好呀，既然皇姐说好玩儿，那一定是顶好玩儿的。"

说完又看向了皇后，皇后今日穿着凤袍，宽大裙幅逶迤身后，优雅华贵，此刻正噙着笑望着她与华镜，倒是像足了一个温柔的母亲呢。

云裳转过身子："这作法恐怕也得要一会儿，母后和皇姐站着多累呀，来人，去殿里搬三把椅子出来。"

太监们将椅子搬了出来，云裳只道了声："母后，皇姐，咱们坐着瞧吧。"

便不管不顾地率先坐了下来。

云裳余光瞧见皇后的眉头微微皱了皱，却也只是片刻，瞬间便舒展开来，让人看不见痕迹。云裳勾了勾嘴角，皇后苦心教导她娇纵刁蛮，如今见她这般不知礼数，也不知皇后心中如何想？是恼怒，还是欢喜？

云裳眼角余光瞧见琴依立在一侧，连忙朝着琴依看了过去。琴依迅速摇了摇头，又转身离开了。

云裳皱了皱眉，院中已经有太监准备好了烛台，那看起来仙风道骨的道士结了个手印，在烛台前拔出了剑，闭着眼煞有其事地吟唱着，吟唱完了之后，又摇了摇左手中的铃铛，开始手舞足蹈作起法来。

"鬼道乐兮，当人生门。仙道贵生，鬼道贵终。仙道常自吉，鬼道常自凶……"道士神神叨叨地念了好一会儿，喝了一口放置烛台的桌子上摆着的碗中的水，拿起剑，挑了几张符纸，在烛台上点燃了，又喷了口水在那符纸之上，符纸一瞬间便猛烈燃烧了起来，发出了一股浓烈的檀香味。

云裳闭眼吸了口气，却猛地打了个激灵，不对，道家是不用檀香的。

云裳梦中的婆婆是个信佛的，为了讨好她，云裳也跟着学了一些，如今也还记得，虽然不甚精通，却也知晓，佛家才用檀香，而道家，用的是沉香。

可是这檀香味，自己是绝对不会闻错的。

琴依又出现在了一旁的宫女中，云裳这次瞧见，她朝着自己点了点头……

云裳嘴角露出一丝笑容，眼角余光瞥到华镜从方才那股檀香味飘过来之后，便一直偷偷地瞄着自己，心中顿时了然：原来，这香味，才是关键。

云裳隐隐约约听见殿外传来几声异响，心中也隐隐生出了几分期待，不知道待会儿，贤良淑德的皇后娘娘和这乖巧可人的华镜公主会是什么反应呢。

这般想着，云裳便抬手揉了揉额头，手刚放上去，就听见华镜的声音响起："妹妹怎么了？可是身子不舒服？"

鱼儿，上钩了。

云裳点了点头："不知道为什么，总觉着这香味让人有些不舒服，脑袋中嗡嗡嗡的，头疼得厉害……"

云裳说着便勉强朝着皇后和华镜笑了笑："母后，皇姐，裳儿有些不舒服，想先下去歇一歇。"

皇后面无表情地点了点头，只是华镜怎么可能眼睁睁瞧着这般好的机会生生溜走，连忙劝着："可是，这道士都还没有作完法呢，你再陪皇姐坐会儿吧。"

云裳有些勉强地看了看华镜，摆了摆手："不了不了，裳儿实在是头疼得厉害，恐是病了，可不能够将病气过了给母后与皇姐。"

说着便朝着琴依招了招手，琴依连忙上前两步将她扶住，两人正欲朝内殿走去，却听见那道人大喊一声："驱邪缚魅，保命护身。智慧明净，心神安宁。三魂永久，魄无丧倾。急急如律令！"

话音刚落，云裳还未反应过来，便只觉得一阵疾风拂过，一把剑便横在了自己眼前。

云裳只瞪大了眼作害怕状，倒是琴依先发作了起来："大胆！你是想要刺杀云裳公主吗？"

众人这才反应了过来，却没有一个人上前。

皇后这才开了口："道长可是发现了什么？"

那道长冷冷地瞧着云裳，哼了一声，从桌子上拿过一张符纸便往云裳额上一贴："这清心殿中原本倒也清静，只是云裳公主身上有冤魂作祟，贫道已经贴上了符纸，将冤魂镇住，待贫道作法将冤魂驱散……"

云裳却闻见，那贴在她额上的符纸上，檀香味十分浓郁。

云裳微微一笑，抬起手揭下那散发着异香的符纸，往那道士身上一扔："什么冤魂作祟？本公主倒是想请父皇好好查一查，你这道士究竟从哪儿来。满口胡言乱语，招摇撞骗。母后，你可莫要被他给骗了……"

话音未落，便听见门外有响声传来。

众人正盯着云裳这边的动静，起初并未留意，只是那异响越来越大，引得众人都转过头朝着院子的门外望了过去。

只瞧见什么东西一闪而过，便朝着院子中的众人扑了过来。琴依正扶着云裳，连忙挽着她退了几步，躲到了一旁的一棵树后。

"哪儿来的畜生？还不赶紧弄走！啊……"只听见华镜一声惊呼，便被狗吠的声音盖了下去。

云裳悄悄伸出头往外一瞧，只见院子里众人都在慌慌张张地到处逃窜，好几条狗在院中狂躁地跑来跑去，逢人便扑，见人就咬。

那个道士已经被扑倒在地，脸上被抓了好几道口子。

华镜的衣裳也被扯破了，露出手臂上的抓痕，有的已经渗出了血来。

皇后头顶的凤冠也歪了，此刻正在气急败坏地叫着宫女太监将那几条畜生赶出去……

第八章　偷把前尘换

云裳嘴角带笑，躲在树后瞧了好一会儿，见宫人将狗制服得差不多了，才走了出去，假意惊慌失措地叫喊了两声："母后！皇姐！你们怎么样了？哪儿来的疯狗啊？怎么到处乱咬人啊？来人啊，快把它们弄走啊！"

宫人急急忙忙地将那些狗打晕的打晕，抓走的抓走，院子里才终于清静了下来，只是院子里却早已经一团糟，作法用的桌案早已被打翻，烛台符纸散落一地，地上到处都是血，有狗的，也有人的。

华镜公主终于在宫女的搀扶下站稳了脚，只觉得全身都在疼，特别是……屁股……方才有一条畜生竟然在她屁股上狠狠咬了一口，那般私密的位置，华镜也不敢叫喊，只皱着眉忍着痛站着，心里恨得要死："母后，这些畜生哪儿来的啊，怎么突然就蹿出来了……"

皇后也十分狼狈，衣裳被抓得破破烂烂，只勉强保持着自己的仪态，厉声道："将这些畜生都抓起来，待会儿明公公去好生查一查这些疯了的畜生都是从哪儿来的……"

见一旁的云裳毫发未伤，皇后忍不住狠狠剜了她一眼，带着宫女走了。

云裳瘪了瘪嘴，走到华镜身旁："皇姐，你哪儿受伤了？快让裳儿瞧瞧……"

说话间，一只手直接就摸上了华镜被咬伤的地方。

"啊……"

华镜尖叫一声，一把将云裳推开，自己却因为失去了宫女的搀扶，摔倒在地……

云裳见状，佯装因着华镜那一推没有站稳，直接朝着华镜倒了下去，不偏不倚地压在华镜的肚子上，引得华镜又是一声痛呼。

"对不起啊皇姐，裳儿不是故意的，裳儿只是想要看一看你的伤……"云裳也不起来，只是嘴里嘟嘟囔囔道歉。

"你……啊……快让开……"华镜的声音听起来已有些虚弱。

云裳心中暗笑："琴依，琴依，还不快来把我扶起来！"

琴依连忙上前将云裳拉了起来，华镜的官女也急急忙忙将她扶起。华镜站起身后，也顾不得收拾云裳，急急忙忙让官女扶着走了。

"公主，这个道士怎么办？"琴依望着地上被狗咬得全身都是伤的道人，眉头轻蹙。

"叫人送到监察府去，待会儿我去见见父皇，亲自与他说上一说……"

云裳微微笑了笑，收回望着华镜狼狈背影的目光，转身进了内殿："这狗血洒了一地，恐怕也用不着驱邪了……"

进了内殿，才又同琴依道："这次是小林子帮了大忙，若非他将那药粉交给了我，事情也不会这般顺利。只是即便如此，那小林子我也不能全信，你平日里仍旧帮我盯着一些。对了，皇后让你将我的手镯拿给她，你拿了吗？"

"拿了。"琴依领首道，"公主吩咐的事情奴婢也已经办妥，不过，还有七日就是华镜公主及笄的日子了，奴婢瞧着今日华镜公主受伤不轻，也不知道到时候能不能好，若是及笄之日出了丑可就不好了……"

云裳忍不住笑了起来："你瞧瞧你，看起来温柔可人的模样，怎么就这么坏呢？"

说起及笄之礼，倒是让云裳想起一些不怎么愉快的事来。

梦里，云裳就是在自己的及笄之礼上遇见的莫静然，当时觉得他英俊潇洒，温文尔雅，令她十分欢喜。

可是，也只是欢喜而已。

是华镜给她吹了不少耳边风，才让自己对他死心塌地，甚至扬言非他不嫁，刚及笄的女子便说出那样的话，倒是让人暗中笑话了很长一段时间。

如今想来，自己遇见那个男子的原因……

云裳抿了抿唇，有些事情，再走过一遍，里面的一些弯弯绕绕，自己也总算能够看清。

梦中的自己总觉着自己拥有尊贵的身份，且容貌不俗，所以做起事情来不管不顾，总觉着她做什么都有人兜着，如今想来，原来自己走的每一步，都是皇后母女一早便设下的局。

只是这一回，她们还想自己按着她们设想的去走，便是做梦了。

"对了，琴依，你可知道，有没有一种药，能够让伤口愈合的时间增长，并且让伤口奇痒无比的？"

琴侬愣了愣："公主倒是见多识广的，确实有这样的药。奴婢也是因为与太医院中一个抓药的小医侍有些交情，听他当作奇闻逸事说起过。公主想要？若是公主想要，明日奴婢便想法子去弄些来……"

哪来的什么见多识广？不过是在梦中，自己曾经被人下过这样的药罢了。

云裳的手在袖中握紧，只轻轻颔首，眸光渐沉。我的好姐姐，总是让你这般惦记着妹妹，妹妹心里也过意不去，这一回，妹妹也给你送一份精彩绝伦的及笄礼物好了。

"琴侬，你猜，我的母后大人和好姐姐，现在在干吗呢？"云裳偏着头，一副好奇模样。

琴侬眉眼间都是笑意，假意思索了一下："奴婢猜，应该是在发火吧？"

琴侬猜得倒是没错，此刻的栖梧宫中，人人皆如履薄冰，大气不敢喘一口，连进出都十分小心翼翼，就怕惹到了两位正怒火中烧的主子。

"母后，一定是那个小贱人搞的鬼！我们明明让人在她的饭菜中放了药，她怎么会一点儿事都没有？难道是那小太监没放？"华镜趴在床上，床边站着一个宫女正在给她上药，一想到她的伤，华镜便觉着怒火中烧："轻点！你想痛死本公主吗？"

那宫女打了个颤，手上动作愈发轻了几分。

皇后早已经换了一套衣裳，重新洗漱梳妆妥当，倒是全然不见方才的狼狈："究竟发生了什么，本官自然会派人去查。倒是你，本官同你说过多少次了，在人前，做好你高贵纯善的华镜公主。不管发生什么，也不能让愤怒冲昏头脑失了仪态。你只有记住这一点，并且做好它，才有可能得到你想要的一切。"

华镜咬了咬牙："女儿知道了。"

只是今日这一桩，她记下了。

总有一日，她会十倍百倍地还给那小贱人。

第九章　句句离间处处计

清心殿中，宫人已经将院子收拾干净，再也瞧不见方才那出闹剧留下的丝毫痕迹。

天气极好，心情也不错，云裳坐在秋千上晃晃悠悠，琴依在后面帮她推着秋千："今日皇后娘娘与华镜公主出了那么大的丑，定然不会善罢甘休，若是她们追查起来，恐怕……"

云裳倒是毫不在意："她尽管来便是，我有何惧？这两日，皇后应该就会将你们带去问话了，不过也无妨，你只管照着我说的应话就是，她是绝不可能从我这里找到丝毫破绽的。"

"且我被她教导了整整八年，这八年我的一举一动都在她的眼皮子底下，在她的心目中，我不过是个任她搓圆捏扁的傻子而已，怎么可能有能力算计得了她？"

"她更该怀疑的，是这宫中其他嫔妃。毕竟，她那个皇后之位，可是有不少人觊觎着的。这宫中，也有不少人盯着她，想方设法地找她的茬。"

琴依沉默，这皇宫果然是最能够让人快速成长的地方，八岁，却已经能够将事情做得这般滴水不漏，也不知是好还是坏。

"对了，琴依，你有没有留意过，我们小厨房中，是否有人身上有檀香味？"

云裳突然想起另外一茬，今日那些狗分明是因为闻到了檀香味才发了狂的，那道士也一直在想法子让自己闻檀香味，想来檀香是一位药引子，能够引发皇后他们让小林子放在她饭菜中的药。

只是那小林子却说，那日他将药放到了鸡的吃食里，没两日，鸡也发了狂……

琴依想了想："前些日子公主让奴婢盯着清心殿中的下人，奴婢暗中留意了一下，厨房中有一个烧火的嬷嬷似乎是信佛的，手上戴了一串檀香木的佛珠。"

"哦……"

那这便说得过去了。

只是，小林子的嫌疑却也仍旧不能完全打消。

云裳正想着，却瞧见有宫人匆匆赶来："启禀公主，淑妃娘娘来了。"

淑妃？

云裳微微眯了眯眼，这淑妃，她倒是记得。

在她那场大梦中，在这宫中，能够与皇后分庭抗争的，便是这位沈淑妃了。

皇后的父亲是丞相，文臣之首。沈淑妃的父亲是太尉，武官之首。

两人家世相当，只是因着皇后比沈淑妃略长两岁，先入这后宫为主。沈淑妃晚两年入宫，却也是盛宠至今。

梦里沈淑妃也曾经数次尝试拉拢她，可是当时她将皇后视作亲生母亲，自然不可能背叛。后来沈淑妃见拉拢不成，便也想方设法给她使了不少绊子。

算算时间，现在这个时候，沈淑妃应该还在尝试拉拢她的阶段。

云裳勾了勾嘴角，敌人的敌人，就是朋友。有人愿意给她提供助力，甚至替她吸引皇后的注意，那自然是再好不过的了。

"还不快请！"

沈淑妃走了进来，不等云裳行礼，便急急忙忙问着："裳儿你没有受伤吧？我听宫人禀报，说皇后娘娘请入宫中的那道士竟拿剑指着你，还放狗出来乱咬？你没事吧？有没有受伤？有没有被吓着？"

声音中满是关切。

云裳却有些想笑，沈淑妃对皇后的恶意倒是毫不掩饰，连那些狗到处乱咬的事情，也一并加诸在了皇后请来的那道士身上。

云裳垂下眼，只装出一副委屈模样："没……没有受伤，只是有些被吓着了，那道士……那道士说裳儿是被恶鬼附了身……"

"胡说八道！"沈淑妃连忙附身握住云裳的手："听母妃说，那道士压根就不是什么道士，原是个招摇撞骗的江湖术士。他此前在宫外招摇撞骗也就罢了，如今竟然将剑指向了你，绝不能轻饶了去！"

云裳抬头望向沈淑妃，睫毛微颤："真……真的吗？可是母后说他是凌云观中的道长，法力极高……"

"兴许皇后娘娘也被骗了吧。"沈淑妃神情淡然，"只是皇后娘娘未能核实那道士的身份，便将人往宫中领，未免也太过危险了一些。若是那道士别有所图，若是他想要行刺陛下呢？"

云裳满脸诧异："那也太危险了一些吧？"

"是啊。"沈淑妃叹了口气，"你啊，也莫要什么事情都听皇后娘娘的。皇后娘娘虽然是一国之母，身份尊贵，可是她也难免会有疏忽的时候。遇着事情，你也可以多问问陛下……"

"父皇？"云裳愣了一下，抿了抿唇，"父皇太忙了，我不敢……不敢轻易打扰。"

"那你可以问问我呀。"沈淑妃等的就是云裳这句话，"算起来，你也应叫我一声母妃，你若是有什么事，也可以来找我的。我与陛下与皇后娘娘都不一样，我是个闲人，空闲时候多。"

云裳歪着脑袋想了想，才犹犹豫豫地点了点头："好，我记下了。"

"真乖。"沈淑妃笑了，"若非我入宫迟了一些，真想去求陛下将你养在我名下，我没有儿女，定然将你当作眼珠子一样宠着。"

云裳勾了勾嘴角，沈淑妃的每一句话，似乎都饱含深意啊。

沈淑妃今日来本也没有真的想要一下子就将云裳拉拢，毕竟云裳在皇后那里养了七年多了，自然是偏向着皇后的。

只要能够稍稍让云裳对皇后心中生出一丝不满，她的目的就达到了。

沈淑妃眉眼带笑："我先前过来的时候，宫中小厨房正好做了一些甜汤点心，就给你带了些来。"

"多谢母妃挂念。"云裳迭声道谢。

沈淑妃笑眯眯地摸了摸云裳的头发："见你无事我也就放心了，你玩儿吧，我先走了。"

沈淑妃留下了食盒子便离开了。

云裳收回目光，看向一旁的食盒子。

琴依注意到云裳的目光，有些犹豫："淑妃娘娘也不是什么善茬，她送的东西……"

"自然能吃的。"云裳笑了，"沈淑妃不是什么善茬，可是却也不蠢，怎么可能在她送过来的吃食中动手？听闻淑妃宫中的小厨房可是一绝，我瞧瞧都送了些什么。"

也是。

沈淑妃断然不可能在这上面动手脚，除非是自己找死。

琴依想着，便将那食盒子打开了："绿豆汤，还有一些点心。"

琴依想了想："您喝些绿豆汤解解暑吧？今年不知道怎么回事，都好些日子没下雨了，热得厉害……"

"没下雨？"云裳闻言，却是浑身一震，"今年有多少天没下雨了？"

琴依想了想："过了二月便没下过雨了，这都八月了，快半年了吧……"

云裳眉头紧蹙，忽然想起，梦里也是这样，整整半年没有下雨。

她记得这一茬，是因为梦里就是在干旱了近半年之后，在华镜及笄的当日，却突然下起了雨，于是，皇后在华镜的及笄礼上便道：华镜及笄，天降甘霖，华镜真乃我宁国之福星。

父皇也大喜过望，当即赐了华镜封地，还封华镜为福华公主。

刚及笄便有了封号与封地，那真是天大的恩赐。

梦中那个她并不懂这有封地与没有封地的公主之间究竟有何区别，还巴巴地挑了礼物去给华镜道喜。

若说皇后神通广大到能够操纵天气，她自然是不会相信的，恐怕也只是恰好遇上了，皇后那般心思缜密之人自然是不会放过那样大好的机会的，于是便顺其自然将华镜推到了万民敬仰的高度。

她梦醒之后虽然许多事情改变了，可是如天气这些，却并不会改变，梦里的干旱，仍旧发生了。

这也让她愈发觉着，那个梦，便是一个预示。

若是如此，那么，在华镜及笄那日的雨，也定然会下下来。

可是自己，却不再是梦里那个不谙世事的小女孩了。

第十章　即为弓上弦

云裳手指在秋千上轻轻敲了敲，心中也有了主意，便转过眸子问琴依："我听闻，民间百姓大多是靠种粮食庄稼来养活一家人，若是一直不下雨，那庄稼是不是就长不起来啊？那百姓们，就会因此被饿死吗？"

与琴依一同被云裳选到身边侍候的另一个宫女琴梦恰好经过，听云裳有此一问，忙道："是啊，奴婢入官之前，家里就是种地的，种地就是靠天吃饭，若逢久旱或者久雨，收成都不好。今年都干旱这么久了，只怕庄稼早都干死了。"

琴依亦点了点头："旱灾或者涝灾严重的话，百姓皆无粮可食，饿殍遍野。"

云裳若有所思："这样吗？那等会儿琴依你给咱们殿中的官人都发二十两银子，让大伙儿趁着每月探亲假的时候送给官外的亲人吧，别让家里人饿着了。我份例也不多，也只有这些了。"

琴梦闻言，心中万分感动，连忙跪了下来："奴婢谢云裳公主恩典。"

云裳点了点头，站起身："给我盛碗绿豆汤，我亲自给父皇送过去，天气热，让父皇喝一碗绿豆汤解解暑气。"

云裳换了身衣裳，带着琴依，拧着绿豆汤去了勤政殿。这个时辰，皇帝应当还在勤政殿处理政务。

到了勤政殿，便瞧见皇帝身边的侍从站在门口，侍从见到云裳连忙迎了上来："云裳公主，您怎么来啦？"

云裳笑了笑："天儿热，我想着父皇定然还在处理政务，便想着送些绿豆汤过来给父皇消消暑。郑公公，父皇还在忙吗？"

郑公公忙道："奴才这就去禀告皇上，公主，您在此稍候片刻吧……"

云裳点了点头，等着郑公公进了勤政殿，琴依才压低了声音问道："公主，皇上向来不喜有人来勤政殿打扰，您怎么……"

云裳笑了笑道："皇后那般防着我，父皇一出了勤政殿，我哪里还能见得到？今日我是有正事，父皇定然是不会怪罪于我的……"

"正事？"琴依有些不解，正欲再问，却听见吱呀一声，门打开了，郑公公站在门口，笑着道："公主，进去吧……"

云裳连忙收敛了神色，笑着道："多谢郑公公了。"

说着便给琴依递了个眼色，琴依连忙悄悄递了一块碎银子给郑公公。

云裳提着食盒进了勤政殿，待走了进去，才发现，勤政殿中不仅仅只有宁帝一人。

云裳盯着脚尖，脚步不停，目光却悄悄扫过站着的几人。

梦中她成亲之后便单独立了府，皇城之中各世家往来也不少，对这些人约莫都有几分印象。

丞相李静言、户部侍郎温云清，还有一人，却是自己不曾见过的。

李静言是皇后李依然之父，在朝中颇具威信。

户部侍郎温云清云裳只见过几次，是个待人温和的中年男子。

而那个自己不曾见过的男子身份似乎并不低，相貌也是十分出众，着一身青色衣衫。

不是官服，云裳也无法分辨他居于什么位置。

云裳又看了他一眼，那人一张脸轮廓分明，剑眉微扬，嘴角带着笑意，只是，云裳却分明从他眼中瞧见了几分桀骜。

皇城之中何时有了这样的人物？自己在那个梦中竟然也没有见过？

云裳想着，也不敢明目张胆地瞧，只悄悄瞄了几眼，便收回了视线，对着宁帝行了个礼，走到宁帝的桌案面前，将手中的食盒放了下来。

"不知道父皇在和几位大人议事，云裳实在是失礼了。"云裳声音极轻。

宁帝倒是不甚在意："裳儿怎么来了？"

云裳目光悄悄从李静言脸上划过，皱了皱眉："天气热，殿里的宫女熬了些绿豆汤，裳儿觉得十分解暑，便给父皇送来些。"

说着便将绿豆汤端了出来，递给了宁帝。

宁帝接过碗，喝了两口，才笑着看向云裳："就为了送绿豆汤？"

云裳忍不住笑了起来："还是父皇最了解裳儿了。是裳儿先前喝绿豆汤的时候听宫女提起，说今年有半年没有下过雨了，不下雨的话，百姓种的庄稼都会没有收成，收成不好就没有吃的。裳儿想着自己也帮不上别的什么忙，便想去宁国寺住上几天，为百姓们祈福，希望能够下几场雨，让百姓们都好过些。"

宁帝看着自己的女儿，心中颇有些感慨，当初自己看着锦妃入了冷宫，便将这个女儿抱养给了皇后。他其实一直觉着自己对这个女儿是有所亏欠的，只是之前总是听宫人说她的种种劣迹，自己也亲眼见过几次她发脾气胡乱拿宫人撒气，便渐渐对她有些失望，渐渐地就不怎么见她了，关心得也少了。

这两日却发现，这个女儿似乎变了不少，沉静大方，如今瞧来，倒还是个心善的。

这倒也是他的福分，他亏欠了锦妃，如今瞧着他们的女儿这般识大体，心中倒是宽慰无比。

"难得裳儿有这般心思，朕若是不准却说不过去了。朕准了！只是你一个女孩子出门也不安全，等会儿朕便让侍卫统领带几个人护卫你前去吧……"

云裳微微一笑道，正欲谢恩，却听见另一个声音响起："后宫不得干政，公主虽然年纪尚小，但是规矩，总还是要守的。"

李静言……

云裳暗自冷哼，面上却仍旧一派乖巧不知世事的天真模样："啊？去宁国寺中为百姓祈福就是干政了吗？可是……之前皇祖母在世的时候，也经常去宁国寺中小住几日，为百姓祈福啊？就连母后也曾……"

李静言只是不想云裳出这个风头，没想到云裳竟会如此反驳，脸色不停变化着："你……"

宁帝却已经径直打断了他的话："好，我女儿身为宁国公主，忧国为民自然是极好的，就这么定了，你想何时去？"

"明日就去吧。"

"那就明日。"

云裳勾唇浅笑："多谢父皇，那裳儿就不打扰父皇与诸位大人议事了。"

见宁帝应了，云裳才躬身退了下去。只是却觉着有一道灼人的目光一直落在她身上，云裳不敢抬头，只佯作未察。

第十一章　请雨而还

去宁国寺不过是借口，只是样子还是要做的。云裳便让人收拾了东西带着琴依琴梦去住了几日，却只在最后一天求见了兀那法师。

兀那法师在宁国声望颇高，深受宁国百姓敬重，只是，云裳却未能见到他，去通传的小和尚只带了一张破旧的羊皮纸给她。

云裳展开羊皮纸一看，心中忍不住一惊，那兀那方丈竟然对她此行的目的一清二楚……

这样的人，若是有朝一日成为敌人，可是大大的不妙。

此行目的已经达到，云裳便直接启程回了宫。

回到宫中，云裳休息了一夜，第二日早上不到卯时便起了床，命人给她穿上了公主朝服，直奔金銮殿。

朝堂之上，宁帝正在听朝臣奏报，却瞧见有内侍匆匆而入："陛下，云裳公主求见。"

云裳？宁帝蹙眉，这可是早朝，云裳来做什么？殿中百官亦是面面相觑，脸上写满了不解。

宁帝沉吟片刻道："宣。"

"宣云裳公主进殿。"

云裳入了金銮殿，对着宁帝行了三跪九叩之礼，禀奏道："儿臣有事启奏！前几日因得知宁国半年没有下雨，百姓深受旱灾所苦，特去宁国寺为百姓祈福。儿臣昨日离开之前，兀那方丈给了女儿一张纸，说是佛祖的启示，特令儿臣呈给父皇，还请父皇过目。"

"兀那方丈？"宁帝一惊，这兀那方丈虽只是宁国寺中的方丈，却是个真正的得道高僧，金口玉言，从未出过差错。先帝曾有意立兀那方丈为国师，却被兀那方丈婉拒。兀那方丈甚少批示国运，如今却让云裳送来佛祖的启示？

"快，呈上来……"宁帝连忙道。

一直立于皇帝身边的内侍总管连忙走下了玉阶，从云裳手中接过那卷羊皮纸，呈给了宁帝。宁帝打开一瞧，大喜过望："兀那方丈说，宁国大旱，百姓民不聊生，云裳公主感念苍生，潜心祈福，佛祖慈悲，本月十七将天降甘霖，但当日不可大肆举行典礼，以免惊扰佛祖。"

"好！好！好！"宁帝从龙椅上走了下来，走到云裳面前："裳儿你真是朕的好女儿啊！哈哈哈……若那日真的如兀那方丈所言下了雨，朕一定要重重封赏你……"

云裳微微一笑："裳儿可不是为了什么奖赏，裳儿只希望天下的百姓都好。百姓都好，父皇也就开心了，父皇开心了，裳儿也就开心了。"

宁帝闻言，心中更是欣慰无比。

"可是，本月十七不是华镜公主的及笄之礼么？"

一个声音响起，云裳转过头，就瞧见了开口之人。果然不出她所料，是李静言。

云裳暗自勾了勾嘴角，这李静言，恐是着急了。

这般按捺不住，真是枉为一国丞相呢。

果然，宁帝闻言便蹙起了眉头："同样是朕的女儿，裳儿为了百姓，千里迢迢去宁国寺祈福，才求取来佛祖福祉，既然佛祖有所启示，那华镜的及笄之礼便一切从简吧。"

"皇上万岁，公主殿下千岁……"金銮殿中，一片歌功颂德之声。

而华镜也在一盏茶之后收到了消息，华镜气得全身发抖："云裳那个贱人，本公主与她不死不休！"

"走，去栖梧宫，本公主找母后评理去。"华镜猛地起身，屁股上的伤口被扯到，疼得愈发厉害，华镜咬牙，心头怒火烧得更厉害了几分。

待华镜赶到栖梧宫，却瞧见皇后正在喝茶，神情悠闲。

华镜心中愈发着急："母后，云裳那小贱人，明明知道本月十七是我的及笄之礼，却告诉父皇，十七那日不可举行庆典，她一定是故意的。母后，你一定要为女儿做主啊……"

皇后只将手中茶杯重重地放在了一旁的茶案上："要不要本官给你一面镜子，让你看看你现在是什么模样？面目狰狞，疯疯癫癫。本官此前同你说的话，你都给忘得一干二净了？"

"可是……"

华镜还欲辩解，皇后却并未等她说完："若本官是你，这个时候不会在这里闹腾，而会去找你父皇，说云裳为民分忧，你自觉不如，恰好本月十七是你的及笄之礼，你作为一国公主，也应略尽绵薄之力，这及笄之礼便不办了……"

华镜虽然知晓皇后所言的确是最好的法子，可是心中却仍旧有些意难平："可是母后，这分明就是那小贱人的诡计啊，她就是看不得我及笄的时候大操大办，所以才闹了这一出。"

皇后放下茶杯，摇了摇头："她一个八岁的丫头，哪里懂这么多？她大字不识一个的，怎么可能写得出那样的话来？况且她身边的人都在本官的掌控之中，也不可能给她出这样的点子。再说了，这下雨之事，岂能信口胡说？本官才不信，她一个小丫头，还能指挥老天爷，让它下雨便下雨，让它刮风便刮风不成？"

华镜咬了咬唇："难道就这样放过了她？不管怎么说，此事也是因她而起。若是她没有去宁国寺，也就不会有这一出了。我真是越来越不喜她了，巴不得她死了才好。"

皇后低下头看了看自己艳红的蔻丹，微微一笑："总是会有机会的。我们且看着吧，若是十七那日下了雨还好说，若是没有下雨，恐怕不用我们动手，她的日子……也不会好过。"

第十二章　雨声慢

没几日便是十七，华镜及笄之日。

云裳换好了衣裳，梳好了发髻，打了会儿盹，便听见太监来报："公主，晚上的及笄礼定在太液池中间的蓬莱岛举行……"

云裳点了点头："我知道了。"

又坐了会儿，就到了酉时，云裳收拾好了，便带着琴依琴梦往蓬莱岛去。

到了蓬莱岛，云裳便瞧见皇后和华镜都已经在位置上坐好了，朝臣也来了不少了，最上面摆了三个位置，皇后和华镜分坐两侧，中间留下来的，明显是宁帝的位置。

华镜今儿个穿了一件嫣红的衣裳，衬得整个人都喜庆了些。

云裳四下看了看，笑着走到下方的空位上坐了下来。

刚一坐下，便听见华镜冷冰冰的声音传了过来："前段日子我们云裳公主去宁国寺祈福，带回了兀那方丈的法旨，说今天要下雨，可是本公主瞧着，这天气实在是不错，晴空万里的，也不知道这雨得下到哪儿？"

下面坐了好些达官贵人，闻言也跟着附和起来："是啊，这天儿不像是要下雨的天呀。"

皇后却冷冷地出了声："镜儿，你该去换衣服了，马上等皇上过来，你的及笄礼就要开始了。还不快去？"

华镜咬了咬牙，却仍旧遵从皇后的意愿带着宫女下去了。

"皇上驾到……"过了一会儿，便传来太监唱和的声音，众人纷纷起身行礼，宁帝穿着一身龙袍，走到最上面的椅子前站定，才道："众位爱卿平身，今日是朕之长女华镜及笄之日，在此举行及笄之礼。现在便开始吧。"

众人连忙又行了礼，才站起身，坐了下来。

华镜的及笄之礼请的赞者是丞相的孙女，也是华镜的表姐。赞者走到正中间，便瞧见华镜穿着一身少女的衣裳，梳着双鬟髻走了出来，向着众人行了个礼。赞者走上前拿起宫女捧着的托盘之上的梳子，帮她梳了梳头。

接着便是宾盥礼，丞相夫人和皇后起身去行了礼。

丞相夫人捧着宫女端上来的罗帕和发笄，走到华镜面前吟诵了祝词，为华镜加了笄，正在众宾客说着恭祝之词的时候，天却突然暗了下来，开始打起了雷。

"咦，怎么突然变天了？"下面传来窃窃私语的声音。

云裳微微一笑，低下头，伸手拿过桌上的梨，咬了一口……

一切都和梦中一样呢，除了因为自己带回来了兀那方丈的法旨，所以举行及笄之礼的地方从金銮殿变成了蓬莱岛，参加的人也少了些，其他都没有变呢。

梦中，也就是这个时候开始打雷的，华镜行礼到二加的时候便开始下雨了……

坐在最上面的宁帝听见雷声亦是一震，顿时喜笑颜开："兀那方丈果然神通，也辛苦裳儿去为民祈福了，旱了这么久，总算要下雨了。"

众人闻言也连连称是，面上都带着喜悦的表情："云裳公主的诚心感动了佛祖，天降甘霖，百姓们终于不用再遭受久旱之苦了。"

云裳笑了笑，没有错过华镜变得铁青的脸："都是兀那方丈的功劳，裳儿只不过顺道将兀那方丈的意思带回宫了，皇姐还要举行及笄礼呢……"

云裳正说着话，就听见华镜冷哼了一声，退了下去。

众人只觉得气氛有些奇怪，也不再言语。

云裳抬起头望向坐在主位上的皇后和宁帝，只见皇后的目光正望向自己，眼中是满满的杀意。

云裳低下头，看向自己桌案上的茶杯。

过了一会儿，华镜又走了出来，穿着一身襦裙，向众人展示了一番，又转身朝着皇后和宁帝拜了拜。

有宫女捧着发钗走了上来，丞相夫人接过发钗，正欲吟唱祝词，却只听见几声闷雷响起，便有豆大的雨珠落了下来。

"啊……下雨了……"

宁帝喜得站起身来，推开了身旁的太监匆匆打开的伞，笑得十分畅快："好雨！好雨！"

众人连忙行礼："皇上福泽，万岁万岁万万岁。"

宁帝哈哈大笑，朗声道："云裳公主祈雨有功，封为惠国公主，重赏！"

云裳连忙低头行礼谢了恩。

华镜的及笄礼被破坏得一干二净，云裳受了封赏之后，雨便越发的大了起来，皇帝也就下旨让众人都散了。

回到清心殿，琴依和琴梦两人这才开心得笑了起来："公主，惠国公主可是只有皇后亲生的公主才能够得的，正一品呢。可真是太好了，公主被赐了封号，就会有公主府了，还会有封地呢。"

琴依也在笑，却没有忘记云裳刚刚淋了雨，现在整个身子都是湿的，便连忙道："琴梦，公主衣裳都湿透了，去让人给公主烧些水来洗洗吧。"

说着自己便走到一旁拿出一件干净的披风来："公主，奴婢侍候你将湿了的衣裳换下来。"

云裳点了点头，见琴梦走了出去，才压低了声音道："若是母妃知道了，定然也会很高兴的。"

琴依一面服侍着云裳换衣裳，一面颔首应着："嗯，公主过得好，主子就放心了。"

顿了顿又道："奴婢方才瞧见皇后和华镜公主的脸色都不太好，奴婢担心她们恐怕会对公主不利。

云裳笑了笑："以前她们没有对我下手恐怕也只是因为觉得我对她们没有威胁，今天这事一发生，我便知道，恐怕，她们的耐心已经耗尽了。方才我被封为惠国公主，抢了华镜的荣光，恐怕她们再难容忍。如今我还小，她们要除掉我也容易，正好以绝后患嘛……"

琴依感了感眉，骤然想起一茬："嗯，公主叫奴婢多多留意殿中的人，奴婢前日倒是发现，厨房中有一个叫雅晴的宫女在半夜里曾出过清心殿。奴婢怕打草惊蛇，便也没有跟上去。公主，你说会不会是皇后将手伸到了小厨房里？若真是那样，公主的吃喝定要格外的小心了……"

云裳点头："厨房里的要小心，不过我最担心的，还是我身边最亲近的这几个人。之前小林子和你都被皇后的人带走过，皇后那人做事极其小心，没有道理只带两个，我担心琴梦和与小林子一同被我选中的那个小允子也被皇后的人带走用同样的办法威逼利诱过，可是，却只有你和小林子给我说过此事，我怕……"

"公主是怀疑琴梦？"琴依皱了皱眉，脑海中闪过琴梦那张带着几分懵懂的脸，"可是琴梦的性子也不像个藏得住事儿的啊？况且，公主你之前给了皇后和华镜公主教训，一把火便将她们辛辛苦苦安插的眼线都毁了，她们应当不至于这般快吧？"

云裳笑了："可别小看了皇后娘娘的手段，也就是我将她的人给弄走了，不然她哪里还用得着这般费心费神的挨个收买？至于琴梦……"

云裳顿了顿："若是皇后娘娘没有找上她倒还好，若是找了她，她已经是皇后的人了……那我倒是十分佩服她了，这装得也实在太好了。"

"公主，水来啦。"琴梦欢快的声音从外面传来，云裳收敛了面上的神情，转过头去，便瞧见琴梦蹦蹦跳跳地掀开帘子走了进来，后面带着四个提着水桶的宫女。

云裳笑着道："本公主怎么总是觉得，琴梦比本公主更像小孩儿一些呢？"

琴梦连忙凑了上来扶住云裳："公主，奴婢也这么觉得呢，公主明明只有八岁的样子，可是感觉很小大人啊，嗯，就是很有公主的样子。"

琴依带着几分审视地看了琴梦几眼，也掩嘴笑了起来："公主本来就是公主，当然有公主的样子。"

琴梦急了："不是啊，我是说很冷静啊，像大人一样。"

"好了，知道你的意思了，水已经倒好了，公主来洗澡啦，不然等会儿水凉了就不好了。"琴依和琴梦一起扶着云裳走向浴桶，侍候她洗澡。

天色渐暗，外面还在下雨，云裳便早早地歇了。

第十三章　入夜寒

清晨的阳光刚洒进清心殿，琴梦的声音便响了起来："琴侬姐姐，要不要早些叫公主起床呀？昨晚公主刚刚被赏赐了封号，按照惯例，今儿早膳过后就会有正一品以下妃嫔要过来恭贺的。公主贪睡，常常快午膳了才起，若是嫔妃们过来了，公主还未起，是不是不太好？"

琴侬想了想："我们先去准备些吃的，将洗漱的东西都备好，估摸着嫔妃们在皇后娘娘那里请安完了用了早膳快过来的时候，便让人去门外等着。湖边的视野好，看见嫔妃在湖对岸了，再去叫公主起身也不晚，让公主尽量多睡一会儿吧。"

琴梦点了点头，欢欢喜喜地出了殿门，去吩咐人准备水去了。琴侬望着她的身影笑了笑，转身准备去厨房叫人煮些粥，却突然停住了脚步。

按照惯例？宁帝的公主中，云裳公主是第一个获得封号的，琴梦怎么知道公主获得封号之后等级比公主低的需要来请安恭贺？琴梦不是对这些事情最不上心的吗？

琴侬皱着眉头，心中斟酌了许久，却也想不明白问题出在哪儿了，只觉着，琴梦似乎真的有些不对劲。

琴侬打理好一切，便听见门外的太监来报："琴侬姑姑，奴才瞧见好像有人过来了，已经到河对岸了。"

清心殿比较偏僻，平日里来往的人甚少，这般瞧见，应该是来恭贺的嫔妃了。

琴侬想着，便吩咐道："去将准备的东西都拿上来吧，我侍候公主起了便要用的。"说着便掀开帘子进了内殿。

内殿之中十分安静，琴侬看着床上那团隐藏在蚊帐之后的拱起，忍不住勾起嘴角笑了起来，转身走到窗边将窗户推开了，才轻声唤了声："公主，该起床了。"

连着叫了两声没人应，琴侬摇了摇头，云裳公主聪慧可人，唯一的缺点便是这爱睡懒觉的毛病了。

琴依走到床边将蚊帐掀开，俯下身子想要抱云裳坐起来，却发现，手中的小人儿身子滚烫……

琴依一惊，连忙查看云裳的脸，却见她脸烧得通红，额头亦是滚烫。

"来人啊，公主发热了，快请太医……"

"啊？公主发热了？"琴梦的声音从门外传来，将脑袋凑进来看了一眼，忍不住惊呼道，"怎么烧得这么厉害，我这就去请太医去……"

话音还未落，人就不见了踪影。

门外有好几个宫女太监听见琴依的呼声也都匆匆跑了进来，琴依连声吩咐道："小林子你先派几个宫女去挨个通知该来道贺的嫔妃，就说公主昨日淋雨受了寒，怕把病气过给她们，不能见她们了，让她们改日再来。小林子你在清心殿守着，若是有嫔妃先来了，也好好地解释一下，其他人去烧些热水进来……"

众人连忙听从吩咐各自出去忙活去了。过了好一会儿，琴梦才带着一个白胡子老头走了进来："琴依姐姐，我将太医请来了。"

琴依连忙请太医在床边坐了："太医，你快瞧瞧，我们公主这是怎么了？身子滚烫，面色通红……"

那白胡子太医查看了一番云裳的情况，又把了脉，才道："惠国公主是昨儿淋了雨受了凉，烧得有些厉害，得赶紧退烧，去叫人拿些酒来给公主擦擦身子，我开个方子，让人速去太医院取了药拿回来熬给公主喝了。"

琴梦连忙道："琴依姐姐你照顾着公主吧，我让人去拿药，我去取些酒来。"

说着便站在太医身边将笔墨递给他，等着他写好了方子便拿着出去了。

忙活了一天，下午的时候，云裳终于退了些热，傍晚时分宁帝也过来瞧了瞧，见云裳退了热便嘱咐了琴依和琴梦好好照顾着便离开了。

掌灯时分，琴梦倚在椅子上，打了个哈欠，盯着一直不停地用酒擦拭着云裳身子的琴依道："琴依姐姐，你今儿个也累了一天了，早些去歇着吧，我来守着公主便是了。"

琴依笑了笑："好了，瞧你都在不停打哈欠了，公主的热还没有退下来，我还是看着好些，你先去睡吧，等明儿个早上公主退了热你再来接替我。"

琴梦想了想，点了点头："好吧，那就辛苦琴依姐姐了，明儿个我定然早些起来。"

说着便打着哈欠掀开帘子走了出去。

琴依又帮着云裳用酒擦洗了几遍身子，抬起头来，却突然瞧见云裳的眼睛瞪得大大的，望着床顶，一眨也不眨。

"公主，你醒了？"琴依一喜，连忙道，"公主你可吓死我了，可有感觉哪儿不舒服？"

云裳听见声音，眼珠子转了转，转过头望向琴侬："感觉嗓子有点疼，全身都酸软，我这是怎么了？"

琴侬闻言，连忙走到一旁的桌子上倒了些水端了过去："公主来先喝些热水吧。公主你是昨天淋了雨受了凉，今日早上奴婢瞧见你全身滚烫，急忙请了太医来给你瞧了。你都睡了一天了，可把奴婢吓坏了。对了，药还在炉子上温着，公主你先喝些水，奴婢去给你端药。"

云裳坐起身，只觉得全身都疼得厉害，忍不住皱了皱眉，接过琴侬递过来的水杯。琴侬转过身，正欲出去端药，一掀开帘子却瞧见外面站了两个人。

"呀……"琴侬忍不住轻声惊叫了一声。

"嗯？琴侬，怎么了？"云裳转过头，望向门口，便瞧见门外走进来两个人。两个人都戴着黑色的斗篷，面容掩盖在斗篷之下，待进了屋，前面的那人才掀开斗篷，露出一张清秀的脸。

第十四章　破晓之前

"……母妃？"云裳有些吃惊，来人正是锦妃，只是，锦妃生活在冷宫之中，进进出出想必都没有那么自由，怎么会突然到这清心殿来了。

锦妃微微笑了笑，走到床边坐了下来，琴依连忙给锦妃倒了一杯茶，轻声道："主子你怎么来了？这宫里到处都是元贞皇后的眼线，若是被人瞧见了……"

锦妃见云裳盯着她瞧，只轻轻浅浅地笑了笑："无妨，我听人说裳儿生了病，一直没有醒，放不下心，所以过来瞧瞧。"

说着便转过身望向身后的那人道："郑嬷嬷，你过来瞧瞧裳儿身子现在如何了？"

跟着锦妃一起进来的人也掀了斗篷，走到了床边，便是那日云裳去冷宫的时候，给她开门的郑嬷嬷。

锦妃见云裳眼中带着几分好奇，便道："裳儿可别小看郑嬷嬷。郑嬷嬷医术可不比官中任何一位太医差，我这些年身子一直没有什么事儿，便是靠郑嬷嬷。裳儿把手拿出来，让郑嬷嬷给你把个脉吧。"

云裳点了点头，想着，这宫中若说还有能够相信的人，恐怕就是自己眼前这个女子了，一听说自己病了，哪怕是冒着危险也要特地来瞧一瞧，可叹自己在梦里竟然会做出那么多伤害了她的事情……

郑嬷嬷将手搭在云裳的腕上，半晌，脸色却微微有些变了："娘娘，公主是中了毒了。"

"什么，中了毒？"其余三人俱是一惊。

锦妃面色一变，连忙望着郑嬷嬷道："怎么会中了毒呢，不是说只是受了凉发热么，嬷嬷你可知道这是什么毒？可有解法？"

郑嬷嬷眉头轻蹙："公主应该是中了夹竹桃的毒了，公主中毒尚浅，要解也不难，取人参、麦冬各二钱，五味子一钱，水煎两次，混合起来，分两次服用便可。"

"只是这毒发作起来像是受凉发热，但是应当医术稍微好那么一些的人都能够通过把脉分辨出来，不至于被当作发热来医治的。奴婢想，太医院中的人定然是被收买了，若是公主去拿这些药，必会招惹怀疑……"

琴依这时也缓了过来，眼中仍旧带着惊讶："可是公主是怎么中毒的啊？奴婢一直对公主的吃喝用的东西都很谨慎，怎么还是被人钻了空子？"

郑嬷嬷闻言，又仔仔细细地检查了一遍云裳的身子："奴婢猜，应当是公主沐浴用的水中出了问题。奴婢刚刚仔细查看了一遍，虽然公主的身子被擦了很多酒，已经完全掩盖住了夹竹桃的味道，但是奴婢在公主的头发、耳后还有脖子上都发现了夹竹桃汁的味道。"

"沐浴的水？"琴依脑中迅速将事情仔细想了一遍，惊道："是琴梦！"

琴依对着云裳道："昨天公主沐浴的水是琴梦准备的，此前公主跟奴婢说了怀疑琴梦之后，奴婢还特意留意了一下。今日一早，也是琴梦提醒奴婢，说公主有了封号，定然有很多嫔妃来祝贺，叫奴婢侍候公主起床。那太医也是琴梦去请的，便是那太医让奴婢给公主擦酒降温的。现在想起来，这一切定然都是琴梦预谋好的，在沐浴的水中加入夹竹桃，然后请来太医，让奴婢用酒掩盖掉罪证……"

"对了……"琴依又突然想起一茬儿，忙道，"还有药，奴婢去将那太医开的药端过来给嬷嬷瞧瞧。"

说着便匆匆走了出去。

锦妃轻蹙眉头，叹了口气："没想到那李依然竟然这般心狠！当年我不欲与她争，自愿入了冷宫，只想着她能够放心，不要处心积虑对付裳儿，却不想，她还是不愿意放过……"

云裳冲着锦妃笑了笑："母妃，这不是你的错……"

锦妃却仍旧十分自责："都是我不好，若是我不这么软弱，也不会连累裳儿受这般委屈，裳儿从小便没有我在身边照顾着，还这般惊险，若是一个不小心，便会失了性命，这般想着，我便觉得心中如万蚁撕咬一般难受。"

云裳鼻尖微酸，虽然自己与锦妃未见过几次，可是她却仍旧会为她担忧，为她难过，这便是母亲……

"嬷嬷，药端来了，你瞧瞧这药有没有问题……"琴依掀开帘子走了进来，手中端着一碗药，还冒着热气。

郑嬷嬷深吸了一口气，眉头顿时拧了起来："不用瞧了，已经闻到了。"

郑嬷嬷转过头："这药中有夹竹桃汁的味道，并且闻起来这分量应当还不小。"

琴依闻言，顿时煞白了脸："真是好毒的手段，要不是主子和郑嬷嬷过来了，奴婢便要去给公主端药了，若是公主吃了这药……"

郑嬷嬷面色平静地接过话茬子："若是喝了这碗药，恐怕，公主便活不过明儿早上了。"

郑嬷嬷说着，又叹了口气："元贞皇后真是好算计啊，先是让公主用掺了夹竹桃汁的水沐浴，夹竹桃汁加了那么多的水，效力本就淡了，加上又只是沐浴，也没有办法取命，顶多便是发热昏迷。而后再以请太医给公主看病的由头，让人在药中加了夹竹桃汁，若是出了什么事，也顶多说公主身子太弱，发烧反反复复的，身子经不住……"

云裳笑了笑，带着几分自嘲，自己以为自己已经处处谨慎了，以为自己一定可以扳倒元贞皇后和华镜，却不想，差点儿便丢了性命。

果然，自己还是太低估了那个女人的心机啊，也低估了她在宫中的势力。

锦妃也变了脸色："我记得李依然也是个聪明的女子，却不想，她的聪明都用在了这后宫争斗之中。嬷嬷，要怎样才能拿到药材给裳儿解毒呢？"

郑嬷嬷来来回回在寝殿里走了好几圈："这宫中，想要带药材进来，并且神不知鬼不觉地煎了给公主吃，几乎是没有办法的……"

锦妃咬了咬唇，面露焦急："那怎么办？要不找个宫女装病，去太医院求了这两味药，然后送到我们那边，在我们那边煎了，再送到裳儿这边来？"

郑嬷嬷摇了摇头："我的好主子啊，你说，一个宫婢生了病用得着人参吗？"

锦妃颓然地坐了下来，神情沮丧，云裳连忙拉过锦妃的手，笑着道："母妃不用着急，嬷嬷不是说了吗？女儿中毒尚浅，还丢不了性命，顶多受些苦，撑过去便也就好了。母妃放心好了，没事儿的。"

郑嬷嬷仔细打量了云裳好几眼，目光中带着几分赞赏，想了想，才又道："奴婢觉着，倒是不如，将公主送出宫去。"

"出宫？"锦妃闻言，沉默了半晌，才终于下定了决心，"虽然母妃也舍不得你，但是现如今，出宫倒是一个不错的选择。母妃知晓，最近你刚刚受了封，母妃也很为你高兴。但是，母妃害怕，因为这个，皇后更是不会放过你，你爬得越高，对她的威胁就会越大，她定然想趁着你羽翼未满的时候除了你。"

锦妃叹了口气："我听琴依说了不少关于你的事情，母妃知晓裳儿是个聪明人。只是再聪明，你现在也定然不是李依然的对手。不说她的心机，单单因为她在每个宫中都有自己的眼线，她的父亲是备受尊崇的丞相……"

"裳儿你可知，为何华镜和皇后因为陷害你被禁足，却只禁了不到三日便被放了出来？那是因为西北起了兵乱，李依然的哥哥便是西北驻军的统领，你父皇，还得仰仗着李氏一族……"

云裳叹了口气："外戚专权，父皇便只能忍着吗？"

锦妃连忙压低了声音："裳儿，可别乱说话，若是被人听见，定会说你妄议朝政了。外戚专权，是大忌。可是，即便是要除掉李氏一族，也不是现在，时机尚未成熟……"

"只要这朝中还是李氏的天下，李依然这个皇后的位置便是稳稳当当的。裳儿，现在的她，不是你能够撼动的。你在这宫中，定然是不安全的……"

"还是出宫吧，你外公虽然已经辞官归隐，但是结交的好友中，各种各样的能人异士都有。你在宫中，皇后不会让你学什么东西。若是你想学，便只能出宫，要是你能将你外公的好友们的才学都学会，我的裳儿定然能成为天下第一大才女。"

云裳低着头，想了许久，终究还是轻轻叹了口气。母妃说得一点儿也没有错，她如今只有八岁，没有一点儿自己的势力，在宫中处处受限。若是能够出宫，兴许还能培养一些属于自己的势力。

这般想着，云裳便点了点头："裳儿听从母妃的安排，只是我应当如何出宫呢？"

锦妃笑了，笑容中带着几分狡黠的味道："想出宫，母妃倒是有法子，你便等着瞧好了。"

第十五章　有人将灯点

第二日一大早，琴梦果真如她所说那般，早早地便来了："琴依姐姐，公主醒了吗？"

琴依转过头，正好瞧见琴梦的目光落在床边凳子上那碗已经凉透了的药上。

琴依眼中闪过一抹怒意，面上却是不露一丝异常："半夜醒了，倒是不怎么发热了。只是我拿了药来说喂公主，公主却怎么也不肯吃，说药太苦了。大半夜的，我也没有找到蜜饯，实在是无法……"

琴梦笑了笑："公主还睡着吧？琴依姐姐守了一夜了，定然十分累了，便先去歇着吧，左右现在公主也还未醒，我先去将药熬了，找些蜜饯来备着，等公主醒了，正好侍候公主吃药。"

琴依转回眼，看了眼床上的云裳，良久才点了点头，站起身："如此便有劳你了，我先去歇了。"

琴依说着，便转身出了内殿。

琴梦目送着琴依离开，待琴依走后，连忙将云裳扶了起来，端起药，想要喂云裳吃药。云裳却似乎梦见了什么，睡得有些不安稳，动得十分厉害，琴梦试了好几次，也不能将药喂进云裳嘴里。

琴梦皱了皱眉，将药又放了回去，盯着云裳看了一会儿，才让云裳重新躺了回去，而后站起身来，端着药走了出去。

待她一走出门，床上的云裳便睁开了眼，眸中蔓延开满满的冷意……

过了一会儿，琴梦又回来了，见云裳还未醒，便守在一旁等着，等了许久，差不多快午时的时候，才听见床上的人嘤咛一声，醒转了过来。

琴梦被惊了一跳，连忙弯下腰问道，"公主可是醒了？奴婢这就给你端药去……"

而后便匆匆跑了出去。

云裳睁开眼，嘴角勾起一抹嘲弄的笑，琴梦，自己怀疑过很多人，可是总是觉得琴梦性子比较直，不像是个藏得住心思的，所以自始至终都不愿意怀疑她，却没有想到……

如今终于忍不住现出狐狸尾巴了吗？

"公主，公主，药来了。奴婢早上就一直担心公主起来药凉了，所以一直将药放在炉子上温着的，现在喝正好。"掀帘子的声音响起，琴梦的声音紧接着传来。

"苦，本公主才不要喝。"云裳皱了皱眉，有些嫌弃地转过眼，脸上是满满的不愿。

琴梦笑着在床边坐了下来，诱哄道："良药苦口利于病嘛，奴婢就知道公主怕药苦，所以刚才奴婢路过小厨房的时候顺便拿了一些蜜饯。喝了药再吃些蜜饯，就一点儿也不苦了。"

云裳"哼"了一声："骗人，以前我生病的时候，宫女也这么说。可是我试过了，一点儿也没用！"

琴梦还想说什么，却被云裳打断了："本公主可是公主，说了不喝就是不喝。琴侬……小林子……"

云裳突然拔高了嗓音，大声喊道。

"奴才在！"帘子被掀开，小林子走了进来，走到床前，低着头行了礼，"公主，可有什么事情吩咐奴才的？"

云裳歪着头想了想："我要吃芙蓉虾，你让小厨房做些过来，虾要大个的。"

小林子闻言，连忙道："那可不成，公主，你现在还病着呢，可不能吃这些大油大肉的东西，不如奴才让人做碗红豆膳粥过来？"

云裳瘪了瘪嘴："不要，什么粥啊粥的，没点儿味道，不能吃芙蓉虾，那就做荷包蟹肉吧。"

小林子又连连摇了摇头："公主啊，你难道想一直这样躺在床上吗？"

见云裳瘪着嘴不愿意应声，小林子便接着道："如果公主不想的话，就得要听奴才的话，这虾啊蟹的吃不得，不仅这些吃不得，只要是肉的都不能吃，奴才觉着，还是喝些粥最好。"

云裳还未回答，一旁的琴梦便抢过了话头："是啊，小林子说的对，公主若是想早日好起来，也要按时喝药哦……"

云裳眼中闪过一抹嘲讽的神情，倒真是不放过一丝机会呢。

正想回应，却听见外面传来一个声音："皇上驾到……"

第十六章　欲度劫

"父皇来了！"云裳一喜，探着头望向门帘处，见帘子被掀了开来，就扬声道："父皇，父皇，你给裳儿带什么好吃的没有啊？"

从门帘处进来一个紫色的身影，正是穿着便服的宁帝。宁帝的身后还有一个人，光头，穿着一身僧袍，长长的白胡子，身上带着几分出尘的味道。

云裳愣了愣，这个人，若是云裳没有记错的话，应当是宁国寺的兀那方丈。在梦中自己在宁国寺中见过两次，只是……

他怎么来了，还被父皇带到了这里？

"朕瞧着你这病应当是没什么大碍了，虽然瞧着脸色还是很苍白，可是还能问朕要吃的，定然是没什么事了。兀那方丈在呢，瞧你，可别让兀那方丈笑话……"

宁帝哈哈大笑，走到云裳身边坐了下来。

一旁的琴梦和小林子从宁帝进来的时候便跪倒在地，行着礼。

云裳也微微笑了笑："裳儿怎么知道兀那方丈也来了，裳儿还以为就只有父皇呢。嘿嘿，裳儿见过方丈，上次方丈说十七要下雨，果然下了呢。方丈真是太厉害了。"

兀那方丈双手合十，行了个佛礼："阿弥陀佛，是公主有佛缘，所以受佛祖眷顾。佛祖瞧着公主诚心祈福，所以才有此佛旨。"

宁帝闻言，爱怜地看了眼云裳，笑着转过头对着兀那道："方丈也见到了裳儿，如今可以告诉朕，今日突然进宫是为了什么了吧？方丈可把朕吓了一跳，突然进宫，什么也不说就说要见裳儿……"

"嗯？"

云裳亦有些吃惊，自己与这个兀那方丈也没有什么交集，不管是梦里还是现实中。

梦中也不过见过两次，一个是给自己批命，皇室子女在及笄的时候多要请来得道高人批命，自己在梦里便是兀那给批的，记得那时兀那给自己的批言是"历经七苦，从头再来"。

云裳突然一惊，在梦里只觉得这批言十分不吉利，转过身便忘了，如今想来，这一切，竟然都被方丈说中了……

此人，实在是不可小觑。

可是，如今，这兀那方丈突然进宫，却又是为了什么呢？

兀那念了一声佛号："阿弥陀佛。公主此次却不只是普通的受凉，是劫。惠国公主虽然有佛缘，只是此番却也是泄漏了天机，当有此一劫。贫僧便是算到了此劫，故而专程进宫，只希望为公主化解此劫。"

"劫？"宁帝闻言，面色也变得十分严肃起来，看了看云裳，又看了眼兀那："那方丈可有化解之法？"

兀那点了点头："倒也不难，只是需要委屈公主了。贫僧希望能够带公主去宁国寺中住上一段时间，寺庙是佛家圣地，受佛祖庇护，方可保公主平安。"

云裳一愣，抬起眼来望向兀那，却见他面容平和，带着几分庄严肃穆，倒一点儿也不像是在妄言。

云裳在心中暗自揣测，莫非，这便是母妃所言的出宫法子。

可是，母妃怎么会和兀那方丈有联系？而且，宁国寺到宫中坐马车得半日，哪怕是骑马也得要两个多时辰，莫非母妃连夜派了人去寺中请了兀那方丈？

兀那方丈又言："公主这病，虽然看似不严重，可是贫僧恐怕，是会落下病根子的，这以后，公主的身子恐怕都不会太好。若是在寺中平心静气地修养些时日，倒也有机会彻底康复。"

宁帝皱了皱眉，思考了良久，才询问道："那，大概需要多久的时间？"

"贫僧现在可能无法确定，得先回寺中，召集寺中长老共同为公主算上一算，若是有了结果，定然第一时间通知皇上。贫僧也定然会好好照顾公主，远山施主同贫僧也算有些交情，贫僧便是看在他的面子上，也定然会保公主平安。"

听见远山施主这几个字，宁帝方点了点头："朕相信兀那方丈。"

宁帝转过身来，看向一脸迷茫的云裳："裳儿，你愿意跟着兀那师父去宁国寺中住些日子？"

云裳撅着嘴想了会儿，才道："好吧，虽然方才父皇和兀那方丈的话裳儿不太能听得明白，不过裳儿大概知道，是因为裳儿生了病，要去寺中才能好，裳儿才不要天天躺在床上当一个小病秧子，裳儿去就是了。"

宁帝颔首，又转过头问兀那："方丈什么时候启程？"

兀那又念了个佛号，低着头道："越快越好，公主的身子耽搁不得。公主快些让人收拾东西吧，贫僧便在殿外候着公主。"

云裳闻言，急忙道："小林子，快去将琴依叫过来给本公主收拾东西，可不能让方丈等久了。"

小林子领命而去。

云裳的目光淡淡地扫过琴梦，却见她的面上满是讶异，似是被这突如其来的变故打断了计划，有些无所适从。

宁帝轻叹了口气："裳儿，虽然父皇也很舍不得你离开，只是事关你的身子，父皇不得不同意。裳儿你在寺中要乖乖听方丈的话，这寺中总比不得宫中，事事有人侍候。恐怕要委屈你了……"

云裳抿了抿唇，声音亦有些低落："裳儿知道的，裳儿不怕。哪怕是再给裳儿一次选择的机会，裳儿也仍旧会选择给百姓祈福，下这场雨。裳儿不在宫中，父皇也要好好照顾自己，不要太劳累了，那些个奏章批不完就让它放着，吃饭睡觉的事情，却耽搁不得。"

宁帝颔首："好，父皇记住了。"

云裳点了点头，笑着道："父皇要是有事儿，便先去吧，裳儿才不要父皇送裳儿呢，不然裳儿会哭的。裳儿就去那么一会儿，很快就回来了。"

宁帝深深地看了云裳一眼，才转过身对着兀那道："那方丈便先随朕到勤政殿等着裳儿吧，朕还有些事想要请教方丈呢？"

说完便带着兀那走了出去。

宁帝刚一走，琴梦便起了身，站在床边道："公主公主，让奴婢去宁国寺中照顾公主吧，那宁国寺中多无聊啊，奴婢去了，还能陪着公主说话解闷儿。"

云裳笑了笑，心中想着，这倒是个脑袋灵活的，嘴里却道："那宁国寺是个苦地方，我可不能找个只会说话解闷的，至少要会做好吃的东西，还要会侍候我的，你还是太小啦。这宫中待着舒服些，还是琴依跟我一起去吧。"

正说着话，琴依已经进来了："公主，奴婢都听小林子说了，奴婢这就去给你收拾东西去。"

云裳点了点头："父皇说只能带一个人去侍候，你可愿意跟着本公主一起去那庙中受苦去？"

琴依闻言笑了笑："公主说的哪儿话？奴婢自然是要跟着公主的，奴婢在宫外的时候什么苦日子都过了，公主便尽管放心好了。"

"那便好，大家都手脚利索些吧，莫要让兀那方丈等久了。琴梦你和小林子一同去收拾，琴侬你留下。"云裳都这般说了，琴梦饶是心有不甘也不敢再说什么，只默默退了出去。

"琴侬，兀那方丈可是母妃叫来的？方才我听兀那方丈说他看在远山施主的面子上会好好照顾我的，这远山施主又是谁啊？"云裳连忙拽过琴侬，将自己心中方才就存在的疑问问了出来。

琴侬笑了："是不是主子叫来的奴婢可不知道，只是，这远山施主奴婢大致可以猜到。公主，你的外公可不就叫萧远山吗？"

云裳闻言愣了愣，萧远山，她知道，是前太傅，几年前便已经辞官归隐。原来，竟是她的外祖父。云裳也忍不住笑了起来："原来是这样呀……"

"对了，琴侬，我这样走了，母妃那儿怎么办啊？会不会就没有人照顾了啊？"一提到锦妃，云裳心中忍不住有些担忧。

琴侬摇了摇头，眉眼间都是满满的笑意："公主放心好了，主子也不是什么软柿子，在宫中也有人照应着，不会有事儿的。"

"嗯。"云裳松了口气，"那我便放心了。"

第十七章　时光荏苒

　　车轮"骨碌碌"地转着，云裳躺在马车上闭着眼睛想着自己的心事。自她从梦中醒来，算算日子也过去一个多月了，自己几番试探，虽然借着梦中的预示略占上风，只是最后这一场，自己确实输得有些狼狈的。

　　若是没有母妃的帮助，自己恐怕便已经再次丢了性命……

　　还是太过着急了啊，云裳叹了口气，自己做了那一场梦，心中被仇恨填得满满的，便不管不顾地开始复仇，可是却忘了，如今的自己，根本没有那个实力。

　　没有周密的部署，没有属于自己的势力，没有后盾，倒真正有些以卵击石的味道呢。

　　所幸自己现在明白也算不得太晚，既然母妃想方设法将自己送出了宫，便不能浪费了这个机会，定然要好好借着这个时机，将一切都筹备妥当。

　　皇后娘娘，华镜，你们且再等一等吧，等着我再次归来。

　　马车行进了大半日，而后停了下来。云裳在琴侬的搀扶下下了马车，便瞧见眼前是宁国寺门前长长的阶梯。云裳跟着兀那一步一步走上阶梯，进入寺中。

　　兀那带着云裳走到后山的一处小院中，才停了下来道："这儿便是寺中为惠国公主安排的住处了，以后的日子，公主便在此地静养。"

　　兀那说着，云裳便瞧见一个和尚带着一个小女孩走了进来……

　　云裳忍不住瞪大了眼睛，那小女孩与她身形几乎一样，甚至面容也有四五分相似。

　　"方丈，这是？"云裳皱了皱眉，有些不明白兀那方丈的用意。

　　兀那眸光闪了闪，笑着道："这位是住在这院中修养身子的惠国公主……"

　　云裳很快明白过来："这是代替我的？"

　　兀那点了点头，对着琴侬道："这位女施主还是留在这儿侍候惠国公主吧。"

　　说完又转过身对着云裳道："这位女施主这边请，远山施主已经等候许久了。"

远山施主?

云裳愣了愣，才想起早上琴依方才提起过，这远山施主极有可能便是她梦里从未见过的外公。

思及此，云裳吩咐琴依道："你便留在寺中吧，若有什么事儿托人给我传个信便好。"

琴依想必也明白了兀那的安排，连忙点了点头："奴婢知晓应当怎么做了，公主放心，有我在，定然出不了岔子。"

云裳轻轻"嗯"了一声，眸光顺着琴依的目光看过去，盯着那个和自己有几分相像的女孩儿，看了一会儿，才转过身对着兀那点了点头道："还请方丈带路。"

兀那带着云裳穿过一片大大的竹林。在竹林深处，还有几间小屋子，还未走近，便瞧见屋子门口站着一个约莫四十岁的中年男子，穿着一身青色布衫，远远地瞧不清楚容貌，却只觉得那人气质出尘，哪怕是那么随便一站，也带着几分难得的洒脱味道。

那人似乎也瞧见了他们，不疾不徐地走了过来，站在离云裳不远的地方含笑看着。

云裳也停下了脚步，只这么一眼，云裳便知道了眼前人的身份，心中亦有些激动："外公。"

那人闻言，嘴角更是上扬了几分："果然是书锦的孩儿，这模样，跟她小时候一模一样，这聪明劲儿也是一模一样。"

云裳也忍不住笑了起来，心中被暖暖的温馨溢满，心中暗想着，这便是自己的外公呢。

萧远山两步走上前，便将云裳抱了起来："一转眼裳儿都长这么大了，上次见还是你刚刚出生的时候，还那么小一丁点儿呢。"

说完便又转身对着兀那道："这次是我欠你一个人情，下回我们下棋的时候，我便让你三子好了。"

"贫僧今儿个可是破了戒，打了诳语才将公主接出宫，三子便可抵消？你想得也太过轻松了，下次上山记得给贫僧带一壶桃花酿便是最好。"

萧远山笑骂："酒肉和尚。"

说完便抱着云裳往院子的另一边走去："裳儿别和这酒肉和尚说话，他说的话没有一句能听，还竟然有那么多人被他骗了。"

云裳趴在萧远山的肩膀上，听着萧远山与兀那打趣，惊异无比，心中却是无比的安宁，连声音也不由地轻了几分："裳儿听外公的。"

七年后。

离宁国寺不远处有一个镇子名唤石溪镇，石溪镇上有一处院子。

已经是深秋，天气渐渐凉了起来，后院凉亭中，坐着两个人，男子约莫五十岁，穿着一身青衣，眉目间满是温和："我下这儿。"

"外公可确定？"

对面坐着一个女子，十四五岁的年纪，双眸似水，十指纤纤，肤如凝脂，雪白中透着粉红，似乎能拧出水来；一双朱唇，语笑嫣然；长发直垂脚踝，只用一根发带随意地束了束，青丝随风舞动。

女子着一袭白衣委地，上锈蝴蝶暗纹，美得惊心动魄。

定睛一瞧，这个女子却正是长大了的宁云裳。

萧远山点了点头："确定。"

宁云裳微微一笑，执起黑子落下："外公承让，裳儿又赢了。"

萧远山皱了皱眉望着棋盘，半晌才道："唉，不和你玩儿了，明明你下棋都是我教的，这不过才几年，竟然就下不赢你了。下次去宁国寺的时候一定要让兀那老和尚来试一试，不过那臭棋篓子，连我都下不过，定然也还是个输。对了，裳儿，兀那老和尚说皇帝又派人到宁国寺接你了，说再过一个多月便是你及笄的日子了，想接你回去。我让他照常回绝了。"

云裳闻言，目光静静地落在一旁的湖面上，眼中满是冰冷："外公，这回我打算回宫了……"

萧远山收棋子的手顿了顿："怎么？和外公待着腻了？"

云裳站起身，走到萧远山身边蹲了下来，望着萧远山轻声道："怎么会呢？外公对我最好了。这些年，外公为了我各处托人，请人教我琴棋书画，教我行兵布阵，教我行商赚钱，教我培养自己的势力，这些疼爱，裳儿都知道。这些日子也是裳儿最快乐的日子。皇宫是我最不想回的地方，可是，母妃还在那儿呢，有些事情也必须要去面对……"

云裳低眉浅笑："裳儿就要及笄了，是大人了。而且，外公这些年的悉心培养让裳儿早已不是那个手无缚鸡之力的女孩子了。外公放心，我一定会好好保护自己，保护好母妃。"

七年时间，她早已经将一切，都布置妥帖……

第十八章　肯将锋芒藏

"宣惠国公主入殿觐见……"金銮殿中传来一声尖尖细细的内侍通传，云裳理了理自己的衣裳，在琴依的搀扶之下走入了金銮殿。

"儿臣叩见父皇……"云裳有些吃力地跪了下来，朝着宁帝叩拜了三下，才直起身子，轻声咳嗽了几声。

宁帝望着殿中七年不见的女儿，心中有许多感慨，最终却只是叹了口气，朗声道："惠国公主为民祈福七载，在此期间，宁国风调雨顺，其中自也有惠国公主的功劳，特赏金陵为其封地。"

金陵啊，云裳嘴角勾起一抹笑，又行了个礼，额上冒出细细的汗珠："儿臣谢父皇赏赐。"

"平身吧。"

云裳缓缓站起身，抬起脸对着宁帝微微笑了笑，面色却愈发苍白了起来。众人还未反应过来，云裳便已经身子一歪，摔倒在地。

"公主晕倒了……"琴依连忙站起身，上前一步将云裳扶了起来。

"快，传太医！"宁帝的声音带着几分慌乱，急急忙忙地喊了一声，从龙椅上走了下来，抱起云裳便往内殿走去。

栖梧宫中，皇后与华镜正坐在榻上说着话："今年的天气不错，这桂花糕的味道也比去年甜了许多，你倒是有心了。"

华镜微微一笑，眉目柔和："母后喜欢便好，待会儿女儿便给父皇送些去。对了，听说云裳妹妹今儿个也回宫了，此时应当正在金銮殿中觐见，待会儿我也给妹妹送些去。好些年没见云裳妹妹了，也不知她怎样了。"

皇后嘴角带着几分诡异的笑："这几年本宫也派人去宁国寺打探过她的情况，听说她身子骨越来越差了……"

"过些日子就是她的及笄日了。及笄了，也应当嫁人了。虽然你与她并不是同父同母的姊妹，只是，你好歹也是做姐姐的，便多帮着瞧瞧这皇城中适龄的男子有没有合适的，也给你妹妹选个驸马吧。"

华镜闻言，连忙点头称是："女儿知晓了，一定帮妹妹好生留意着。"

"娘娘，娘娘……"

有宫婢突然匆匆掀开门帘走了进来，面上带着几分得意的笑："娘娘，那惠国公主果然如传言一般体弱多病。方才在金銮殿上，皇上将金陵赏给了惠国公主做封地，惠国公主也不过就是谢了个恩，起身便晕了过去。奴婢听在殿上侍候的太监说，那惠国公主面色惨白，稍微做点儿什么全身都开始冒汗，实在是个风一吹都会倒下的主儿。"

"是吗？"元贞皇后皱了皱眉，"金陵，皇上倒真是舍得。不过，也得看她有没有这个命去享受了。下去领赏吧……"

那宫女连忙谢了恩退了出去，宫女一走，华镜便有些不满地蹙起了眉头："母后，女儿都已经成亲了，父皇给的封地也无非是西平城。西平那地方又偏远，土地也贫瘠。我此前想着，我只是一个公主，也就认了。可是如今父皇却将金陵给了她……"

元贞皇后淡淡地瞥了她一眼："你若现在忍得，以后她的便都是你的，你若现在忍不得，那你的以后都是她的。你如今是皇都中才名极佳的西平公主，她不过是在寺庙中念了七年佛的井底之蛙，你还怕同她比？方才本宫便说了，不管再好的地方，也得要有命在才能享受。"

华镜身子微微顿了顿，倒似乎也的确如皇后所言那般……

华镜连忙道："女儿知道了，是女儿糊涂了。"

皇后点了点头，站起身来："既然云裳回了宫，还一进宫便晕倒了，那本宫说什么也得去瞧瞧了。"

"女儿也去，好久没瞧见妹妹了，甚是想念。顺便将府中刚做的桂花糕也给妹妹送些去。"华镜说着，连忙叫来宫女，将食盒带上，同元贞皇后一起出了内殿。

"惠国公主现在在哪儿？"

那宫女连忙应着："公主晕倒得急，皇上便将她抱到金銮殿的后殿中歇着了，已经叫人传了太医，现在应当还在那里。"

元贞皇后点了点头，便带着人朝金銮殿后殿走去。

元贞皇后到金銮殿后殿的时候，云裳已经醒了过来，正靠在床上伸出手给太医诊断，面色苍白，眉头微皱，似是十分痛苦。

"裳儿这是怎么了？怎么看起来这么虚弱？兀那方丈不是说只需要在宁国寺中修养一段时间便好了吗？"元贞皇后急忙走上前，轻声问道。

云裳抬起头对着皇后微微笑了笑，叫了声"母后……"

笑容却是无比苍白。

一旁的琴侬急忙解释道："公主身子不好，不能说太多的话。公主这副模样，是因着几年前有个小孩在宁国寺中走失了，公主帮忙寻找，却遇上大雨，一不小心从悬崖上摔了下去，后来身子骨就一直不好。幸好兀那方丈照拂，如今已经好了许多……"

"让母后担心了……"云裳轻声道，又低下头咳了两声。

太医收回手，宁帝便急忙询问着："怎样？"

太医摇了摇头："公主五脏皆伤，如今也只能好好养着了，但是不可劳累，也不可有太大的情绪波动，否则，性命难保。"

宁帝叹了口气，在床边坐了下来："这些年，辛苦裳儿了。"

云裳浅浅笑着："父皇，女儿不苦。"

皇后眉头紧蹙着："裳儿还未及笄，却要受这般苦，实在是天有不公。太医，给惠国公主调养身子的补品尽管用便是了，务必要将公主的身子养好。"

正说着话，便有太监进来找宁帝，宁帝便道："这边便由皇后照看着吧，朕还有些政务未处理，先去了。"

殿中的人急忙行礼。

待宁帝出了门，云裳才又勉力笑了笑："不知道清心殿打扫出来没有，裳儿还是回清心殿好了。"

皇后忙道："每日都有打扫的，本官已经叫宫女去通知清心殿中侍候的人过来了，那边清静些，也适合养身子。服侍的人还是之前那些人，你用着也习惯些。"

云裳颔首，刚想要回话，便瞧见有几个宫女太监走了进来："奴婢（奴才）见过皇后娘娘、西宁公主、惠国公主。"

皇后瞧见来人便笑了："正说着呢就来了。裳儿你瞧，这个宫女你还认得吗？抬起头来给公主瞧瞧……"

云裳转过眼，便瞧见为首的宫女抬起头来，眼眶微红地看了云裳良久："公主……"

云裳瞧见那宫女的容貌，嘴角微微勾起："原来是琴梦啊，七年不见，琴梦都长成大姑娘了……"

琴梦闻言，"哇"的一声便哭了起来："公主你太狠心了，去宁国寺都不带奴婢，奴婢在宫中月月盼天天盼，就盼着公主回宫，谁知道公主这一走便是七年啊……"

云裳笑了笑，开口想要说话，却忍不住咳嗽了起来。琴依连忙上前帮着云裳顺了顺气。

琴梦见状，更是泣不成声："公主你离宫的时候都是好好的，怎么现在身子这么弱？公主放心，回了宫奴婢一定将你侍候得好好的，定然让公主的身子早日恢复健康。"

云裳咳了半晌才稍微止住，额上已经渗出细细密密的汗珠。琴依连忙拿出锦帕给云裳擦了擦，云裳才缓缓抬起头来道："傻丫头，我这不是挺好的吗？扶我回清心殿吧，我有些累了。"

琴依连忙将云裳从床上扶了起来，云裳瞧见一旁的华镜给琴梦递了个眼色，琴梦也急忙上前挽住云裳道："公主，奴婢来帮你。"

华镜这才上了前："妹妹，皇姐知道你今天回来，专程亲手做了桂花糕给你送来，方才母后也尝了一个，说很甜呢。我记得妹妹挺爱吃桂花糕的，拿回去尝一尝吧。"

"多谢皇姐。"

一旁的琴依连忙接了过来，将食盒子递给了跟着琴梦过来的一个宫女，才扶着云裳往外走去。

第十九章　场场皆好戏

宁帝早早地派了步辇在外面候着了，云裳坐了步辇往清心殿而去。

清心殿果真如皇后所言，人还是原来那些人，殿中的摆设也几乎没有变。

琴依扶着云裳走在最前面，刚一掀开帘子走进内殿，却听见"喵"的一声叫，一个毛茸茸的东西朝着云裳扑了过来。

"啊……"云裳惊叫一声，两眼一翻，晕了过去。

"公主，公主……"后面顿时乱作一团，琴依皱了皱眉，连忙道："叫什么叫，公主身子需要静养，这哪来的野猫，轰出去，其他人该干吗干吗去……"

那些宫女太监却纷纷望向琴梦，见琴梦点了点头才退了下去。琴依心中了然，皱了皱眉扶着云裳往床边走去。

将云裳安顿好，琴依才从袖中拿出一个药方递给琴梦道："这是公主的药方，公主这儿离不得人，便劳烦你到太医院给公主抓药吧，其他的宫人原本也不熟悉，我也不相信……"

琴梦闻言，连忙笑嘻嘻地接了过来："琴依姐姐放心，我这就过去。"

说着便朝着云裳行了个礼，退了出去。

"真是好大的威风，七年不见，原来这清心殿的主子变成了她琴梦了。"琴依哼了一声，走到床边。

云裳倒是并不意外："七年了，想必这殿中的宫人早已经被皇后收服了。这回，还得先把这些人一个一个拔了，我才能将我的人安插进来，我行事才稍稍方便一些。"

云裳说着，便朝着琴依招了招手。

琴依连忙凑了上去，云裳在她耳边说了些话。琴依嘴角渐渐也有了笑意："奴婢这就去办。"

琴依出了门，过了一会儿，云裳便听见外面有细细碎碎的声音响了起来："原来那就是惠国公主啊？长得倒是还不错。可是怎么这副病快快的样子？我记得以前不是挺能闹腾的吗？"

"是啊，我记得这位主子小的时候总是打骂宫人，那时候谁都不愿意去侍候她。真可谓是恶有恶报，你瞧，她现在这风一吹就倒的样子哟，简直晦气得很。"

"听说是在宁国寺里面住了好几年呢，怪不得跟个乡下来的村妇一般，一点儿也没有公主高贵的样子，比起华镜公主来实在是差得太远了。"

云裳侧耳听着，嘴角慢慢勾起，这么多年过去了，这宫里的女人还是一样的无聊，嫔妃们钩心斗角，宫女们嚼舌根子。

"你们瞧瞧公主带回来那叫琴依的丫头，真当自己多了不得呢，还敢命令我们？这宫里除了琴梦姐姐，咱们谁说的话也别听，哪怕是那个病快快的公主。唉，也怪我们命苦，被分配来照顾她，方才那猫儿就是我故意放的，没想到竟把她吓破了胆……哈哈，瞧她那脸色苍白一下子就昏倒过去的样子，简直笑死我了……"

"妄议主子，拉下去，打五十大板！"一个尖尖细细，却带着几分阴郁的声音传进了云裳耳朵里。云裳微微笑了笑，只听见外面方才还得意万分的声音染上了几分惶恐："郑总管饶命，奴婢罪该万死……"

"还不拉下去？"郑总管的声音又响了起来，接着云裳便听见外面传来惊声尖叫："奴婢知错了知错了……"

"拉远些，别打扰了公主休息。"郑总管声音渐沉，"惠国公主虽然七年未回宫，可仍旧是这清心殿，乃至是这皇宫中的主子，不要因为七年没有可以侍候的主子便忘记了自己是个奴才。"

郑总管的话音一落，院中便没有声音再传来。过了会儿，外殿才响起了脚步声，脚步声到了门外便停了下来。

"是郑总管吗？进来吧。"云裳轻声道。

门帘被掀开，进来的果然是宁帝身边贴身侍候的内侍总管："公主，刚刚有人给皇上献了一个玉佩，说是块难得的暖玉，对调养身子有很大作用呢。皇上得了，立刻便让奴才送了过来……"

郑总管说着，便递了块纯白的玉佩过来。

云裳笑着接了过来："有劳郑总管了……"

郑总管觑了一眼云裳苍白的脸："那公主好生将养着，奴才这便去给皇上回话去。"

说完又顿了顿，才压低了声音接着道："公主虽然七年未回宫，可是，这清心殿也依旧只有你一个主子。这些个奴才，若是公主看不顺眼，便尽管处置了便是，可千万莫要让她们觉得，您是个好拿捏的……"

云裳愣了愣："可是……"

郑总管笑着："公主放心，奴才会将方才发生的事情原封不动地禀报给皇上。公主去宁国寺七年，是为民祈福。可是一回宫却被这些个下人欺负，皇上无论如何也不会容忍这样的事情发生的。这些没规没矩的宫人，公主尽管处置便是……"

云裳张了张嘴，正要说话却又忍不住咳嗽了几声，待稍稍缓了过来，云裳才点头应了："多谢郑总管，我知晓了。"

第二十章　处处皆算计

郑总管走后，云裳吃了些东西，便隐隐听见从外面传来喧哗声。

云裳皱了皱眉，对着琴依道："去瞧瞧外面发生什么事儿了。"

琴依应了声，出去瞧了瞧又跑了回来："听说是皇后娘娘的簪子丢了，栖梧宫的宫女交代，说淑妃娘娘身边的宫女给了她一锭银子，让她偷偷拿出来交给淑妃娘娘身边的宫女。还说，瞧见淑妃娘娘偷偷戴皇后娘娘的簪子呢。"

"皇后娘娘带了人在淑妃宫中搜出来了簪子，淑妃却说皇后娘娘陷害于她，带着人去栖梧宫吵了起来。"

郑总管走后，琴依端着茶水和点心走了进来。

云裳吃了些东西，便隐隐听见从外面传来有喧哗声。

云裳皱了皱眉，对着琴依道："去瞧瞧外面发生什么事儿了。"

琴依应了声，出去瞧了瞧又跑了回来："听说是皇后娘娘的簪子丢了，栖梧宫的宫女交代，说淑妃娘娘身边的宫女给了她一锭银子，让她偷偷拿出来交给淑妃娘娘身边的宫女。还说，瞧见淑妃娘娘偷偷戴皇后娘娘的簪子呢。"

"皇后娘娘带了人在淑妃宫中搜出来了簪子，淑妃却说皇后娘娘陷害于她，带着人去栖梧宫吵了起来。"

"淑妃娘娘又不缺簪子戴，偷皇后娘娘的簪子做什么？"云裳抬起头望向琴依和琴梦，眼中是满满的好奇。

琴依摇了摇头表示自己不知晓，倒是琴梦笑着解释道："公主有所不知，皇后娘娘簪子上的花样一般都是凤凰，在这宫中，凤代表着皇后，这淑妃娘娘偷走皇后娘娘的发簪，不就意味着，淑妃娘娘有想要做皇后的心思吗？这可是大不敬呢。"

云裳讶异地睁大了眼："不至于吧，淑妃娘娘的地位在这后宫之中也算得上是一人之下万人之上了，放眼整个后宫，除了皇后娘娘，便是她最得宠了，她何必觊觎皇后娘娘的后位呢？"

琴梦看着云裳这般样子，心中愈发得意起来："这皇后和妃子，总归还是不一样的，淑妃娘娘再受宠，也还得要对着皇后娘娘下跪行礼。最重要的是，宁国向来都是立嫡不立长，如今皇上无子，皇上也正当壮年尚且不显，若是皇后娘娘和淑妃娘娘都生下了皇子，那可就是天差地别了。"

云裳皱了皱眉，轻声斥道："储君的事儿可不是能够乱议论的，你在我面前说我便当没有听到，若是被别人知道了，即便我是公主恐怕也保不了你了。"

琴梦也觉着自己似乎说得太多，说了些不应当说的话，便连忙跪倒在地道："公主恕罪，奴婢知错了，奴婢再也不乱嚼舌根了。"

云裳点了点头，撑着头打了个哈欠道："下去吧，我也困了，今儿个太累了，先歇下了。"

琴梦连忙行了礼退了下去，琴依叫人打来水侍候云裳睡下。云裳躺在床上盯着床顶，轻声道："淑妃和皇后，这么多年了，还一直这样斗着呢？"

琴依站在一旁道："咱们的皇后不是一个能够容人的人，淑妃娘娘竟然能够在这宫中得圣宠近十年而不衰，想来也不是吃素的。"

云裳闻言笑了起来："是啊，都不是好相与的。"

第二日天刚亮，云裳便醒了过来。

琴依早早地就守在了一旁，见云裳睁了眼忍不住笑了："公主在老爷那边待了这么些年，定然是十分辛苦的，之前在宫中的时候可是不到中午不起床的，现在这么早便醒了。奴婢侍候公主起床吧。"

云裳点了点头，坐了起来。

琴依一边给云裳穿衣，一边说着闲话："昨天淑妃与皇后之争，竟还有后续呢。淑妃娘娘昨晚从皇后身边人指认的那宫女房里搜出了一锭金子。光是金子倒也没什么，可是淑妃娘娘说那金子上有只有皇后娘娘才用的凤华香，便一口咬定是皇后故意栽赃陷害，昨天半夜跑到勤政殿前跪了一晚上，哭了一个晚上呢。"

"哦？"云裳嘴角勾起一抹笑，"以其人之道还治其人之身，淑妃娘娘倒也是个聪明的。不过……"

云裳想起昨日的听闻，眼中闪过一丝疑惑："昨天的事情刚刚发生的时候，淑妃娘娘也不像是个有这般谋略之人啊？我记得你说，淑妃娘娘说皇后是在陷害她，可是也拿不出证据，便跑到皇后宫里去闹去了？"

琴依回想了片刻："是这样，可能是事出突然，淑妃娘娘一时冲动呢？公主，你是怀疑？"

云裳脑中想起梦中的一些事情，点了点头："淑妃身后有人在指点。只是不知是何方神圣，我倒是想要见上一见。"

云裳伸出手来任由琴依给她穿上衣裙，才又问道："最后结果如何了？父皇是不是就处置了那两个丫鬟？"

琴依眼中带着惊异："公主实在是神机妙算，皇上下令处死了两个丫鬟，赏了皇后几只簪子，给淑妃娘娘送了些滋补的药，也给了一些赏赐。公主你怎么知道的？"

云裳勾了勾嘴角。

皇后与淑妃，家世相当，父皇还得依仗丞相和太尉，偏向了谁都不好。倒是不如把那两个宫女推出来当了替罪羊，再给她们二人一人一颗甜枣便是。

这些道理，若是七年前的她，是断然也想不明白的。

可是这七年，她学的东西多了，明白的多了，自然也就看得清楚了。

心中虽这般想着，只是云裳面上却是带着俏皮的笑容，胡乱道："猜的。我还猜，过一会儿，皇后娘娘就会来请我过去栖梧宫坐上一坐呢。"

琴依笑着摇了摇头："公主这回可要猜错了，皇后娘娘这会儿还在与淑妃娘娘较劲儿呢，哪有时间搭理我们啊？"

云裳笑了笑，没有说话，出寝殿吃了些东西，刚一放下筷子，便有宫人前来通报："公主，皇后娘娘身边的绣心姑姑来了。"

云裳应了一声："传吧。"

绣心比起七年前老了些，额上都有了些许皱纹，只是目光却愈发锐利起来："奴婢见过惠国公主。公主，今日尚衣局给皇后娘娘送来了一些布料，皇后娘娘说那些布料颜色太过粉嫩，不适合她穿，想着公主刚回宫，合适的宫装定然不多，所以让奴婢带公主一同到栖梧宫量个尺寸，给公主做几件宫装。"

云裳站起身来："如此便多谢母后了，我这便过去。"

说着便招来琴依和琴梦，披了件披风，走了出去。

到了栖梧宫，皇后招呼云裳坐下，笑着看向云裳："尚衣局那些奴才也真是的，给本官的布料都是些什么胭脂粉啊月牙白的，挺清新明艳的颜色，但是本官年纪大了，可穿不得那么粉嫩的衣裳了，所以才叫了你来，给你好好做几身衣服。过段日子便是你的及笄礼了，及笄后，之前的衣裳都不能穿了，可得多做几件。"

云裳温温顺顺地应了："裳儿多谢母后，不过，母后可不许妄自菲薄了，母后是最美的。"

皇后浅笑着说："裳儿真会说话。这时间呀，过得可真是快极了。本官还记得你七年前的模样呢，那时候你小小的样子，一转眼就已经是个大姑娘了，出落得亭亭玉立，本宫可真是打心眼儿里高兴呢。"

"母后过誉了，裳儿昨儿个才见到了皇姐，皇姐那才是金枝玉叶，眉目如画呢，裳儿可就差远了。"云裳低着头，轻轻回答道。

皇后满意地点了点头："这及笄了，可就是大人了，就能嫁人。昨日母后还在想呢，也不知道谁家公子能有这个福气娶了我们惠国公主！正好你如今也回了宫，过些日子，母后准备找个机会办个宴，到时候将皇城中有身份的公子都召集过来，让你悄悄瞧上一眼，看看有没有满意的可好？"

云裳的头更低了几分，嗫嗫道："母后，裳儿还没有及笄呢，现在说这个，会不会……会不会太早了些啊？"

元贞皇后眼中闪过一丝不屑，面上却是笑意盈盈的："还害羞呢？不早了，离你的及笄日也不到一个月了，在及笄之前就定了亲的女孩儿家也不在少数，你皇姐不也是及笄没有多久就成亲了嘛？再说了，母后也不过是想要让你瞧一瞧哪个合眼缘，又没有让你马上就定下来。你的婚事还得皇上做主，只是，若是你有合心意的人，能找个自己喜欢的嫁，那当然是最好了。"

倒真是十分的体贴呢。

第二十一章　欲将前尘往事重现

在那梦中云裳便是被这样的体贴给蒙蔽了，当时也是在及笄礼上，自己满心欢喜，被华镜引导着，一眼便瞧上了那个在人群中侃侃而谈的男子。

当时只觉得他玉树临风，见识渊博，十分风趣。于是便不管不顾地喜欢上了，还发誓非嫁不可。

可谁知道那个男人本就是皇后手中的一枚棋子呢？

成亲之后，不过两个月，那个男人便原形毕露，天天流连烟花之地。梦里的自己也是个性子蛮横的，娇生惯养了那么多年，哪里受得住那样的委屈，便月月闹天天闹，闹得父皇愈发厌烦她，也让自己在那个家中孤立无援，尝尽了艰辛。

"但凭母后做主就好。"云裳轻声应道，抬起袖子掩嘴轻咳了几声，"只是，裳儿如今这个身子，恐怕没有多少人愿意娶裳儿为妻的吧？"

皇后板起脸："谁敢？裳儿可是人人尊崇的惠国公主，又这般美貌，谁娶到了就是谁的福气。你莫要胡思乱想，你如今最要紧的就是好好休养身子。听母后的，多做些衣裳首饰，到时候定要惊艳到那些人。"

云裳低着头，满脸通红，声音更小了许多："母后莫要取笑裳儿了，裳儿依了便是。"

皇后这才满意地点了点头，对着站在身旁的绣心道："尚衣局的官人已经来候着了吧？带公主去量尺寸吧，让那些官人多给些现下流行的样式给公主选选。"

绣心应了声，走到云裳面前行了个礼道："公主，这边请。"

云裳微微点了点头："有劳绣心姑姑了。母后，裳儿这便下去了。"

皇后点了点头，目送云裳走出了大殿，一旁的帘子才被掀了开来，华镜从里面走了出来。

"母后，这丫头不是在宁国寺那种山野之地待了这么些年么？怎么和我想象中不一样啊？我还以为她会变得像乡野村姑一样粗俗呢，没想到，只是身子稍稍弱了一点，却少了以前的刁蛮，更像个养尊处优的娇小姐了。"华镜蹙了蹙眉。

皇后瞥了华镜一眼，淡淡地道："让你给她选的人选好了吗？"

华镜听见皇后问起这个，眼中便有了几分得意，笑着走到皇后身边坐了下来："女儿昨日回去专程让人仔细瞧了皇城中适婚年龄的男子，倒真选出了几个适合她的，齐老将军的孙子，长相俊美，但是天生不足，是个跛脚。太常林清的儿子也不错……对了，我专程让人记录了下来，母后，你瞧瞧可有合适的。"说着便从袖中拿出了一张羊皮纸递了过去。

皇后仔细瞧了片刻，指着一个人名道："便选他吧。"

华镜伸过头一瞧，却有些不满意："母后，这莫静然容貌俊朗，学识也是不错的，为何是他呀？"

皇后摇了摇头："有时候不能只看表面，云裳不管如何，也还是一个公主，皇上也不可能让她嫁给一个身体有缺陷的人，那样会有损皇室名声。这个莫静然表面上看起来没有任何问题，相反还很出色，云裳对他心动也很正常。可是，这个男子生性风流，平日里喜欢流连烟花之地，不过做得却是很隐秘。他父亲有多房小妾，却只有他一个儿子，证明他的母亲也是个厉害的，你说，有什么比丈夫风流成性，还被婆婆处处为难来得凄惨呢？你再去仔细调查调查这个莫静然，不要错过一点。"

华镜闻言，眼中露出几分兴奋："还是母后思虑周全，女儿这就去。"

皇后笑了笑，低声道："查到之后，帮着莫静然将这些不好的事情都掩盖一下。当然，最好是，让她根本就没命等到成亲的时候。"

华镜连连应声道："母后放心。"

母女俩又聊了会儿，云裳便量完了身子出来告辞。华镜见状，便笑着站起身道："许多年没有见到过皇妹了，昨日你赶路回来身子不太好，也没有机会好好聊聊，和皇姐一起到御花园走走如何？"

云裳温婉地点了点头，应道："自然是好的，裳儿也想要和皇姐聊聊天呢。"

两人一同出了栖梧宫，走到御花园，云裳轻声道："听说皇姐的驸马是个威武的大将军呢，皇姐什么时候将姐夫介绍给裳儿认识认识呀，能够得皇姐青睐的，定然是人中龙凤呢。"

华镜闻言，眼中闪过一丝得意："是呀，父皇极其喜欢他呢，说他日后定然能够成为千古名将。不过，几个月前他带兵去西北了，那边最近有些乱。"

云裳闻言，有些惋惜地道："真是可惜了。"心中却暗自盘算着，按照梦中发生的事情来看，也就是明年，那位据闻能够成为千古名将的驸马爷，便在战场上以身殉国了。

　　华镜在守寡期间被传养了一群面首，自己那时候怎么也不相信自己的皇姐会做出那样的事情，不忍心看着她被人传的那般不堪，才将她接入府中。却不想……

　　云裳想到此处，心中也有了主意。

　　"是啊，对了，妹妹，前几日我做了一个梦，梦见驸马爷受了伤，心中一直不能安宁，想着去宁国寺为他上炷香。你在宁国寺中住了这么些年，与方丈也熟，可不可以陪皇姐一同去一趟呢，皇姐想要求方丈给驸马爷批个命。"

　　"嗯？"云裳没有料到华镜突然提出这样的要求，愣了一下才回过神来，"自然是好的，只是我这身子，裳儿怕，会拖累了皇姐。"

　　华镜闻言笑了起来："无妨，我们便当是出门游玩的，也不用急着赶路，在宁国寺中多休息两日也好。"

　　云裳见她这般坚持，便应了下来："那，裳儿便恭敬不如从命啦。"

第二十二章　惊鸿那一瞥

去宁国寺的时间定在了半月后，云裳也配合着叫琴依和琴梦收拾好了东西，却只单单带了琴依出门。

一路上倒真如华镜所言，不急着赶路，走走歇歇，半日的路程整整走了一天才到了宁国寺。到宁国寺的时候天都已经暗下来了。

在寺中刚安顿下来，正在吃饭，却听见寺中小沙弥来禀报，说有人有急事要求见华镜公主。

华镜皱了皱眉，召见了那人。那人一见到华镜便急急忙忙地行礼道："公主，老夫人今日下午在花园里散步的时候摔伤了腿，府里正乱着，管家让小人来接公主回府。"

"什么，老夫人摔伤了腿？"华镜猛地站起身，得到那下人肯定回答之后，华镜才急忙转过身子，对着云裳道，"皇妹，实在是抱歉，本来是为了给驸马祈福才将皇妹叫来这宁国寺，哪晓得府中突然出了事，皇姐必须要连夜赶回去。你身子不好，便在这寺中歇息两日如何？马车和车夫皇姐都留在寺中，你想要何时回皇城吩咐一声即可。"

云裳点了点头，柔声道："嗯，皇姐放心，这寺中我十分熟悉，不会有事的。皇姐尽管回去便是，星夜赶路，皇姐倒是要多小心一些才是。"

华镜道了声"多谢"便急急忙忙地冲了出去。

云裳看着华镜的身影消失在夜色中，才笑着坐了下来，端起碗继续吃东西。

"公主，驸马的娘亲这个时候出事，未免有些太巧？奴婢总觉得有些不对劲，莫非华镜公主想要在这寺中对公主不利？"琴依目光依旧望着门外，有些忧心忡忡地道。

云裳没有答话，静静地吃了东西，接过琴依递过来的锦帕擦了擦手才道："她知晓我在寺中住了许多年，在寺中下手绝对不是明智之举，她不会这么蠢。她专程将马车和车夫留下，让我什么时候想要回去吩咐一声马车和车夫便是。我猜想，等着我给马夫说了我想什么时候启程回宫，恐怕便会有杀手在我回宫的路上候着了。"

琴依一惊："公主的人都已经安排去了皇城，公主身边只有奴婢一人，若是路上有埋伏岂不是十分危险？公主，要不要奴婢与你分头行动，奴婢先行，去引开刺客？"

云裳笑了笑："傻丫头，我们还有时间呢。既然华镜都说了，我可以在寺中多住几日，那便多住几日。这几日中，便有无数变数，到时候，且让你瞧瞧，你家公主这些年都学了些什么。"

云裳眸中闪过一丝杀意，转瞬即逝。

"那公主，我们什么时候回宫呀？"

云裳在心中算了算日子，现下是九月初七，在梦中，在这一年的九月里倒是另有一件大事……

云裳嘴角勾起一抹笑："四日后，我们回宫。"

云裳在宁国寺安安静静地待了四天，九月十二一早，云裳便让琴依通知了车夫，准备启程。

华镜给云裳留了两个侍卫和一个车夫，一行人慢慢悠悠地朝着皇城而去，走了约莫一个时辰，马车进了一片密林之中，却突然停了下来。

琴依好奇地掀开车帘一瞧，面色乍然变得苍白起来："公主，车夫和侍卫都不见了……"

话音刚落，便瞧见有十多个蒙面人骑着马冲了过来。琴依尖叫一声："公主，有刺客！"

云裳面色沉静，轻声道："琴依，闭上眼。"

琴依依言闭了眼，只听见外面有打斗声传来，心慌得厉害，虽然好奇，却怎么也不敢将眼睛睁开，只伸过手抓住云裳，确定她没有事情。

渐渐地，外面的声音小了。

琴依这才睁开了眼，掀开车帘，往外一望，便看见满地的尸体。琴依浑身颤抖，良久，才稍稍平静了下来，却又"啊"的一声叫了起来，急急忙忙将车帘放下，转过身对云裳道："公…公主……外面还有好多……好多人。"

"主子，已经全部清理干净了，车夫和侍卫也都解决掉了。"外面突然传来一个沉稳的声音。

琴依还未回过神来，便听见云裳开了口："做得不错。"

云裳伸手将马车的门推了开，琴依转过头一瞧，便瞧见外面跪了一地的黑衣人："将衣服换好，按我那日说的去做。"

"是。"跪在最前面的几个黑衣人闪身进了密林。不一会儿，又从密林中走出了几个人。琴依定睛一瞧，便发现他们有人穿着的衣裳，和方才的车夫侍卫一模一样，还有一人穿着那死去的黑衣人的衣裳。

云裳点了点头："这两天打探到了他们会合的地方了吗？"

领头的打扮成方才死去的黑衣人模样的男子点了点头："属下已经打探好了。"

"嗯，靖王爷的人马已经过去多久了？"云裳又道。

"两刻钟。"那黑衣人又道，"靖王爷的人马果然也是在这里遇见了埋伏，就在前面一点，主子料事如神。"

云裳笑了笑："什么料事如神，靖王爷在朝中宿敌不少，在边关没有机会下手，靖王爷这次大胜归来，也带不了全部兵马，定然就是带点亲卫，想要动手，这里树林茂密，自然是最佳的地方了。知道见到她应当怎么说了吧？"

那黑衣人点了点头："属下便说，我们在原定地点设下了埋伏，岂料正遇上刺客埋伏靖王爷，被靖王爷发现了，慌乱之间，兄弟们被靖王爷的亲卫杀光了。属下只得假死，才逃过一劫，留了条小命前来禀报。"

"嗯。"云裳微微一笑，"做得不错，去吧，回来有赏。"

"是，属下遵命。"话音刚落，一行人便消失得无影无踪。

云裳关上车门："走吧。"

琴依这才回过神来，嘴张得老大，一副难以置信的表情："公……公主……外面那些黑衣人是公主的人？"

云裳转过头笑眯眯地看了她一眼："怎么样，你家公主这些年没有白呆吧？"

"没……没有……"琴依还是满脸的难以置信，心中感叹道，何止是没有白呆啊，简直是太厉害了啊。

第二十三章　故梦难断

马车渐渐走出密林，一旁的树林中才慢慢走出两个人，站在前面的男子穿着一身墨灰色衣裳，高挺的鼻子，薄薄的嘴唇，剑一般的眉毛斜斜飞入鬓角落下的几缕乌发中。英俊的侧脸，面部轮廓完美得无可挑剔。

此刻正低垂着眼，眸中有光彩闪过，不知道在想些什么。

后面站着的男子一脸大胡子，面容粗犷，有些不满地哼哼道："这小女子当真胆子不小，竟然将王爷拉出去做挡箭牌。王爷，要不要属下去将她解决掉？"

站在前面的男子挑了挑眉，淡淡地道："有意思。许久没见过这么有意思的人了，若不是你们害怕本王有危险，非得要本王与大部队分开行动，本王也见不到这么有意思的人。瞧她步步算计得几乎分毫不差，连本王都成了她的工具，本王倒真的希望有机会能够与她会上一会呢。王顺，你知不知道这是哪家的女子？"

被唤作王顺的男子摇了摇头："属下哪儿知道。"

穿着墨灰色衣裳的男子微微一笑："这马车虽然平常，只是寻常富贵人家马蹄上钉的几乎都是铁，而方才的马蹄上钉的却是金制的。据本王所知，只有皇宫中有这样的习惯。"

"宫中的？"王顺一惊。在他的想象中，宫中的女人一个个都跟个金丝雀一样，每天就是比谁的衣服好看，谁的妆容好看，谁更受宠，哪里想得到，竟还有这样毒辣的人。

靖王眯了眯眼，自己倒是不知，离开了这几年，这宫中竟然出了个这样的人物。

"走吧，我们该赶路了。"靖王抬起手，放在嘴边吹出一串声音，便有两匹马从林中跑了出来。两人翻身上马，从旁边的小道穿过，朝着皇城而去。

云裳回到宫中，便瞧见琴梦跟看见鬼似的瞧着自己，良久才回过神来："公主回来了啊？"

云裳嘴角勾起一丝笑，料想华镜也不曾想到自己还能活着回来："嗯，宫中无事吧？皇姐那日匆匆赶回皇城，这两日有没有进宫？也不知道皇姐的婆婆如何了。"

琴梦低着头，声音有些低："应当没什么事儿，华镜公主昨儿个还进了宫。对了，公主，靖王爷打了大胜仗，今天回了皇城，皇上要为靖王爷举行庆功宴，皇后一早便派人来了，说如果公主回来了便让公主去参加。"

云裳脚步顿了顿，点了点头道："好。"

琴梦听见云裳答应了，便连忙道："尚衣局给公主做的新衣裳都已经送了过来，奴婢去拿来给公主瞧瞧。今天可是公主回宫以来第一次参加宫宴，定然要将公主打扮得漂漂亮亮的。"

云裳"嗯"了一声，走进内殿，望着琴梦急匆匆走出清心殿的样子，嘴角微微勾起："去报信去了，看来华镜还不知道我已经回来了呢。"

"公主，今晚上你要去参加宫宴么？"琴依皱着眉头问道。

"去啊。"云裳在椅子上坐了下来，脑中却怎么也想不起那个梦中有关于这个靖王爷的消息，只知道靖王爷洛轻言是宁国唯一的异姓王，是先帝领养的孩子，战功赫赫，在皇城中的时间屈指可数，几乎没有交集的机会。

不过梦里自己是参加过他一回庆功宴的，那时候自己对这些个武将没什么兴趣，只露个脸便同华镜一起玩儿去了。自己记得今日是靖王爷得胜归来的日子，也不过是因为，梦里便是在今天，华镜在自己面前提起了后来成为自己丈夫的男人，将他夸得天上有，地下无的，还说那个男子才华横溢，不是普通女子能够征服的。

恐怕便是因为这句话，让那个喜欢争强好胜的自己上了心。

云裳笑了笑，那些曾经在梦里发生过的事情，会不会在今日上演呢。

"公主，这是尚衣局做好的衣裳，你瞧瞧，月白色温婉淡雅，樱草色清新自然，嫣红色明艳动人，都是最近最时兴的样式。公主喜欢哪个？"琴梦带着几个宫女走了进来，手中捧着几件衣裳。

云裳走过去瞧了瞧，指了一件道："月白色的吧，素雅一些好。"

琴梦依言将月白色的衣裳拿了下来放在一旁："公主赶路辛苦了，可以先休息一会儿，奴婢等会儿让人来为公主梳妆。"

云裳微微笑道："还是琴梦体贴。嗯，我先歇着，等会儿叫我吧。"

庆功宴在邀月楼举行，云裳到的时候大多数受邀的大臣与家眷，还有一些妃嫔都已经入座了："云裳公主到。"

一声唱和声响起，众人皆起身望向门口，想要一睹这位消失了七年的公主芳容。

云裳刚走进去，就听见华镜的声音响了起来："妹妹，这边。"

云裳抬眼一瞧，便瞧见华镜坐在主位下方的位置上对着她招手，云裳勾起一抹笑，走到华镜身边坐了下来。

"知晓你要来，你身子不好，我便让人提前备好了果茶，你试试看好喝不好喝。"华镜轻声道，眉宇间是满满的笑意。

"皇姐费心了，不知道驸马的娘亲身子如何了？那日瞧着皇姐匆匆离开，本来十分担心，想要一起去瞧瞧的，只是奈何我这身子不宜长途奔波。"云裳轻蹙眉头，一脸的担忧。

宁华镜，梦中的我便是被你这副温婉善解人意的模样给骗了，经历一场大梦，你以为我还会这么蠢么？

"无事，大夫说没有伤到筋骨，休息几日便好了。"

云裳这才舒了口气："那便好。"

"皇上驾到，皇后娘娘到，靖王爷到。"

一连串的唱和声响起，众人连忙跪拜行礼："皇上万岁，皇后娘娘千岁，靖王千岁。"

"起来吧，今儿个是靖王爷的庆功宴，各位都不必拘束。"宁帝的声音响起，众人这才起身回到座位坐了下来。一旁的皇后开了口："臣妾特意让舞姬准备了一些舞蹈，皇上，你瞧？"

"上吧。"宁帝哈哈大笑，走到龙椅旁坐了下来，皇后和靖王分别坐在他的左右两侧。

丝竹声响起，有舞姬进场，翩翩起舞，华镜凑过身子对着云裳道："唉，这庆功宴真是无聊至极。"

云裳微微一笑，应道："是呢。"

目光却微微抬起，望向坐在主位旁的靖王洛轻言，心中不无感慨。自己原本以为，靖王是个三大五粗的武将，却不想，却这般俊美，只是，略微冷了一些。想着自己今日才借着他的名义将了华镜一军，心中隐隐有些微妙的感觉。

一曲毕，宁帝拍了拍手，叫了声好，端起酒杯道："宁国虽是大国，只是边关一直被夏国侵扰，边关百姓民不聊生，此次靖王爷一举将夏国大军赶出了我宁国国土，实在是大功一件。来，我们一起，敬靖王爷一杯。干……"

众人纷纷举杯，喝了一杯酒，酒杯刚一放下，宁帝便转过头望向华镜他们这边，指着华镜对靖王道："你好多年没回皇城了吧，你瞧，朕的两个女儿都已经长大了。"

靖王爷的目光扫过华镜与云裳，微微笑了笑道："虽然在边关，只是公主美名也经常耳闻。听说华镜公主的驸马也是个将军，保家卫国，是个男子汉。"

华镜闻言，连忙道："多谢皇叔夸奖。"

说完，却又状似无意提起一般："若说这皇城中的公子，论武恐怕没有人比得过皇叔了。论文倒是有一人，那便是内阁大学士之子，莫静然，听闻是个极其有才华的人。云裳过几日便及笄了，镜儿还说介绍给妹妹认识认识呢。"

第二十四章　一波又起

该来的果然还是来了。

云裳眯起眼，眼中闪过一抹光芒："皇姐对皇城中各家公子的情况倒是了如指掌呢。"

顿了顿，才又低下头，轻声道："裳儿此前一直在宁国寺中礼佛，刚回宫，对这些人也不熟，婚姻大事，交给父皇母后便好。想必，父皇母后也不至于亏待了裳儿吧。"

刚一听见云裳的第一句话，宁帝便变了脸色。谁都知道，华镜公主已经出嫁，有了驸马，可是却对各家公子的情况了如指掌，这分明是有不守妇道的嫌疑啊。

华镜却恍若未觉，笑着道："妹妹还是先瞧瞧最好，亲自选个合心意的驸马自然是最好的。"

云裳没有说话，只觉得有道目光落在自己身上，那目光太过扎眼，让人不注意也难。云裳转过头去，便瞧见靖王正目不转睛地盯着自己。那目光带着几分探究，几分冷意。

幸而皇后及时开了口，引开了话茬子："听说靖王爷今日回宫路上遇到了刺客，还好王爷安然无恙。这年头，贼人也太过大胆了。"

"皇弟遇刺了？是在哪儿？"宁帝闻言，急忙问道。

靖王爷收回目光，笑着道："在一个叫清风岭的地方。"

"清风岭？"华镜闻言，惊叫了一声，"今儿个皇妹从宁国寺回宫也要经过清风岭吧？皇妹无事吧？"

云裳微微一笑："许是我路过的时机不对吧，倒是没有遇见什么事情，一路上都很顺遂。"

"那便好。"华镜连忙抚了抚胸。

"莫说这些沉闷的话题了,这歌舞可不能停。"皇后笑了笑,拍了拍手,丝竹声便又响了起来,众人开始相互敬酒。

云裳待了一会儿,见他们酒意正酣,便起身带着琴依出了大殿。

"公主,先前那个靖王是不是在看你呀?"琴依跟在云裳的身后,突然问道。

云裳脚步一顿,皱了皱眉:"你也感觉到了吗?"

琴依闻言,心便提了起来:"公主,会不会是下午的事情被靖王爷知道了啊?"

"不会。"云裳摇了摇头,眉心轻蹙,"我们应当是在靖王队伍的后面的,我专程问过,我想他们应当不会回去吧。而且,即便是他们回去发现了什么,也不可能知道是我假借靖王的名义做的啊?"

琴依想了想,点头道:"也许是我们太杞人忧天了。"

两人顺着路往清心殿去,夜色朦胧中,云裳突然瞧见湖边的一座小亭子里有两个人,一坐一站,那坐着的人身影有些熟悉,云裳停住脚步,琴依正欲询问,却被云裳转身捂住了嘴,拉着躲到了一旁的树后。

云裳又看了一眼那两人,才对着琴依耳语道:"先前的庆功宴,淑妃去了吗?"

琴依仔细思索了片刻,才摇了摇头:"奴婢没见到淑妃娘娘。"

"她在那儿做什么,这个时候。"云裳低声喃喃道,却听见隐隐约约有声音传来。云裳竖起耳朵仔细听了听,却听见是一个陌生的声音,听语气应当是个宫女。只听她道:"娘娘,咱们还是回去吧,今儿个是王爷的庆功宴,皇上皇后都在,他肯定来不了。"

"他?"云裳眼中闪过一道光芒,莫非说的是那个在她背后帮她出主意的人?

"本官已经好久没有见到他了,只想见一见他而已。"淑妃的声音带着几分失落,几分怅惘,良久又幽幽叹了口气:"罢了罢了,总归这回是回到皇城了,应当也不会太快离开,总是有机会的。回去吧,若是被人瞧见了,又会有一大堆烦心事了。"

话音刚落,淑妃站了起来,拢了拢身上的披风,离开了亭子。

云裳望着夜色中渐去渐远的身影,眯了眯眼:"很久没见,回到皇城?"

云裳轻轻重复了一遍,带着若有所思的味道:"莫非……是他?"

"公主你在说什么?"琴依只隐隐约约听见云裳小声喃喃自语,却听不清她说的究竟是什么,便出声问道。

"没事,我们也回去吧。"云裳嘴角勾起一抹笑,从树后走了出来,朝着清心殿走去。心中想着,这宫中果然是十分有趣的。

庆功宴一过,宫里便开始筹备着云裳的及笄礼。因为云裳数年前为百姓求雨的事情，惠国公主的名号在民间也是十分受尊崇，宁帝还专程嘱咐了要办得隆重些，虽然大部分的事情都由皇后在操办，但是作为主角的云裳也是十分忙碌的。

量身，选典礼当日的礼服绣样，跟着嬷嬷学习当天的礼仪，一天到晚很少有停下来的时候。

"这宫中的礼仪太过烦琐了，裳儿在宁国寺里没人约束，习惯了，突然回宫便觉得有些晕晕乎乎的，让母后操心了。"云裳笑着对皇后道，心中想着，皇后此番突然找她来，也不知葫芦里卖的什么药。

皇后笑了笑："及笄礼嘛，越是繁复便越是隆重的。对了，素来及笄的女子都需要向宾客展示一下自己的才华，及笄礼之后的宫宴，达官贵人们都在，母后将城中适龄的世家公子都邀请了，到时候裳儿可要好好一展身手，说不定便可一举觅得良人呢。"

云裳闻言，愣了愣，才有些迟疑地道："可是，母后，裳儿这些年都在宁国寺，除了跟着方丈学着认了些字，也只能够抄抄经书，其他可一点儿也不会了……"

"琴棋书画，刺绣什么的，都可以的，不用太过拘泥。"皇后微微笑着，一脸的雍容大方。

云裳低下头，眼中有泪珠儿在打转："可是，裳儿真的什么也不会呀，寺中没有能够教习裳儿琴棋书画的先生，刺绣什么的，就更是没什么可能了。"

皇后闻言，幽幽叹了口气，沉默了片刻，才道："若不展示一些才艺，恐怕于你的名声不利。要不然这样吧，你去找一幅画来，本宫给镜儿说一声，让她帮你绣出来，到你及笄的时候，你便说那是你绣的……"

云裳抬起头，盯着皇后，眼中满是迷茫："这样可以吗？这不是骗人吗？兀那师父常说，出家人不打诳语，裳儿不能撒谎。"

"傻孩子，你又不是出家人，但是你得要出嫁啊。你想啊，到时候那么多达官贵人，若是你连绣个花儿都不会，又有几个人愿意让你进门呢？你嫁过去之后，万事都有丫鬟，绣花的事儿也轮不到你，也不会被拆穿。终归是个女孩儿家，嫁个好人家才是最重要的。"

云裳沉默良久，才咬了咬牙，点头道："那便按母后说的做吧。"

皇后满意了："离你及笄礼不到半月了，你还是早些找好图样，也好让镜儿有足够的时间绣好。"

云裳应了声，又回答了一些元贞皇后的问题，才带着琴依回到了清心殿。

第二十五章　以绣为礼

"公主……"琴侬刚想开口，便被云裳的目光打断了。云裳招了招手，示意她附耳过来。两人嘀嘀咕咕了好一会儿，云裳才带着琴侬出了门往藏珍阁的方向去了。

藏珍阁是宫中放置各种珍宝的地方，藏着不少名家字画。云裳到藏珍阁的时候，便瞧见藏珍阁的门锁着，一旁有几个太监在打扫。云裳让琴侬上前问询。

过了一会儿，琴侬回来道："公主，这些太监说，藏珍阁的执事平时不在这儿，藏珍阁中的字画也是不外借的，除非有皇上的口谕……"

云裳叹了口气："算了，这等小事，还是不要麻烦父皇了。"便又回了清心殿。琴梦正在一旁铺床，云裳坐在床对面的椅子上，叹了口气。

"公主，奴婢记得，你从宁国寺拿了不少字画回宫的呀，有好些还是名家之作，虽然比不得藏珍阁中的珍贵，不过也是兀那师父都想要收藏的。公主你不妨就找一幅出来交给华镜公主帮忙绣？"琴侬见云裳有些失落，便连忙道。

云裳点了点头，依旧有些无精打采："如今也就这有这个法子了，你去拿出来我瞧瞧，看看选哪张合适些吧。"

琴侬连忙应了声，跑到装画的箱子旁打开箱子，从里面抱了几幅画出来，叫了琴梦过来一起一一展开来给云裳看。

"极乐世界图，不好，不吉利。无量寿佛，又不是祝寿的，不合适。观音？还是不怎么好。唉……妙法莲花？嗯，这幅画倒是算得上正常，信佛的便知道画的是什么，哪怕是不信佛，也可以当成普通莲花图来欣赏，就它吧。"云裳轻声道："将画包好，等会儿便给华镜公主送过去吧。琴梦，你送去吧。"

琴梦闻言，连忙应声到："是，公主。"

琴梦一走，云裳便抬头对琴侬道："我们回宫已近半月，想来皇后她们对我们的关注也差不多要少一些了，你与母妃有没有法子能够联系上？"

"能。"琴依毫不犹豫地点了点头。

云裳想了会儿，才道："你给母妃传信，就说，我听外祖父说母妃的琴弹得极好，只是一直没有机会听一听。我及笄那日的亥时，希望母妃能够到蓬莱岛中的亭子里为我弹奏一曲，就当是给我的及笄礼物了。我及笄礼之后的宫宴在蓬莱岛中的明月楼举行，若是在离明月楼近的亭子里弹奏，我应当能够听到。"

琴依一愣，没有想到公主吩咐的竟然是这样的事情，却也连忙应了下来："奴婢知道了。"

这一出代绣的戏码，在梦中却是不曾发生过的，一切的一切似乎已经开始变得不一样了，那么，便让它彻底不一样吧。云裳想着，便走到一旁的书案上，撕了一小块羊皮纸，提笔写了几个字，推开窗子往外扔了出去。

"公主，奴婢已经将画送到华镜公主那儿去了。正好华镜公主进宫来给皇后娘娘请安，奴婢便送了过去。华镜公主还夸奖公主的画选得很不错呢，说定然尽快帮公主绣好。"琴梦进来的时候云裳正捧着一本经书在看。

云裳笑了笑："是吗？那便好，我这儿全都是从寺里带回来的画，大部分都是画的观音和佛祖的，我还怕选不出什么合适的画来呢。对了，皇姐的绣功是不是很好啊？"

琴梦闻言，连连点头道："华镜公主的绣功被宫中尚衣局的掌事都称赞过好几次呢，说与宫中最好的绣娘比都有过之而无不及。华镜公主学的是湘绣，最擅长的也是湘绣，绣出来的东西神形兼备，绣花花生香，绣鸟能听声。公主在及笄那日的宫宴上拿出来，定然十分有面子的。"

"是吗？"云裳抬起眼来望向琴梦，"我并不曾说过，我要将皇姐的绣品拿来在及笄那日的宫宴上展示，你又是怎么知道的？"

琴梦面色一变，却反应十分迅速，连忙道："方才去送画的时候听皇后娘娘和华镜公主说起，皇后娘娘还让奴婢转告一声，说让公主这几日就不要出门了，若是有人来，就说要安心刺绣，以免露了马脚。"

云裳闻言，低下头继续看着经书，点了点头道："还是母后考虑得细致，我知晓了。"

华镜的速度倒也是极快的，不过五日时间，便已经将东西绣好亲自送了过来。云裳展开仔细瞧了瞧，嘴里连连赞道："皇姐的绣功当真是极好的，这一绣，便觉得这莲花都活了过来似的……"

华镜心中得意，面上却只是带着柔柔的笑意道："你满意便好，我还怕你不喜欢呢。其实主要是你的那幅画画得漂亮，这皇城之中恐怕也没有能够画出那般精致的莲花的人了，那些个自诩为才子的人，都只会画些风花雪月的东西，画风轻浮。"

　　"裳儿也不懂什么是好画什么是不好的，只是实在是找不到合适的了，便拿了这幅来。"云裳伸手摸了摸绣好的荷花，眉眼间都是笑意。

　　"好了，你满意便好，我先走了，府中还有些事情需要处理。"华镜站起身来，笑着道，理了理衣裳便要离开。

　　"裳儿送送你。"云裳连忙跟在华镜的身后送华镜离开。

　　回到殿内，却发现琴依正站在床边拿着一个香囊发呆，见到云裳回来，才转过身道："公主，这个香囊不是你的啊，怎么会在你的床上？方才明明没有的啊，而且看这绣花的手法，应当是出自华镜公主之手啊……"

　　云裳接过香囊，笑了笑，将香囊收了起来："总是被她们母女二人欺负着，我向来都只是躲，这一次，我可要主动攻一次了。我及笄那日，恐怕便是与皇后和华镜正式成为敌人的时候。那一日，一定分外精彩。这样想着，都觉得有些迫不及待了呢。"

　　琴依有些好奇地问道："公主，你想要怎么做？"

　　"等到那天，你便会知道了。"云裳眨了眨眼，眼中闪过寒光，"我会将她们现在拥有的一点一点夺走。那一日，只是个开始。"

第二十六章　暗箭露寒芒

十月初十，这个寓意十全十美的日子，正是云裳及笄的日子。

"幸好现在已经是深秋了，天气也越发凉了，若是夏日炎炎的时候，穿着这里三层外三层的宫装礼服，不知道得热成什么样子。"琴依一面查看举行仪式需要用到的衣裳，一面低声嘟囔着，"公主，对的。采衣、初加、再加、三加的礼服都在这儿了，最后的大袖礼服实在是太美了，公主穿着一定美艳不可方物。"

云裳点了点头，心中却有些遗憾："可惜母妃无法看见。"

琴依闻言，也叹了口气："主子一定也十分想要看着公主长大成人的样子。"

两人坐了一会儿，便听见琴梦在外面喊："公主，时辰差不多了，绣心姑姑来催了，说是都准备好了，宾客也差不多齐了，让公主移驾华章宫。"

云裳的及笄典礼在外殿华章宫中举行，观礼者众。初加、二加、三加，及笄礼缓慢而隆重地举行着。宁帝给云裳起了个字，字凤玉。云裳向宾客行了礼之后，便算礼成了。

礼成之后，宾客便全部被带到了蓬莱岛中的明月楼，宫宴这才开始。

宁帝与皇后理所应当居主位，下方左侧是今日及笄的云裳，右边却是靖王洛轻言，华镜坐在云裳的下方。

当宫女带着华镜走到位置上的时候，云裳明显瞧见华镜的步子微微顿了顿，站了片刻才若无其事地走到座位上坐了下来。华镜笑吟吟地转过头对着云裳道："妹妹今儿个真漂亮。"

云裳低下头，脸色带着微红："皇姐莫要取笑裳儿了。"

便就是在这低头的瞬间，云裳便觉得有道目光落在自己身上。云裳抬起头，便瞧见坐在自己对面的靖王正盯着自己，目光如炬，让人无从逃离。见云裳看了过去，他端起酒，喝了一口，将目光又转开去了。

宫宴开始是万年不变的舞姬表演，舞姬跳了几曲，便退了下去，丝竹声也渐渐变得轻柔。

"今儿个是裳儿及笄的日子，裳儿也特意准备了一幅绣品，在座的有许多都是这方面的好手，不妨品评一下。"皇后笑了笑，招了招手，便有两个太监抬着绣品走了出来。

云裳低头勾了勾嘴角，带着几分嘲讽的味道。

绣品上蒙着的布被揭了开来，云裳听见一片赞叹之声响了起来："这荷花栩栩如生，远看似随时都会随风而动一般，实在是甚美。"

云裳抬了抬头，便瞧见有几个女子走到了绣品前，细细地查看了起来："针脚整齐，配色清雅，是一副不可多得的好作品，只是看这绣法，应当是湘绣一派。据臣女所知，这皇城之中，湘绣绣得最好的应当是华镜公主，却不知道惠国公主在这上面也颇有造诣。只是，这收针的手法也几乎与华镜公主同出一辙，莫非，惠国公主与华镜公主是师从同一人？"

云裳转过头望向坐在自己身边的华镜，却见她正看向自己，神色有些慌张，一脸担忧地望着自己，似乎十分为自己担心。云裳浅浅一笑，站起身来，走到绣品前面站定，看了一会儿，才道："皇姐的绣功果真出色。"

说完才又笑吟吟地看向众人道："方才是母后没有说清楚，这幅绣品是本公主与皇姐一同完成的。不过，我是画的画，而皇姐是负责刺绣的部分。父皇常说，家和才能万事兴，皇家也是家。今日是本公主及笄的日子，本公主想着，若是能够与皇姐一同完成一份礼物，象征着姐妹和睦，倒也不辜负父皇的期望了。"

"是吗？那画在哪儿，让朕看看裳儿画的画儿。"宁帝闻言，目光中流露出几分惊喜，连忙拍着龙椅的扶手道。

云裳转过头对琴侬嘱咐了两句，琴侬便出了明月楼。不一会儿，琴侬便带着一幅画轴走了进来。郑总管连忙一同接过，在宁帝的面前展了开来。

"兀那大师不仅是佛门高僧，在画画上也颇有造诣。裳儿在宁国寺中七年，闲来无事便跟着兀那大师学了些，只是裳儿天资愚笨，能够学到的也只是皮毛罢了。"云裳轻声道。

"莲叶壮硕而不臃肿，脆嫩而不羸弱，莲花清雅灵动，花瓣舒展，似嫦娥舒袖。镜儿的绣功是很好，只是，却把这莲花的灵动劲儿给绣没了。对了，皇弟，这满朝文武中，便数你的画最好了，你来瞧瞧，裳儿这莲花画得如何？"宁帝赞了几句，便让太监将画转了过来，对着下面的宾客。

　　靖王闻言，抬起眼看了画一眼，又望了云裳一眼，才道："画得不错，这皇城中恐怕没有一个所谓的才子佳人能够比得上，这笔法不似一般深闺女儿家惯用的，闲适从容，颇有一番味道。"

　　"听说云裳公主从小大字不识一个，没想到一幅画却能得到皇上和靖王爷的溢美。不过，也不知道是不是真的是本人所作呢。微臣记得，去年不就有一个千金小姐，想要在及笄礼上让大家刮目相看，去拿了一张名画来说是她自己画的，却被人一眼便看了出来，可真是贻笑大方呢。"

　　一个慵懒的声音响了起来，云裳转过头去，便看见了一张有些熟悉的面孔。云裳微微一笑，原来是丞相的孙子李洛，在那场大梦中，自己也只是见过几次，也是常常针对自己，果然是一家人呢。

　　再转过头，却瞧见宾客间出现了一张熟悉的脸，云裳身子一顿，手在袖中握紧，真是许久不见了呢。云裳笑了笑，那人似乎以为云裳是在对他笑，便也从容地回了个笑容。

　　云裳只觉得心中冷意更甚，转过头望向李洛，笑着道："说来也惭愧，之前在官中的时候，皇姐常常跑到裳儿的官中来哭诉，说太傅太过严厉，常常打她，那时便十分不喜太傅，觉得，皇姐怎么说也是一个女孩子，怎么能打呢，也害怕自己被打，所以不敢去上课，哭着求着让母后不要让裳儿去跟着太傅学东西。母后向来宠我，便也同意了。

　　"到了宁国寺，许是兀那方丈十分宽容，且知道寓教于乐，哪怕是山间的流水，迎面而来的风，也被兀那方丈讲得别有一番乐趣，所以才有了学的兴趣。"

　　云裳的话音一落，便有一个白胡子大臣匆匆跑了出来跪倒在地："皇上明察，臣可从未打过华镜公主啊。"

　　"明明是自己不愿意学，还将过错推给华镜公主，当真是不要脸。"李洛轻声道，却一字不漏地传入了云裳的耳朵。

　　宁帝恐怕也隐隐听见了，只见他额上青筋暴起，正欲发火，却听见一个冰冷的声音传来："真相只有一个，想要证实也很简单，让惠国公主当着大家的面再画一幅便是了……"

第二十七章　打碎那一场噩梦

说话的人，是靖王。

皇帝一听，点了点头："皇弟这个法子好。裳儿，你便当着众位卿家的面，再画上一幅吧。"

云裳转头看了华镜一眼，笑着点了点头："好。"

"给公主上笔墨纸砚。"

有宫人端上了笔墨纸砚。云裳拿起笔，笑了笑："莲花已经画过了，除了莲花，裳儿偏爱曼珠沙华，那是传说中开在黄泉彼岸的花，花叶不相见，今儿个便画这彼岸花吧。"说完便开始下笔。

众人的目光死死盯着云裳的手，却见她下笔十分果决，不拖泥带水，几乎是没有任何思考，好似那彼岸花的样子早已印在了她的脑海，画过无数次一般，信手拈来。

不过一炷香的时间，云裳便搁了笔。有宫人上前，将云裳的画展示给众人。

宁帝面上带着笑意，对着坐在众人前面一直没有说话的一个白胡子大臣道："太傅，在朝中你的学识算是最渊博的，在琴棋书画上造诣也十分深，不如，你来瞧瞧，先前那幅莲花与这彼岸花，是不是出自同一人之手。"

太傅连忙应了声："臣遵旨。"

说完便上前仔细比较了起来。

过了良久，太傅才转过身对宁帝道："回禀皇上，这彼岸花虽然画得仓促了一些，笔触间的细节处理算不得细腻，但是风格倒是与这莲花一致。并且，两幅画都有些共同特点，那就是，下笔略重，收笔随意，是同一人所作。"

宁帝大喜："好，赏！"

皇后也笑了起来："不过七年未见，裳儿的变化，倒实在令人吃惊。"

云裳谢了恩缓缓走回自己的座位旁，刚一坐下，便听见旁边的华镜道："想不到皇妹竟然还有这么一手，倒是让姐姐很是吃惊呢。"

云裳转过头："不过是闲来无事学着玩儿的，兀那方丈总是说我画的东西没有神韵，所以不敢献丑。方才也是靖王提了出来，父皇也下了旨，逼不得已才……"

"逼不得已。"华镜喃喃重复着，眼中闪过一丝杀意，虽然只是一闪而过，却也被云裳捕捉到了。

皇后正欲传歌舞，却听见一个声音响起："今日是惠国公主及笄的日子，微臣不才，愿意为公主弹奏一曲，希望公主能够喜欢。"

宁国民风较为开化，有人欲在宫宴上献一曲也不是什么奇怪的事情。

云裳身子却是一顿，只觉得心中有什么东西划过，生疼。

该来的还是来了。

梦里，也是他的一曲琴音，满目深情，让自己泥足深陷，从此踏入深渊，原本以为一切已经悄然改变，却不想，该来的还是来了。

众人的目光又落在了云裳身上，云裳还未回答，便听见华镜笑着道："裳儿可真是好福气。这莫家公子可是皇城中的公子哥中拔尖儿的呢。窈窕淑女，君子好逑。莫公子眼光也真好，裳儿可不能辜负了莫公子一番心意。"

云裳笑了笑："裳儿多谢了，早就听皇姐多次提起这位公子，今日一见，果真名不虚传。公子，请……"

莫静然点了点头，在琴案边坐了下来，目光一直看着云裳，手开始动了起来，琴音起："昔有佳人，见之不忘……"

云裳垂下眼，一点一点回想起梦中与莫静然的点点滴滴，从相识到成亲，到背叛，一幕幕，在眼前滑过。云裳咬紧了牙关，耳中的琴音愈发深情了起来，心中的恨意却愈发浓烈了。

一曲终，众人没有开口，云裳也没有说话，良久，才抬起了头，微微笑道："很好听，可惜裳儿不通此道，倒是难为公子一番好意了。"

莫静然闻言，眼中黯淡了几分，站起身来，正欲退下，却从袖中滑落下来一个香囊，掉在了地上。

莫静然似未曾发觉，便有挨得近的人将香囊捡了起来："莫公子，你的香囊掉了。"

莫静然脚步顿了顿，回过头来："嗯？是吗？"

捡到香囊的是个妇人，正欲递上，却突然发现了什么，皱了皱眉头道："咦，这香囊上的绣花，怎么感觉和方才的那幅绣品一样呢？"

话音一落，众人便齐齐望了过去："是哎，是湘绣呢，这针法，这绣功，恐怕只有一人……"

这一人是谁，自然是不言而喻的，只是，还没有人说出来，华镜便按捺不住了，走上前看了香囊一眼，急急忙忙抢了过来："这香囊分明是本公主的，怎么会在你这儿？"

"啊？"莫静然一脸茫然，面色有些苍白，喃喃道，"不对啊，怎么会呢，明明是云裳公主的啊？"

云裳坐在位置上，听见自己的名字被提到，有些惊诧地望过去："裳儿的？呵呵，莫公子可别取笑裳儿了。不瞒大家，裳儿对绣花一无所知，我的手，握得住画画的笔，却握不住绣花的针。而且裳儿在宁国寺中待惯了，寺中檀香味重，裳儿也不爱佩戴香囊。"

"这是怎么回事？"宁帝皱了皱眉，扬声问道。

莫静然与华镜连忙跪了下来，华镜连忙道："回禀父皇，前段时间镜儿的香囊突然不见了，镜儿一直找不着，却不知怎么会在莫公子身上。"

莫静然也连忙磕了几个头道："这……这……这……这香囊……"

"莫静然，这香囊你是从哪儿来的？"宁帝怒斥道。

莫静然连忙磕了几个头道："回禀皇上，是微臣捡到的。"

"捡到的？"宁帝挑了挑眉，眼中满是怒意，"好一个捡到的，之前在宫宴上，华镜便提到过你，当时朕也只当你们认识，并未细想，却不想，她的香囊都到你的袖中了。真是好！好！好得很！"

华镜连忙跪倒在地："父皇，镜儿的香囊真的在前些日子便丢了，父皇不信可以叫宫女来问问便知。"

"行了，还嫌不够丢人？还不赶紧回去闭门思过去。整日里，就知道举办什么宴会，以后也别搞这些有的没的了，好好在家练练琴棋书画，陶冶心性。这个莫静然，拉出去打二十大板。"宁帝皱着眉头，怒斥道。

"皇上，你这无凭无据的，便定下了镜儿的罪，这样恐怕不好吧。"皇后皱了皱眉。

宁帝更是怒不可言："华镜从小在你膝下教养，如今成这个样子，你也逃脱不了干系，你也应当回去好好反省。"

皇后闻言，只觉得皇帝当着众多妃嫔臣子的面给自己难堪，令自己难以自处，心中也有股子邪火冒了起来，站起身道："臣妾遵旨。"而后便拂袖而去。

华镜只觉得似一道惊雷劈下，劈得她无法动弹，良久才低声道："遵旨。"

说完才缓缓站起身来朝着门外走去。

第二十八章　锦瑟弦

一时间，众人皆觉得有些尴尬，却突然听见隐隐约约有琴音传来，虽然听得不甚清楚，却只觉得琴音中带着无限的爱怜与愧疚，让人动容。所有人都被这琴音吸引了，许久都没有人发出一丝声音，一直到琴声渐渐消失。

"也不知道是谁在弹琴，这琴音让人听了想要落泪。"云裳轻声低语，抬起头，想要看看宁帝此时的表情，却发现不知道什么时候，龙椅上已经没有了人。

"罢了罢了，这宫宴便到此结束吧。"云裳叹了一声，站起身来，带着琴依出了明月楼。

走出去良久，云裳才低声问道："母妃在哪里？"

琴依闻言，便指着远处的一座小亭子道："在那亭子里，那儿人烟较少，主子说，不会有人发现。"

云裳点了点头，朝着那座亭子走去。

走到离那亭子还有十多米的地方，便瞧见亭中立着两个人影，一个娇小，一个挺拔。

琴依惊呼一声，连忙捂着嘴："是皇上。"

云裳自然也瞧见了，站在原地默默瞧着。只见那女子仰着头望着宁帝，两人都没有动作，也没有出声，过了许久，才瞧见宁帝抬起了手，擦了擦那女子的脸，声音中带着无限怜惜："别哭了，你一哭，我便不知道要如何是好了。"说完，便将女子拉入了怀中。

云裳微微勾起嘴角，只觉得眼睛有些泛酸，嘴里轻声吟道："金风玉露一相逢，便胜却人间无数。"

"公……公主。"耳边传来琴依有些颤抖的声音，云裳皱了皱眉，转过头，目光却与一双带着几分冰冷的眸子相遇。云裳一愣，许久才轻声道："靖王爷……"

顿了顿，云裳又道："我应当要叫你皇叔的吧。"

靖王看了云裳一眼，便转身走了。云裳却读出了那一眼中，写了三个字：跟我来。

云裳愣了愣，却见那身影又转过头看了她一眼。

云裳这才确认了自己想的是没有错的，便跟了上去："琴依，你先回清心殿吧。"

"可……可是，公主……"琴依有些犹豫，看了眼靖王，又看了眼云裳。

"没事的，回去吧。"说罢，便紧走两步，跟上了靖王刻意放慢的步伐。

靖王带着云裳上了和明月楼遥遥相望的摘星楼。摘星楼以高而出名，是赏月的最佳之地，只是也不知道为何，这摘星楼却比明月楼冷清了许多。

云裳站在摘星楼之上，才发现，"手可摘星辰"，原来并不只是一句诗而已。

只是，这摘星楼上的风着实大了一些。

"不知皇叔带裳儿来这儿是？"云裳收回目光，望向站在自己身前的男子。

靖王转过头看了云裳一眼，又转了回去，没有回答。就在云裳以为这个男人根本不会交流的时候，他却突然开口了："许久没有遇见过像你这么有意思的人了。"

云裳愣了愣，不知道靖王说这话究竟是什么意思，良久，才笑了笑："皇叔过奖了。"

靖王又沉默了好一会儿："本王回宫的那一日，因为知道会有人设伏，所以，本王带着亲信晚走了一会儿，便就是那一会儿，让本王目睹了一件……"靖王转过头意味深长地看了云裳一眼，"很有意思的事情。"

云裳身子一顿，眯了眯眼，眼中闪过一抹戾气，却听见靖王笑了起来："怎么，想杀了本王灭口？呵呵，你现在还没有这样的本事。"

云裳咬了咬牙，低下头，良久，才微微勾了勾嘴角："皇叔过虑了，裳儿怎么会呢。"

"你的母妃，是个聪明人，她知道怎样在这后宫之中保持自己的本心，你又何必将她拉进这浑水之中？"靖王没有接话，却说起了另外的事情。

"母妃？"云裳又是一愣，只觉得心中有些烦闷。不知道为什么，她总觉得，自己在这个皇叔面前显得有些无从遁形，好像自己所有的心思都被他了解得一清二楚一般。而自己对他，却是一无所知，这种感觉，十分不好。

云裳平复了一下心情，才道："我不知道母妃是不是个聪明人，我只知道，她在这宫中已经虚度了十多年的时光。一个女人能有多少个十年，若是以后都只能在那清清冷冷的冷宫中度过，不如轰轰烈烈活一场。有时候，有些事情并不是那么的重要，重要的是，怎么活着。我希望，我的母后能够万千宠爱于一身，而不用受尽冷落，连亲生母女想要相见都是种奢侈。"

云裳望着远处亭子里若隐若现的人影，微微一笑："况且，我只是给了母妃一个选择的机会，怎么选择，便随她心意了。"

靖王又沉默了良久，才转身道："这里风大，早些回去歇着吧。"说完便转身下了楼。

"王爷，这个惠国公主，看起来不好对付，若是有朝一日与我们为敌，那岂不是……不如，趁她现在羽翼未丰，先下手为强？"王顺恭恭敬敬地站在靖王身后，低着头。

靖王转过头，看了眼摘星楼上那若隐若现的身影，说的话却答非所问："本王想起上次见她是什么时候了，是七年前，宁国半年无雨，那日我们正在议事，当时年仅八岁的她闯了进来，说要去宁国寺中祈福求雨。后来没几日本王便去了边关，只听说，宁国二公主为百姓求得甘霖，被赐封惠国公主。"

"王爷，你的意思是……"王顺恍惚间知晓了靖王的用意，却有些不敢确定。

靖王微微一笑："之前本王还以为是有人在后面指点，这几次的接触却让本王深信，这位年纪轻轻的惠国公主，是个聪明人。既然是个聪明人，便应当知晓，怎样做才是最好的。所以，本王与她，成不了敌人。"

王顺不知道靖王为何会这般有自信，却也知晓，不管何时，王爷的判断总是最为准确的，他无条件相信王爷。

王顺这般想通之后，恭恭敬敬地应了声，跟在靖王身后离开了摘星楼。

第二十九章　复宠

云裳回到清心殿的时候，子时已经过了半。琴侬在院中来来回回地踱步，一见到云裳，连忙跑到云裳面前道："公主，你可算回来了。那什么靖王没对你做什么吧？可把奴婢急坏了。"

云裳摇了摇头："没事儿。"说完又抬起头看了眼四周："就你一个人？"

琴侬凑到云裳耳边道："奴婢跟她们说，皇上突然离开，没有带一个下人，公主担心，去寻皇上去了。奴婢说，公主回来定然要沐浴，所以让她们先去准备沐浴的水去了。"

云裳点了点头，走进内殿。

刚坐下没一会儿，琴梦便掀开帘子走了进来，见到云裳连忙关切地道："公主回来了？找到皇上了吗？"

云裳摇了摇头，笑得有些无奈："我几年没有回宫，这宫中也变了番模样了，不但没有找到父皇，还差点儿迷了路。"

琴梦闻言笑了笑："公主也不要太过着急了，这内宫之中守备森严，皇上对这宫中也是十分的熟悉，定然是没什么事儿的。公主忙活了大半宿，还是早些沐浴了歇下吧。"

云裳点了点头："将水抬进来吧。"

琴梦便去安排了。云裳洗漱完毕，上床躺下了，心中却有些乱。靖王，梦里未曾在自己生命中留下印记的男人，却突然出现了，让自己有些措手不及，一时间竟有些自乱阵脚，只是，这个男人绝不简单，自己又该如何应对呢？

脑海中一片混乱，昏昏沉沉地便睡了过去。

再醒过来的时候天光大亮，云裳想要起身，却觉得全身酸痛，脑中一片混沌，忍不住哀叹了一声。纱帐被掀开，琴侬的脸凑了进来，见云裳睁了眼才舒了口气："公主你可吓死奴婢了，怎么突然就着凉了呢？"

"恐怕是昨儿个晚上公主你去寻皇上吹了冷风，蓬莱岛上风大，公主穿得又单薄。"琴梦的声音从外面传来。云裳掀开纱帘，坐起身："是我的错，我倒是忘了，我这身子，如今可比不得常人，以后定然好好注意。"

"公主，你还是先歇着吧。"琴梦连忙道："太医先前来瞧了，说公主身子底子不好，脉搏紊乱，不敢给公主用药，所以只能让公主好生歇着，切莫再受了凉。公主想要吃什么？奴婢去给你准备。"

云裳皱了皱眉，抬手揉了揉有些疼的头："熬些清淡的粥吧，嘴里有些发苦，没什么胃口。"

琴梦应了声，退了下去。

琴依转过头看了眼琴梦的背影，有些担忧地皱了皱眉。

"不用担心，如今皇后与华镜那边的局势未明朗，琴梦不敢轻易动手。而且，下毒这种拙劣的手段，再用第二次，便没有什么意义了。宫中有没有什么事儿发生？"云裳靠在琴依递过来的软垫上，抬起头问道。

琴依闻言，面上露出几分喜色来："公主，皇上昨儿个宿在了主子那儿。今儿个一大早，皇上便下旨，恢复了主子的位分，分了几个宫女去侍候着。只是，却没有提要将主子从那冷宫中搬出来的事儿。"

云裳点了点头："这是好事儿，说明父皇对母妃是真真上了心的，这宫中那么多双眼睛瞧着，若是猛地对母妃恩宠太过，恐怕会招人眼红。如此这般，便会让人觉着，昨儿个是我及笄的日子，父皇此番，是为了补偿我，对母妃并无太多感情。"

"可是，主子那个地儿实在是有些……"琴依还是有些迟疑。

云裳闻言，微微一笑："这么多年都过来了，再坚持一些日子便好了。况且，总归是有了圣宠，那些个见风使舵的宫人们，怎么也不至于太过苛刻薄待了母妃。只是，如今我们这边的态度尤为重要，你记得……"

云裳附在琴依耳边仔细吩咐了几句，才又靠了回去，心中有了主意。

淑妃的淑雅宫中，淑妃的贴身宫女芽儿也正在向淑妃禀报皇上宠幸了在冷宫中待了十余年的锦妃，并恢复了她位分的事情。

淑妃正坐在镜子前，对着镜子让侍候梳妆的宫女挨个儿换簪花的样式，闻言也只是冷冷一笑："一个在冷宫中待了十多年的女人，还能有什么魅力？不过是皇上做戏罢了，不过，栖梧宫的那位心上又该多一根刺了。要知道，当年锦妃受宠非常，可是伤透了皇后娘娘的心呢。不过，哪怕锦妃在冷宫，皇后也不得不帮着她养女儿，心里本就有怨气，如今一患未除，锦妃却又受宠，哈哈哈哈，真不知道皇后知道了此事会是什么样子的表情呢。"

芽儿没有应声，淑妃瞧着镜中的银色蝴蝶发钗，点了点头："就它吧。对了，清心殿中有没有什么动静？"

芽儿摇了摇头道："清心殿中的那位娇弱的主儿好像又病了，今儿个一大早太医便被请了过去。"

"病了？"淑妃沉默了片刻，转过身来，"这病八成是装的。那锦妃也真是，十多年前她可是受尽百般宠爱，如今恢复了位分，却连自己亲生女儿都装病躲着，呵呵，真真是凄凉得很啊。去太医院打听打听，惠国公主病得如何了？本官也应当去慰问慰问呢。"

芽儿应了声，正欲出门，却瞧见一个宫女匆匆赶了过来道："娘娘，惠国公主身旁的宫女琴侬来了，说是公主生了病，需要一味药，太医说唯一的一株皇上赐给了娘娘，所以专程求药来了……"

"求药？"淑妃有些懵。

芽儿脑中灵光一闪，连忙低声对着淑妃道："娘娘，这求药恐怕只是个借口，至于真实目的，娘娘何不将那琴侬传进来仔细问问？"

淑妃点了点头，"传吧。"

第三十章　雨落隔岸，轻试探

琴依进来的时候，淑妃已经坐到了内殿中的主位之上，琴依连忙行了礼。淑妃点了点头道："你便是琴依吧，跟着惠国公主一同在宁国寺中青灯古佛地住了这么些年，可苦了你。对了，本宫听闻，今日一早你们宫中便宣了太医，可是公主病了？病得可严重？"

琴依连忙柔声回道："回禀淑妃娘娘，公主昨天晚上吹了风，着了凉。这若是落在寻常人身上，也不是什么大不了的事，吃几服药就好了。可是公主身子骨一直不好，这一病也就严重了些。早上太医来看了，只说公主脉搏紊乱，身子虚得紧，不敢随意乱用药，只能用些好的滋补药材先养着身子，将身子将养好了便也都好了。"

"这般严重？"淑妃闻言，叹了一声，带着几分伤感道，"公主昨日才及笄，正是花一般的年纪，身子却这般弱，唉……"

哀叹了片刻，才又道："方才听宫女说，你是来求药的，不知道求的是什么药。若是本宫这儿有的，你尽管拿去便是。"

琴依连连道谢："奴婢想要求的是那十分名贵的雪莲，之前在宁国寺中听兀那方丈提起过，说若是能够寻到，对公主的身子是极好的。只是那药十分难求，奴婢也是回了宫之后听见宫女谈起，说皇上对娘娘极尽宠爱，年前曾经将进贡的一株雪莲赐给了娘娘，奴婢便壮着胆子来求了，还望娘娘恕罪。"

"是吗？本宫宫里有？"淑妃招来芽儿，"你可知，琴依所言的这药放在哪儿？"

芽儿忙道："禀娘娘，年前皇上是赐了娘娘这样一株药，只是今年过年那会儿，太尉夫人身子不好，你便将药送了过去。"

淑妃听芽儿这么一说，倒也想起好似的确有这么一回事，便道："倒好像确实如此，去年年底的时候母亲身子便一直不好，本宫想着皇上曾说那药调养身子极好，便送了过去……"

琴依闻言，面上有些失望，却也勉强笑了笑道："无妨无妨，奴婢也只是来撞撞运气，既然没有，奴婢便先行告退，公主那儿还需要奴婢侍候呢。"

淑妃点了点头："嗯，好，去吧，若是公主有什么需要，你叫人来说一声便可。"

琴依退了下去，淑妃却皱起了眉头："莫非，她真的只是来求药的不成？"

芽儿也有些摸不着头脑："娘娘，这宫中，能够多帮一个便多帮一个，有恩总比结仇好。这样，事情也好办一些。不如娘娘瞧瞧库房里还有些什么名贵的药材，一并拿来，娘娘你亲自去给公主送过去？"

淑妃咬了咬唇，点了点头："这锦妃虽然现在看起来没有什么威胁，只是毕竟还有个女儿可以依仗，若是能够与她们二人结为同盟，倒也不错……去吧，你去选些东西来，本官换身衣裳便去。"

淑妃来到清心殿的时候，琴梦正在喂云裳喝粥，琴依站在一旁瞧着，见淑妃走了进来，连忙行礼道："给淑妃娘娘请安。"

淑妃点了点头，目光淡淡地从琴梦身上滑过，笑了笑道："听说公主生了病，本官得亲自过来瞧一瞧才放心，也不知道有没有打扰？"

云裳微微一笑："怎么会？还不赶紧给淑妃娘娘搬凳子。"

琴依将凳子搬好，淑妃便在云裳的床边坐了下来，拉过云裳的手道："瞧你这瘦的，想来这些年过得也不易，不过好歹回宫了，虽然宫里的牛鬼蛇神也不少，但是好歹也是个家。"

云裳笑了笑，没有接话，淑妃便又道："公主也是个有福气的，你瞧瞧，公主离开了七年时间，这宫中的宫人却是一个都没变，倒也难得。只是不知道，这人没变，心变没变。不过也无妨，有什么需要，来找本官便是了……"

"谢谢淑妃娘娘了。"云裳笑了笑，眸光淡淡地看向一旁的琴梦，便见她的目光落在淑妃的脚上，眼中带着几分杀意。

淑妃却恍若未觉，对着屋子里的宫人道："你们都下去吧，本官与公主许久未曾好好说说贴心话儿了，今儿个可得好好聊聊。"

众人连忙应了声，退了下去。

淑妃这才道："公主，本官听说，你的母妃锦妃娘娘恢复了位分，这可是大喜的事情。"

云裳闻言愣了愣："是吗？我倒是一点儿消息都没听到。"

良久，又幽幽叹了口气道："恐怕有些人也不愿意让我知道。罢了罢了，我那母妃，我还未满周岁，便弃我于不顾，想来也不会在乎我这个病快快的女儿，她怎么样，是受尽恩宠还是凄凄惨惨，与我都没有太大的关系。"

"可不能这样说。"淑妃摇了摇头，"公主，这儿女呀，都是父母的心头肉，本官是个福薄的，没有这个福分，可是，公主却是有母妃的人。皇后对公主再好，终究不是亲生的，若是锦妃娘娘能够得宠，才是公主你的护身符。"

云裳笑了，笑容中带着苦涩："我这身子骨，也不是个能够享福的。兀那师父曾经说过，我若是好好调养，兴许还能活个几年，若是大喜大悲，恐怕……"

淑妃闻言，也跟着云裳皱了皱眉，有些关切地道："就没有别的法子了吗，你这病？"

云裳摇了摇头，却又似乎想起了什么，道："倒也不是全无方法，兀那师父曾说，有个人兴许能够救我，那便是常年住在长白山上的雪岩神医。只是，据闻那神医体质特殊，必须要待在满是冰雪的地方才能够活下来，所以从未离开过长白山。而我的身子，也不能长途奔波。已知不可为，我便从未与他人说过，若是被父皇知道了，父皇恐怕会想尽办法去求，我不希望那样，一切顺应天命便可……只是，若是谁人能够治好我这病，便是做牛做马，我也自当是要报的。"

"雪岩神医？"淑妃重复了一遍，眼中闪过一道亮光，却故意叹了口气："这样啊，那确实难办。唉，本官回去也帮着打探打探消息，给你想想法子。对了，方才琴依来求药，那药本官确实送给母亲了，心中过意不去，所以给你带了些其他药材来。你瞧瞧能不能用。"

云裳点了点头："如此，便多谢淑妃娘娘了。"

第三十一章　垫脚相望

两人又说了会儿话，淑妃便离去了。琴依走了进来，眸子一直滴溜溜地转着。

"琴梦呢？"云裳开口问道。

"她呀，方才说去给公主准备午膳去，一溜烟儿就跑了。奴婢觉得，她定然是去给她那位主子报信去了。对了，公主，你都猜到了淑妃娘娘是那个人的人，为什么不直接跟淑妃娘娘说你想要见那个人啊？"琴依转了转眼珠子，轻声问道。

云裳微微一笑："不管如何，那也只是我的猜测而已。虽然我有足够的自信，只是，却也害怕万一我猜错了。若是那么轻易毫不保留地说了出来，惹上了祸事，可不是什么小事。我这样，虽然绕了些，但是却也安全许多，若是宁浅他们打探到的没有错的话，用不了多久，就会有动静了。"

"还是公主想得周全，那奴婢便先退下了，照公主的安排行事。"琴依直起身子，帮云裳披了披被角，便退了下去。

只是，等了整整一日，也没有等到云裳想要看见的景象，琴依也不敢长时间不在清心殿，便又回到云裳身边侍候着。刚用了晚膳，云裳正准备歇息，便听见殿外传来一声惊呼："干吗呢？还不赶紧让开，靖王爷进宫，要吃最新鲜的桂花鱼，若是因为你耽搁了，小心你的脑袋。"

坐在云裳床边的琴依眸子一亮，站起身对着琴梦道："糟了，先前淑妃娘娘说她宫里熬了些滋补的汤，让我去给公主端来，我竟然忘了。"

云裳愣了愣，点了点头道："去吧，小心些，莫要冲撞了淑妃娘娘。我这里，琴梦侍候着便是了。"

琴依连忙应声退了出去。云裳抬起手揉了揉额头："这一着凉，头疼得厉害，琴梦你来帮我揉揉。"

琴梦望着琴依出了内殿，正在发呆，突然听见云裳的声音，连忙应声走到床边：

"要不奴婢给公主熬碗姜汤去？之前奴婢生了病，奴婢的娘亲就会给奴婢熬碗姜汤，虽然味道并不是很好，却十分奏效。"

云裳笑着摇了摇头："寻常人兴许可以，只是我这身子不行，姜这玩意儿，是发物，可不能随便乱吃。你来给我揉揉吧，一会儿便好了。"

琴梦闻言，皱了皱眉，转眼便挂上了笑脸，上前帮云裳揉着头。

勤政殿中，宁帝正与靖王相谈甚欢："皇弟这些年在边关受了不少苦吧，朕听你身边侍候的太监说，你身上可又添了不少伤啊，可要紧？"

靖王笑了笑："无妨，都是些小伤。"

"那便好。不过说来，倒是朕耽误了你。你才十多岁的年纪，便让你去边关守着，这一转眼，你都已经二十七了。你瞧，朕的女儿都嫁人了，你却还没有娶妻，可有中意的姑娘？若是有，朕便立刻下旨，为你们赐婚。"

宁帝拍了拍靖王的肩膀，看着眼前这个英俊的男人，心中也升起几分骄傲："皇弟英俊潇洒，还是个不折不扣的大英雄，皇城中不知多少芳心暗许，也不知道你喜欢哪一家的小姐。"

靖王闻言，嘴角勾起一抹笑意："皇兄说笑了，臣弟一直驻守边关，连女人都没见过几个，哪来什么中意的女子。不过，臣弟倒也希望能够找到一个值得臣弟真心相待的人，现在这个人还没出现，便先这样吧，这样也挺好的。若是哪日臣弟遇见了喜欢的女子，定然来向皇兄求旨，只是希望，不管那个女子的身份年岁，皇兄都不要拒绝。当然，臣弟定然也不会做出什么大逆不道的事情的，皇兄尽管放心。"

宁帝闻言，愣了愣，良久才道："皇弟是个敢爱敢恨的人，既然今日都开了这个口了，朕允了便是。"

"桂花鱼来了，皇上，这可是王爷最喜欢的清蒸桂花鱼，奴才害怕蒸好了送过来鱼肉老了，便让御厨蒸了个七成熟，连带着蒸锅一起端过来了，到这儿刚刚好。"郑总管端着一盘鱼走了上来，放在桌上。

宁帝闻言，连忙笑着道："皇弟，快，尝尝这鱼味道如何？"

靖王笑着夹了一块，点了点头道："果然十分鲜嫩，这本不是吃桂花鱼的时节，皇兄竟能为臣弟寻得这桂花鱼，实在是令臣弟感动。"

宁帝也十分高兴，也随着靖王吃了几口，刚吃到一半，便听得有官人前来禀报："禀皇上，惠国公主晕过去了。"

宁帝闻言，急忙站起身："请太医了吗？"

那官人连忙回道："请了，可是那太医说，公主身子弱，加上昨日受了寒，如今脉搏紊乱，不敢随意用药……"

"混账东西，朕养着这群闲人就是在关键时候来给朕说这些废话的吗？"宁帝大怒，扬声斥道。

坐在桌旁安安静静吃着桂花鱼的靖王嘴角勾起一抹淡淡的笑意，听着宁帝来来回回踱步骂着太医，良久才站起身道："皇兄，此前臣弟受过一次重伤，心肺有些损伤，专程请了长白山上的雪岩神医在府中为臣弟调养身子。臣弟瞧皇兄对惠国公主极其宠爱，公主的身子又十分虚弱，不如请公主在臣弟府上暂住些时日，让神医帮忙瞧瞧？"

"雪岩神医？"宁帝浑身一震，"就是那个传言中必须待在满是冰雪的地方才能够活下来的雪岩神医？"

靖王点了点头："当初臣弟受了重伤，虽说捡回了条命，却落下了病根，这些年一直受尽折磨。这次回皇城，想着好不容易安定一阵子，便让人将雪岩神医接了过来，这一路可真费了不少功夫。本来臣弟说亲自去长白山求医的，只是事务繁忙一直找不到时间，也许过段日子臣弟又要去边关了，才费尽心思将神医请了过来。这些日子，神医一直在靖王府的地下冰窖之中……"

"都说神医能治百病，可是真的？"宁帝连忙问道。

靖王笑了笑："这些传言，总有一些不实，只是，虽说不能治百病，不能起死回生，但是神医的医术总也比那些寻常的大夫高上许多的……"

宁帝点了点头："如此甚好，朕这边让人将公主送到皇弟的王府上。惠国公主就要皇弟多多费心了。若是能够治好裳儿的病，朕定然要好好感谢皇弟。"

靖王连连点头："皇兄言重了。"

"去靖王府求医么？"云裳咳了几声，咳得面色通红，"我这身子，哪有什么神医能够治得好啊？罢了罢了，总归是父皇的一片心意，我若是拒绝，父皇定然会伤心的。只是听说，靖王性子冷淡，整个靖王府中也没有一个侍女，琴依琴梦都跟着我去靖王府吧。"

琴依琴梦闻言，连忙应了，吩咐宫女去将东西收拾好。不一会儿，便有宫人来通报，说靖王爷要回府了，特地来接公主同行。

云裳点了点头，在琴依和琴梦的搀扶之下，出了清心殿，上了步辇，到了宫门，便瞧见宫门口停着两辆马车。靖王站在前面的马车旁，见云裳，便走上前，扶着云裳下了步辇。

宫门口夜风阵阵，云裳咳了几声，便被靖王扶着上了马车。云裳觉得有些不自在，轻声道了声谢，钻进了马车中。

第三十二章　与君盟

马车走了约莫半个时辰，才停了下来，车帘子掀开，琴依和琴梦站在马车外："公主，到靖王府了。"

云裳点了点头，站起身，下了马车。

靖王正站在门口与一个中年人吩咐着什么，见云裳下了车，便走上前道："本王已经吩咐了管家，去与神医知会一声，你先进屋歇会儿，等会儿本王便带你去见神医。"

云裳点了点头，行了个礼道："如此，便多谢皇叔了。"

靖王府虽大，却没有几个下人，看起来倒是有些冷清，云裳被安排在一个叫锦瑟的院子里住了下来。总管将云裳带到院子里之后，便消失得无影无踪。

"这靖王府怎么这么冷清啊？连个人影也看不到，怪恐怖的。公主……我们还是回宫吧。"琴梦打了个冷战。

云裳笑了笑："傻丫头，小心被靖王听见，万一靖王生了气，我可保不住你。"

云裳抬起眼打量着眼前的院子，虽然夜色笼罩，但是院子在屋檐下灯笼的映照下也大致看得出一个大概。院子挺大，小楼面前有两条路，一条是出入院子的院门，一条是一段不短的走廊，走廊两边是成片的竹林，竹林旁是成片的梅树。

琴依扶着云裳走进屋子。屋中的灯已经被点亮，屋里摆设不多，只有一张桌子，几张凳子。穿过外室，走进内殿，内殿中摆放着一张床，一扇屏风，还有一个梳妆台，一张琴桌，一张书桌，东西不多，却透着几分清雅味道。

"都说靖王爷不近女色，府里连个侍女都没有，可是为何这间屋子却这般的……像是女子住的？"琴依打量着这屋子，轻声道。

"好了，这可不是在宫里。收拾收拾，将带来的东西放置好，早些歇息吧，不早了。"

云裳坐在椅子上，隐隐听到有脚步声传来，便挥了挥手，示意两人退下。

"王爷金安。"门外传来琴依和琴梦的声音，云裳坐直了身子，望向门口，便瞧见穿着一身紫衣的男子走了进来，面上没有任何表情。

云裳微微一笑："皇叔来了？现在就要去见神医吗？"

靖王没有说话，在云裳的对面坐了下来，盯着云裳看了半晌，才道："明人不说暗话，公主这般费尽心思要见本王，是为了什么呢？"

云裳闻言，低着头笑了好一会儿，才道："裳儿不过是想要知道，淑妃娘娘是不是皇叔的人而已。"

"是吗？那现在知道了？"靖王垂下眼把玩着自己腰间的玉佩，言语中带着几分漫不经心。

"知道了。"云裳回道，拢在袖中的两只手来回摩挲了许久，"没想到，皇叔远在边关，这眼睛，却放在了父皇的枕头边上，倒真是让裳儿佩服得紧呢。"

靖王微微一笑，也不多做辩解："彼此彼此。"

"淑妃娘娘在宫中八面玲珑，却总是与皇后娘娘过不去，想来应当是皇叔的授意。裳儿不知道皇叔有什么长远的打算，却知道，就在这当前，皇叔想要对付的人与裳儿一样。既然如此，不如，裳儿与皇叔合作如何？虽然裳儿并没有什么过人之处，却也会尽最大的努力，帮着皇叔达到目的。"云裳伸出手支住脑袋，偏着头望着靖王。

"如此，甚好。"靖王点了点头，面上却仍旧没有多余的表情。

云裳站起身来，笑着道："今儿个天晚了，既然皇叔没想要带裳儿去见神医，那裳儿便先歇着了。皇叔，您……"

靖王淡淡地瞟了云裳一眼，站起身来，眼睛落在云裳的脸上，却突然伸出了手，摸了摸云裳的额头。

云裳一时未察，愣了半晌，才连忙退后两步。

"你病了。"靖王皱了皱眉，明明是问话，却说得十分的肯定，"本王还以为你是做做样子，却没想到，竟然是真的病了啊……"

云裳微微一笑，掩饰住心中微微泛起的慌乱："若不是昨儿个皇叔半夜心血来潮，硬要带着裳儿去摘星楼吹风，裳儿也不至于着了凉啊。"

靖王一愣，顿了顿，才走上前，一把将云裳抱了起来。

"呀……"云裳惊呼了一声，勉强稳住自己的情绪，才皱了皱眉，开了口，"皇叔这是作甚？"

靖王抬脚往门外走去："带你去见神医。"

靖王抱着云裳出了外室的门，云裳便瞧见琴依和琴梦目瞪口呆地望着两人，呆立了半晌，琴依才匆匆上前，慌慌张张地道："王爷，公主这是怎么了？"

靖王皱了皱眉："本王带她去见神医。"说完便走了出去。

"哎，公主……"琴依的声音从身后传来。云裳咬了咬唇，叹了口气道："皇叔，将裳儿放下来吧，裳儿能自己走。"

靖王脚步顿了顿，将云裳放了下来。

"雪岩神医真在皇叔府上？"云裳觉着气氛有些沉闷，便笑着问道。

靖王抿了抿唇，大步往前走去。

云裳连忙跟上，嘴里喃喃道："竟然有人必须要在冰天雪地里才能够活下来，倒真是十分奇怪呢。"

靖王仍旧没有回答，云裳便也没有再说话，沉默地跟在靖王身后。

第三十三章　肯将禁地闯

　　穿过一个花园，走进一个院子，靖王走到一座假山边，钻了进去。云裳愣了愣，没做多想，也跟着钻了进去。

　　刚一钻进去，就觉得有一股冷气迎面扑来，云裳倒吸了一口气，跟在靖王身后，越往里面走，便越发冷了。

　　靖王回过头望了云裳一眼，眉头皱了皱，没有说话，脚步却更快了几分。

　　走了约莫一刻钟，靖王才停了下来。云裳微微喘了喘气，只觉得身子冻得几乎快要找不到自己的手脚，半晌才抬起了头，才瞧见散发着寒气的冰墙中坐着一个雪一般的人，白衣白发，连身上的皮肤都白得几乎透明。

　　瞬间云裳便猜到了眼前人的身份："雪岩神医？"

　　云裳打量着那人，心中忍不住感叹，世间竟然真有这样冰雪一般的人。

　　那冰雪一般的人也在打量云裳，良久才转过身对靖王道："这是谁？做什么的？"

　　"求医。"靖王走到雪岩神医的面前站定，转过头看了看云裳，轻声道。

　　雪岩神医又看了云裳片刻，才道："这个女子虽然服了药故意让自己的脉搏紊乱，但是事实上身子却是好得很，除了有些着凉之外，我倒是看不出她有什么病。"

　　说完这番话，雪岩神医又顿了顿，盯着靖王道："你该不会是想要让我帮她治她的风寒吧？"

　　靖王没有说话，雪岩神医哀号了一声："不是吧？我虽然是个大夫，可是好歹也算得上是一代神医，虽然不能够起死回生，疑难杂症却不在话下，你就让我治个这样的小病？"

　　靖王仍旧没有说话，倒是云裳有些不好意思了，笑了笑道："让神医见笑了。裳儿只是有些好奇，所以让皇叔带裳儿来瞧瞧神医，这点小病就不用神医费心了，裳儿自己也会点儿医术，待会儿自己去开些药就好了。"

雪岩看了看云裳，又看了看靖王，叹了口气："算了算了，医者不自医，着凉就着凉吧，我就欠你三个人情，用了这么一次，你就只有一次了。"

雪岩站起身，从一旁取过笔墨，在竹简之上写了些什么，递给靖王道："药方。"

靖王接了过来，雪岩又道："你若是再让这位姑娘在这冰窖里面待上一段时间，估计这药又得下重些了。"

靖王点了点头，转过头对云裳道："走吧。"

云裳连连向雪岩道了谢，正欲转身跟在靖王身后往外走，却突然听得冰窖中响起了铃铛的声音。云裳一愣，转身才瞧见冰窖的周围系着细细的绳子，绳子上系着铃铛。云裳不知道这铃铛是做什么的，却只听见靖王的声音冷了几分："有人闯进园子了。"

云裳跟着靖王出了冰窖，靖王的脚步却突然停了下来。云裳顺着靖王的目光望去，只瞧见夜色中有一个粉色的身影隐在园中的一棵树后，小心翼翼地四处张望着往前走。

"看来，你身边的人也不怎么干净啊。"靖王眯了眯眼，声音中带着冷意。

云裳笑了笑："她本就是皇后身边的人，一直想要除掉，只是我刚回宫，一切都还不熟悉，不敢贸然行事。这样的人，还是放在身边的好，给她一个盯着我的机会，她的主子放心，我也好找机会。"

靖王转过头看了云裳一眼，没有说话，看着那抹人影渐行渐远，才从假山中走了出来，带着云裳回到了她住着的院子。

"公主，没事儿吧？"琴依见云裳回来，连忙上前问道。

云裳摇了摇头，在椅子上坐了下来："没事，琴梦到哪儿去了？"

琴依闻言，有些奇怪地探出头望向门外："院子里没人吗？方才她跟奴婢说，去出个恭，便不见了人影。不过出恭也不用这么久的吧？莫非迷了路？"

云裳嘴角微微勾起："出恭？这个恭出得可真是够远的。罢了，如今我在这靖王府中，只带了你与她二人，你好生给我将她瞧住了。她若是个聪明人，便不会在自己不熟悉的环境中动手，但是如今皇后与华镜那边境况都不好，她又被我带到了这个地方，难免狗急跳墙，你得好好防着。"

琴依闻言，连忙点了点头："奴婢晓得。"

两人说了会儿话，云裳正欲歇息，却听见敲门的声音传来。琴依去打开了门，便瞧见王府总管站在门外，手中端着一个碗，碗里还在冒着热气。

"公主，王爷让小的给公主送来的药，刚刚熬好。这一路送过来，不烫了，公主趁热喝了吧。"总管笑意盈盈地递上碗。琴依连忙接了过来，搅了搅，递给了云裳。

云裳接过碗，也没有说话，仰头便喝了下去。

总管见状，连忙笑着接了碗，退出去了。云裳这才让琴依侍候着更衣歇下了。

一觉醒来，刚起身，便听见外面传来声音："公主醒了吗？小的有事禀报。"

云裳皱了皱眉："什么事？"

"回禀公主，你的一个婢女昨天半夜不知怎么闯进了王府禁地，被抓了起来，王爷说等公主醒了让公主自己发落。"

云裳愣了愣，便大致知道发生了什么事，眼中闪过一抹笑，抬起头对琴依道："不急，也不是什么大不了的事儿，先让本公主用了早膳再说吧。"

琴依连忙应了声，转身出了门，对着门外来传信的人说了些什么，一会儿便有人送了早膳过来，琴依笑着接过早膳，对云裳道："是红豆膳粥，看着还不错的样子。"

云裳点了点头，笑着对琴依道："瞧吧，总有不安分的。"

琴依一面给云裳布膳，一面道："奴婢倒是忘了，这不是官里，是靖王府呢，也该让琴梦吃吃教训，让她知道知道，不是任何地方都是她想怎样就怎样的。"

云裳笑了笑，执起银勺，佐着如意卷，吃了一碗红豆膳粥。用完膳又歇了一会儿，才叫了个下人带着朝着所谓的禁地走去。

第三十四章　杀意起

　　琴梦正跪在禁地的门前，似乎跪了已经有些时辰了，身子有些歪歪斜斜，听见声音才缓缓地抬起了头，见到云裳便眼睛一亮，挺直了身子，眼中带着泪道："公主，救救奴婢啊，奴婢只是去出恭，却不想这靖王府太大，奴婢走了好久都没有找到一个下人，稀里糊涂地就走到了这里。奴婢真的不知道这里是王府禁地啊，公主救救奴婢啊……"

　　云裳蹙了蹙眉，快步走到琴梦跟前，面上满是焦急："琴梦你怎么这么不小心呢？这可是靖王府，哪能随便乱闯，冲撞了皇叔，我也救不了你啊……"

　　"奴婢不是故意的啊。公主你去帮奴婢求求王爷吧。"琴梦连忙抓住云裳的裙摆，泪珠儿从眼中不停地滑落下来。

　　"王府禁地，擅闯者死，王爷是看在公主的面子上才勉强留了你一命，但是不管是有意还是无意，这禁地，你也是闯了。死罪可免，活罪难逃。有胆子往里面闯，就要有胆子承受后果。"站在一旁的总管面色冷漠，丝毫不为之所动。

　　"公主，公主，你快去帮奴婢求求王爷啊。"琴梦咬着唇，面色苍白，声音却愈发的尖利了起来。

　　正在这边吵吵嚷嚷的时候，一个低沉带着几分磁性的男子声音传了过来。云裳转过头一瞧，正是那个扰了她一夜清静的靖王洛轻言。

　　"王爷，这就是昨日擅闯禁地的人，是公主带来的宫女，你瞧？"总管连忙几步上前，微微弯着腰恭敬地道。

　　靖王的目光淡淡地扫过云裳的脸，两人目光交汇了片刻之后，便迅速分开了："公主怎么说？"

　　云裳微微一笑，面色从容："琴梦是裳儿带到王府的，是裳儿管教不严，只是，不知者无罪，还望皇叔从轻发落。"

靖王沉吟了片刻，点了点头："那便依公主所言，从轻发落吧。"

一面说着话儿，眼睛却看向了那跪在地上的粉衣宫女，见她似乎松了一口气，靖王勾了勾嘴角："擅闯禁地的，本来从来不会留下活口，不过看在是公主的贴身宫女的份上，算了，把腿打断了就行了，留条命。"

云裳敛起眸中的笑意，面上露出几分吃惊的表情。总管微微点头，应道："小的遵命。"

那边的琴梦似乎这才反应了过来，眼中满是惊恐，猛地从地上站了起来："不……你们不能这样对我……"

"好吵。"靖王皱了皱眉，便有护卫捉住琴梦将嘴堵了起来。

靖王转过头看了云裳一眼，脚步顿了顿："本王的护卫动起手来场面有些血腥，公主还是稍稍回避一下吧。"

"可是……"云裳蹙眉，转过眼看了眼急得眼泪不停流，额上青筋暴起的琴梦，有些迟疑地道："琴梦她……"

"公主不必再为她求情了，本王已经足够宽容了。"靖王转过身，抬起脚往院子外走去。

云裳脚步顿了顿，看了琴梦好几眼，却还是跟了上去。

待出了院子门，云裳才轻声道："裳儿多谢皇叔了。"

靖王轻声"嗯"了一声，过了片刻，才道："连自己身边的人都清理不干净，让本王如何相信你。这次就当是本王送你个人情，下次若有这样的人，你还是自己好好处理干净吧。"

云裳闻言，心中升起一丝懊恼，点了点头："裳儿明白。"

靖王也不再多言，加快了脚步，离云裳愈发远了。

"公主，琴梦这样子就算是废了呀，哈哈，真是大快人心！皇后辛辛苦苦将她安插在公主身边，却连作用都还没有发挥，就被王爷给破坏了。而且，这个罪名都让王爷给背了，公主手里干干净净，任谁都挑不出个不是来，实在是太好了。"琴依也忍不住兴奋起来。

云裳站在原地，望向远处的竹林，面上没有多大的喜悦神色："这琴梦留在我身边，倒也不一定全是坏事，我本来想着，留着以后还能用呢，没想到……罢了罢了，这样也好，少了个祸根，也不用总是担心了。"

"是啊，公主还可以趁着这个机会，往身边放几个信得过的人呢。"琴依微微一笑，只觉得从回宫到现在，就这会儿，心才稍稍安定了几分。

云裳点了点头："等会儿王府里面的下人将琴梦送来，我们便回宫吧。"

云裳也不过是想与靖王见上一见，既然靖王已经答应与她联手，那么此次出宫的目的便已经达到了。况且，经由靖王这么一闹，宫里恐怕又有热闹可以瞧了，她怎么能够错过呢？

栖梧宫中，绣心匆匆从外面走了进来："娘娘在哪儿？"

一旁的宫女连忙道："在佛堂呢。"

绣心闻言，点了点头，脚不停歇地往佛堂走去。

佛堂中青烟袅袅，只闻见木鱼的笃笃声传来，皇后跪坐在佛龛前，双眼禁闭，嘴里无声地念着佛经。

脚步声打破了佛堂的清静，皇后没有动，依旧轻敲着木鱼。

"娘娘，惠国公主回宫了。"绣心的声音中还带着轻喘，似是赶路赶得有些急了。

元贞皇后手微微一顿，木鱼声又有节奏地响了起来："不是说去靖王府求医了吗？怎么这么快就回来了？回来便回来了吧。"

绣心又道："方才奴婢瞧见清心殿的太监去宫门口了，奴婢瞧见琴梦那丫头被抬了下来。琴梦不知怎么了，似乎不能动弹的样子。奴婢便寻人去跟清心殿里的太监打听了，听说是琴梦在靖王府闯进了靖王爷的禁地，被靖王爷将腿给打断了。"

木鱼声重重地响了一声，随后便是长长的寂静，半晌，才听见皇后的声音响了起来："什么？琴梦被打断了腿？被靖王？"

绣心喏喏地答着："是，清心殿里的人是这么说的。"

"混账东西！"木槌被狠狠地扔到了地上，皇后掀开了木鱼，猛地站起身来："去给本宫查查究竟是怎么回事儿，清心殿、靖王府的人都得问，本宫花了几年安上去的棋子，岂能就这么莫名其妙的便没了？"

绣心连忙应了声，匆匆出了佛堂。

佛堂之中又恢复了寂静，半晌，才传出皇后有些压抑的声音："靖王，本宫与你无冤无仇，你却总是坏本宫的好事，你若不仁，休怪本宫无义了。"

第三十五章　暗盘算

清心殿中，太医不停地来来去去，云裳有些焦急地站在宫女住的院子中来回踱步，半晌，才见到进去的太医走了出来。云裳连忙迎了上去道："太医，琴梦的腿如何了？"

太医闻言，摇了摇头道："恐怕是废了，骨头已经断了。微臣和其他同僚一起勉强将断掉的骨头用木板固定了起来，养几个月，骨头还是能够勉强长合的，但是脚定然会有些跛，遇到下雨天脚也会十分疼痛，不能走太久的路，也不能够做太过劳累的活儿了。"

云裳闻言，幽幽叹了口气："是我不好，若是我不带她去靖王府，也不会发生这样的事情了。太医你尽力治吧，尽可能减少她的疼痛。"

太医点了点头："微臣明白。"

云裳走进琴梦的屋中。琴梦躺在床上，裙子上，被子上都是干涸的血迹，琴梦还未醒过来，眉头紧皱，十分痛苦的样子。

云裳站在床边看了一会儿，才回了正殿。

当日夜里，外面传来喧哗之声，将云裳吵醒了。云裳唤来琴依，让她去外面瞧瞧。待琴依回来，才知晓，是昏迷的琴梦醒了，知晓自己的腿断了，以后将会一直跛着，现在正在闹呢。

云裳打了个哈欠，披了件披风出了正殿走到后院中宫女住的地方。琴梦住着的屋子外围着好些人，见云裳来了连忙纷纷闪开了一条道。云裳走了进去，便瞧见琴梦正躺在床上号啕大哭。

云裳连忙走到床边坐了下来，低着头叹了口气道："是我无能，我不能求得皇叔饶过你。"

琴梦没有回答，仍旧哭得十分凄厉。

"你是我的宫女，便会一直是我的宫女，哪怕你跛了腿，我也绝对不会让你受什么委屈的。"云裳又道，眉眼间满是疼惜。

良久，琴梦的哭声才渐渐小了。云裳叹了口气，又安慰了两句，便起身吩咐门外的宫女，让她们好生照顾琴梦。云裳转过头来，却瞧见琴梦正望着自己，眼中是毫不掩饰的恨意，见云裳回过头来，才又低下了头。

云裳嘴角勾起一抹嘲讽的笑，转过身走出了屋子。

闹过这么一场之后，琴梦倒也安分了，不哭不闹，每日里该喝药喝药，该吃饭吃饭，似乎没有什么不对的地方。

又过了几日，一日早上，云裳刚起身，便有宫女匆匆来报："公主，琴梦不见了。"

"不见了？"云裳愣了愣，"什么不见了？活生生的人怎么说不见就不见了，还不赶紧找去？"话音刚落，便听见"皇后驾到"的通传声传来。云裳连忙掀开帘子走出了内殿。

"母后来也不给裳儿知会一声，裳儿也好迎接呀。"云裳笑着望向殿门口，当看见跟在皇后身后的人时，眼睛忍不住微微眯起，嘴角微微翘了起来。

"咦，这不是琴梦嘛，你去哪儿了？方才我听见宫女来报，说你不见了，可把我吓坏了，正说让大家都出去找找呢，可别出了什么事儿，你怎么和母后在一起呢？"云裳望向那抹粉色的身影，脸上满是诧异。

琴梦没有出声，倒是皇后开了口："本宫这次过来便是与你说这个宫女的事的。"元贞皇后看了云裳一眼，走到主位前坐了下来。

云裳走到皇后下方的位置坐下道："琴梦？母后要与裳儿说她的事儿？"

元贞皇后点了点头道："先前本宫在蓬莱岛散步，正好瞧见了这个宫女。她在蓬莱岛的湖边，似乎是想要跳湖，本宫便让人将她拦了下来，这才知道，她是你身边的宫女，在靖王府误闯了禁地，被靖王打断了腿。她觉着给你惹了麻烦，想着如今自己的腿脚也废了，以后也无法照顾你了，便心灰意冷，想要自我了断。"

云裳闻言，大吃一惊，连忙站了起来，走到琴梦面前拉着她的手道："你怎么这么傻啊，我都说了啊，不管如何，我也不会不要你的，这清心殿永远有你的一席之地，你便放心吧，可别再动这样的心思了。"

琴梦眼角滑落出一串泪珠子，摇了摇头道："是奴婢连累了公主，奴婢无颜再见公主了。"

云裳连连摇头，正欲开口，便听见皇后的声音传来："本宫也是觉得，这个宫女是个有情有意的人。不过你身边也缺人，她如今不能照顾你了，本宫便找了个伶俐的给你送过来。这个叫琴梦的宫女，本宫便先带回栖梧宫将养着，她虽然腿脚不便，倒也可以做些其他的事儿。本官那儿地方大些，也好做安排，若是以后腿脚好了，本官再还给你便是了……"

原来，皇后竟然打的是这样的主意啊，想要用一个完好无损的棋子换掉一颗废棋？当真是打得一手好算盘呢……

云裳微微一笑："琴梦虽然只是一个宫女，但是裳儿觉得，还是听听她的意思好了，如果她愿意跟着母后去栖梧宫裳儿自然也不会拦着。不过，如果琴梦跟着母后去了，裳儿也不再要其他的宫女了，清心殿侍候的人够多了。裳儿在宁国寺住习惯了，倒不太适应这么多人侍候。"

"那可不成，你是堂堂公主，就应当按照公主的规制来。本官已经给内务府的管事公公说了，让他等会儿便选个得力的，给你带过来。"皇后拿下手上的念珠，拿在手中摩挲着。

"那听母后的便是了。"云裳微微一笑，显得漫不经心。

元贞皇后点了点头，似又想起了什么，盯着云裳看了许久，才又道："你的病可大好了？听说你前些日子生了病，谢绝了所有来探望的嫔妃？"

云裳闻言挠了挠头："我身子一直不太好，前些日子着了凉，怕给大家过了病气。而且，裳儿刚回宫不久，还是有些不习惯。听说前些日子锦妃娘娘被父皇宠幸，就总是有嫔妃到我这儿来说些莫名其妙的话儿，裳儿听不太明白，这才让宫女们将她们拦在了门外……"

皇后摩挲着念珠的手顿了顿，又似不经意地将念珠收了起来："是吗？你怎么也叫锦妃娘娘，那可是你的母妃呢？"皇后说这话，目不转睛地盯着云裳，眼中泛着冷意。

云裳有些尴尬地笑了笑："说是裳儿的母妃，但是裳儿从小都没有见过她，就像是个陌生人，突然要裳儿叫她母妃，裳儿实在是有些不自在，心中还是不知道应当怎么办，所以才缩在清心殿当起了缩头乌龟。父皇只是恢复了她的位分，其他也没有做什么，想来也不是很上心，等过些日子，大家将这件事情给忘了再说吧。"

皇后盯着云裳看了许久，见她神情不似作伪，想起这些年来，云裳确实与那锦妃从未有过交集。小的时候，若是有人提起她的生母是冷宫中的锦妃，她还会十分生气，不肯承认她是锦妃的女儿。

云裳变成这样，这其中自然少不了她的功劳……

"也难怪，你不到十月便被本官抱养了过来，与你母妃确实生分了一些。如今，锦妃恢复了位分，你确实也很尴尬。罢了罢了，你不愿意与她亲近就不亲近吧，你也及笄了，过不了多久，就该选个驸马出嫁了，到时候不住在这内宫之中，也就没什么关系了。"元贞皇后幽幽叹了口气。

云裳听见皇后又将话茬子引到了出嫁上，只是微微一笑，没有搭话。

"你好好养病吧，你这身子，是该好生养养，若是需要什么药，尽管跟本宫开口便是，这后宫里的东西，找本宫总是没错的。"皇后有些意味深长地看了云裳一眼，站起身来，带着琴梦和绣心走了出去。

云裳应了声，将皇后送到了殿门前，看着皇后的身影渐行渐远。

第三十六章 执棋落子

"公主，这琴梦都已经这样了，皇后干吗还把她要了过去？"琴依凑了过来，扶住云裳，轻声道。

云裳冷冷一笑："呵呵，就是因为琴梦都这样了，皇后才将她撤走了啊。一颗棋子废了，总得有新的棋子取代才好。"

"取代？那这清心殿岂不是又不得安宁了？"琴依皱了皱眉。

云裳站了会儿，才道："不，这是个机会……"

"机会？"琴依没有听明白，却瞧见远处有个熟悉的身影正往这边走过来，"公主，是淑妃娘娘来了……"

云裳闻言，抬眼一瞧，皱了皱眉："这淑妃，怎么跟皇后约好了似得，一前一后。琴依，关殿门。让两个丫鬟守在门口，就说我病了，需要静养，任何人不得放进来。"

琴依一愣："可是公主，淑妃娘娘不是？"

"你没听见皇后刚才的话，分明就是知道了你去跟淑妃求药的事情，来警告我呢，说这后宫能够做主的人还是只有她一个，让我好自为之。"云裳说完，便转身进了外殿。

琴依连忙将门关了起来，也紧跟着走了进去。

"这几日，除了皇上皇后，其他人来清心殿，一律不见。哪怕是……母妃……"云裳对着琴依吩咐道，话音到最后却忍不住轻了下来，稍稍犹豫了片刻。

琴依点了点头："奴婢明白，公主和主子这是做戏给别人看呢。只是，明明心系着对方，却要做出一副绝情的样子，这皇宫，倒真不是什么好地方。"

云裳微微一笑，笑容中带着几分苦涩："是啊，真不是个好地方，若是可以，我倒真希望能够远离这片是非之地。只可惜，我生作了皇家女儿。"

云裳走进内室，打开窗户，学着鸟儿的鸣叫吹了个口哨，不一会儿，一只鸟儿便停在了窗边，琴依被吓了一跳："公主，这鸟儿从哪儿蹦出来的？"

云裳没有答话，走到桌案边画了几个琴依看不懂的符号，放进了鸟儿的嘴里。鸟儿转身飞走了。

琴依惊奇地将头伸出窗子看了好一会儿，也没有瞧见那飞雁的身影，便缩回了头，也没有再问，转身对着云裳笑了笑："公主，奴婢去给你熬药，顺便让人将琴梦之前住的屋子收拾收拾。"

云裳闻言，赞赏地笑了笑，转过头，突然想起了什么，问道："琴依，你还记不记得，七年前，我们还在宫中的时候，这清心殿里面有个叫小林子的太监？"

"小林子？"琴依闻言，皱了皱眉，摇了摇头道，"没什么印象了。"

云裳在屋中踱了几步道："那年皇后请了法师要为我作法，想要害我。之前皇后想要收买这清心殿里面的人，将人都抓了去，那个小林子后来告诉我，皇后让他在我的饭菜里面放东西。"

琴依听云裳这么一说，便恍然道："奴婢想起来了，是有这么一回事儿。"

云裳点了点头道："我这次回宫，皇后和琴梦口口声声都说，这清心殿中侍候的都是以前的人，一个都没有变，可是我暗中看了这些日子，也没有瞧见那小太监，你私下打听打听他的去向。"

琴依闻言，便点头应了下来："是，奴婢留心一下。"说完便退出了内殿。

内务府的人若是认真办起事来，速度也是十分快的。

不过刚吃了午饭，内务府的管事便带了个宫女过来："公主，皇后娘娘今儿个亲自吩咐了，给公主选一个伶俐的宫女过来，这不，奴才给公主带人过来了。公主瞧瞧，这个宫女可还满意？"

云裳仔细瞧了瞧，那宫女容貌可人，第一眼看起来倒是与琴梦相仿，纯真干净。

云裳笑了笑，轻声问道："叫什么名字？"

那宫女睁着骨碌碌的眼睛，笑着道："公主是问奴婢吗？奴婢叫浅音，今年十四。"

那管事公公瞧着那宫女回答的模样，也微微点了点头，嘴里却笑着道："公主只是问你的名字，怎么连年岁也一并给说了。"说完又转过头对云裳道："公主，你瞧，可行？这宫女虽然没有琴梦姑姑那般合公主的意，也是个惯会侍候人的。"

云裳点了点头："便留在清心殿吧，劳烦公公跑一趟了。"

琴依上前往那管事公公的手里塞了个钱袋，便退了下去。那管事公公顿时眉开眼笑："那奴才就先告退了，公主若是有什么吩咐，尽管给奴才讲便是了。"

云裳"嗯"了一声，那管事公公便出去了。

待屋中只有云裳琴依和浅音三人了，云裳才笑着对浅音招了招手道："三年未见你了吧，倒是长大了不少。"

浅音笑意盈盈地走上前去，在云裳面前站定："主子也变了不少，越来越美了。"

琴依听见两人的对话，有些回不过神来，良久才恍然大悟，眼中满是惊喜："原来浅音是公主自个儿的人呀。"

云裳和浅音两人闻言都忍不住笑了起来，浅音转过头来对着琴依俏皮一笑："琴依姐姐，我叫浅音，是公主的手下，三年前就被送到宫中啦。这些年表现不错，获得了内务府管事公公和皇后娘娘的青睐，暗中帮皇后娘娘做些事儿，嘿嘿。听说要往公主这儿选人，就自告奋勇来啦。"

琴依打量了浅音许久，才点了点头："没想到公主早有预谋，看来公主在老爷那儿学了不少东西，也做了不少的事儿。有浅音在，奴婢便放心许多了。"

浅音微微一笑："浅音这些年在宫中也没有白待，现在各宫之中也都安插了不少我们的人，只是公主回宫这些日子，皇后那边盯得紧，浅音也没敢来向公主汇报，等了这么些日子，终于等到了这个机会。"

云裳点了点头："别急，咱们时间还多着呢。你先跟着琴依熟悉熟悉地方吧。"

浅音闻言，连忙应了声："哎，那便麻烦琴依姐姐了。"

琴依带着浅音出去了，云裳这才缓缓靠在了椅背上，嘴角勾起一抹淡淡的笑来，心也渐渐地安定了下来。她会一点一点变得强大起来，强大到有足够的力量向那些对不起她的人宣战，一个都不会放过。

第三十七章　处处铺垫

浅音倒也是个厉害的，不几日，便和清心殿里里外外的人都熟悉了起来，每一个都能聊上那么几句，清心殿里整日都能听见她清脆的笑声。

"这个浅音好厉害，若她不是公主的人，奴婢可真得操碎了心呢。"琴依笑着道。

云裳微微一笑，没有接话。自浅音过来之后，除了首日云裳与她说了几句话，后来便一直不冷不热的样子，只是，明眼人都看得出来，云裳对浅音，虽然没有排斥，却带着几分冷漠。

琴依虽然有些看不明白，却也知道，云裳这般做，定然有她的安排，也没有多问。

"公主，今儿个天气多好啊，咱们出去走走吧。奴婢瞧见御花园里的菊花开得正好呢，公主不去瞧瞧？"浅音端着一盆晒干的桂花走了进来，手里还拿着一个香囊。

见云裳只是在发呆，没有回应，浅音便又道："公主你瞧，前些日子摘的桂花已经晒干了，这采的都是初开的桂花，没有被雨水淋过，晒干了之后可香了。奴婢用桂花做了个香囊，公主你闻闻……"

云裳闻言，淡淡地看了浅音一眼，便瞧见她拿着那香囊凑了过来。云裳轻吸了一口气，便闻见一股清淡的香气弥漫开来。

"嗯，是挺香的。"云裳点了点头。

浅音闻言，兴高采烈地道："那奴婢给公主戴上吧。"

云裳点了点头，由着浅音将香囊配在她的腰间："你方才说什么来着？御花园里的菊花开了吗？"

浅音连连点头："是啊，开得可好了。"

"好些年没有看到过了，之前本公主在宫中的时候倒是经常去看，也经常去摘，为此没被母后少说呢。也罢，本公主也好些日子没有出门了，便去瞧瞧吧。"

琴依闻言，急忙帮云裳取来披风："天越发的冷了，公主还是把披风披上吧。"

121

待准备妥当，云裳便带着琴依和浅音出了门，在御花园里走了片刻，便听见远处隐隐约约有笑声传来。浅音笑道："今儿个还真是巧，皇后娘娘好像在和众位嫔妃赏花儿呢。"

云裳点了点头："既然如此，那我们便回吧，莫要扰了她们的兴致。"

正想要往回走，却已经有嫔妃发现了他们："咦，那不是惠国公主么？今儿个也来赏花？"

皇后闻言，朝着云裳这边远远地招了招手。云裳叹了口气："唉，这下子可走不掉了。"走过去向皇后行了礼："裳儿见过母后。母后今儿个也与各位嫔妃赏花儿呢。"

皇后点了点头："是啊，今儿个天气正好，听说御花园里的菊花开得甚好，便出来走走。"

云裳的目光淡淡地扫过众位嫔妃，却在远处一个不起眼的身影上顿了顿，母妃……

锦妃的目光也一直落在云裳身上，见云裳望过去，也微微笑了一笑。

"既然来了，便陪着我们一起走走吧。你整日里关在那清心殿，也不怕闷出病来。"皇后笑了笑，将手搭在了云裳的胳膊上。

云裳微微一笑："是。"

众人一面说着话，一面赏着花，走到了燕雀湖边："这个季节，这湖中的鱼儿是最肥的时候了，听皇上说啊，今年在湖那边新种了好些桂花，今年湖中的鱼肉都带着几分桂花香呢。"一个嫔妃兴高采烈地道。

"是吗？听说这种鱼可以养颜呢，也不知道是不是真的。"

"咦，快来，那儿有一条好大的鱼呢……"一个女声突然拔高，众嫔妃闻言，便往湖边走了过去。

"是那儿吗？"众人瞧见湖中间有白色的浪花泛起，便有人兴奋地指着那浪花道。

就在这拥簇之间，也不知哪个丫鬟的脚下打滑，朝着正兴致勃勃看着鱼的妃嫔们摔了过去。

"小心……"一声尖利的叫声响起。众人回过头，便瞧见一个人影朝着云裳扑了过去。

"公主小心。"一旁的浅音急急忙忙叫了一声，冲上前去，抱住云裳，将她往岸边推去，自己却滑进了湖中。

"有人落水啦。"

云裳这才回过神来，便瞧见浅音在湖中浮浮沉沉。云裳眯了眯眼，这才扬声道：

"还不赶紧救人？"

跟在后面的太监们这才一个接着一个跳下了水，朝着浅音游了过去。

"公主，你没事儿吧？"琴依连忙上前，凑到云裳身边关切地问道。

云裳摇了摇头："我没事，被浅音推开了，只是浅音……"

云裳皱了皱眉，满脸的关切。

"裳儿别担心，这么多人，定然能够将你那宫女安全无虞救回来。你那小宫女看起来活泼可爱，却在关键的时候救了你一命呢。"皇后走到云裳身边拍了拍她的手，轻声道。

云裳点了点头："是啊……"

皇后见云裳目不转睛盯着湖面的着急样子，心中甚是满意，便不再多言。

"救起来了救起来了，公主。"

有几个太监合力将浅音抬上了岸。云裳连忙走到浅音身边，见浅音吐出了几口水，有些虚弱的样子，便连忙蹲下身子，关切地问道："浅音，你感觉如何？"

浅音看了云裳一眼，摇了摇头："奴婢没关系，公主没事就好。"

话音刚落，便晕了过去。

"还不快请太医。"皇后威严十足的声音从身后传来，云裳却瞧见浅音的手微微动了动。

第三十八章　弃子

一阵慌乱之后，清心殿才渐渐安静了下来，云裳走到床边坐下，轻声道："好了，都走了，别装了。"

床上的人先睁开一只眼，看了看云裳，才慢慢地睁开了双眼。云裳瞧着便觉得有些好笑，故意板着脸道："是皇后让你这么做的？"

浅音点了点头："先前通过送食材的小太监给奴婢传的话，时间紧急，加之不知道周围是不是隔墙有耳，便没敢说。不过公主是不是已经猜到了？那个桂花香囊……"

那个桂花香囊中有皇后最爱用的苏合香的味道。

云裳自然知晓浅音话中的意思，也便是那苏合香的味道，让云裳同意了去御花园走走的提议。

只是，云裳却不知晓，这湖边上演的一出究竟是为了什么。

"皇后娘娘恐怕是听说奴婢在清心殿中不得宠，公主不喜欢奴婢，便想要帮奴婢一把，于是皇后娘娘便让人传信给奴婢，让奴婢务必要将公主带到御花园中，到时候会安排一些意外，奴婢定然要将注意力集中在公主身上，一旦公主出现了什么事情，便要第一时间反应过来救下公主，奴婢若是再受点伤，那更是再好不过的了。"浅音笑着道，眼睛眨巴眨巴地望着云裳。

"原来如此，皇后还真是个急性子，你来清心殿也不过几日而已。"云裳轻声道。

浅音想了想才道："公主，过些日子，便是冬至了，是皇上祭天的日子。皇后娘娘曾经在奴婢来之前便嘱托过，定然要在冬至之前取得公主的完全信任，奴婢觉得……"

"你是说皇后想要在冬至日那天对付我？"云裳微微一笑，"倒真是，我不犯人，人却来犯我呢。既然如此，那这回，我便占个先机吧。"

浅音闻言，一骨碌从床上坐了起来，眼睛发亮："公主想要怎么做？奴婢可早就看皇后不顺眼了。公主，这回定要让她无法翻身。"

云裳微微一笑："先别急，让我先瞧瞧她想要做什么吧。"

浅音点了点头，又道："公主，告诉你一个有趣的事情。皇上已经有两个月没有去过栖梧宫了，皇后娘娘最近似乎脾气不太好。奴婢听说啊，最近皇后竟然在自己宫中选姿色较好的宫女，想要将宫女送到皇上那儿去，好拴住皇上呢。"

"是吗？竟然有这等事，那本公主可得好好帮帮她了。"云裳闻言，嘴角勾起一丝冷意，"栖梧宫中姿色较好的宫女，本公主倒是知道一个人。浅音，在皇后宫中，我们的人现在处在什么位置？"

浅音四下望了望，才凑到云裳耳边说了些什么。

云裳点了点头，道："倒是个不容易引起注意的地方。这样，你想法子递消息给她，让她给本公主做点事情。"

云裳凑到浅音耳边细细嘱咐了几句，便瞧见浅音眼睛都亮了起来，连连点头道："奴婢明白了。"

过了午，刚刚还阳光明媚的天却突然下起雨来，栖梧宫偏殿后的一个小屋子里，有一个身影躺在床上抱着脚，神色痛苦。

"来人，来人啊……"声音中带着几分战抖，叫了许久也不见有人理会。

床上的人忍着疼痛坐了起身，穿上鞋子下了床，窗口透出的光映照在那人的脸上，才瞧见了她的容貌，原来是琴梦。琴梦朝着门外走去，却觉得每走一步脚上都钻心地疼。

"来人啊，去给我端盆热水来啊。"琴梦额上渗出细密的汗珠，门外有人声，却没有人理会她。

琴梦拖着两条痛得钻心刺骨的腿，走到门边，外面的声音渐渐清晰了起来："听见没有，叫得多凄惨呀。"

另一个声音响了起来："还当这儿是清心殿呢，这儿可是栖梧宫，如今她对皇后娘娘而言，就是一颗没用了的废棋子。皇后娘娘想要把浅音姑娘安排到清心殿才将她换了出来在这儿养着，一个废人而已。等浅音姑娘在清心殿扎了根，估计，便是她消失的日子。"

"可不是嘛，听说前些日子在御花园，浅音姑娘还救了惠国公主呢。惠国公主十分感激，如今对浅音姑娘又信任了许多呢。"

"是啊，别管这个废物了，就让她自生自灭吧。对了，听说昨儿个皇后娘娘在宫里发了好大的火，你知道是为了什么吗？"

"皇上不是很久不来清心殿了么，皇后娘娘想要选个宫女送给皇上，好留住皇上的心呢，但是选来选去也没找到满意的，正烦着呢。"

"嘘，这事儿可说不得，小心……"

两人的声音渐去渐远，却没有人知道，屋里面靠在门旁边的琴梦全身都在战抖，牙关紧咬，眼中早已有泪水滑落："废棋子，我原来已经成了一颗废棋子。"

在宫中这些年，琴梦自然最为清楚地知道，成为被主子抛弃的废棋子会是什么样的下场，也正是因为知道，所以才格外的怕，那种感觉，就好像看着刀尖一点一点地刺破自己的喉咙，却没有办法发出任何声音一般。

琴梦咬了咬牙，不行，她还不想死。

只是，要怎么办呢？

琴梦拖着疼痛的双腿，走回到床边坐了下来。如今皇后将她视为弃子，并且已经有了新的人选在清心殿。除了皇后，这宫中还能有谁能够帮到她呢。

琴梦想了许久，才缓缓抬起头来，眼中多了一分坚定。

她想，她需要一个机会，一个改变自己命运的机会。

"公主，琴梦真的会过来吗？"浅音有些怀疑地望着云裳。

琴依微微一笑，将手中的盘子放在桌上："公主，你尝尝，皇上刚刚命人给你送过来的百香果，新鲜的。"说完便转过头笑着对浅音道："放心好了，公主说会来就一定会来的。我与琴梦也算是比较熟悉了，她的性子我了解，如果她听到你故意让她听到的话，以她的性格，一定会来找公主的。"

浅音微微点了点头："也是，坐以待毙不是一个聪明人的做法，以我观察，琴梦倒是也算得上半个聪明人的。只是，离我传话过去已经两日了，怎么还没有动静呢。"

云裳笑了笑，拿起一枚百香果："她在等一个机会罢了。"

"机会？什么机会？"浅音有些不明白。

云裳却没有回答，只吩咐琴依道："去问问，今日皇上去哪个宫里歇着了？"

琴依点了点头，退了出去。不一会儿便进来禀报道："回公主，今日皇上去了栖梧宫。听说，是皇后娘娘亲自去勤政殿请过去的。"

"皇后娘娘亲自去请的？莫非皇后娘娘找到了能够帮着她留住皇上的人？"浅音闻言，瞪大了眼睛望向琴依，眼中满是好奇。

云裳笑了笑道："连续两个月，父皇都没有到她的栖梧宫去过一回，其他宫中倒是雨露均沾，皇后怎能不急？这叫病急乱投医，不过，这对于我们来说，倒是件好事，因为，琴梦等的机会来了。今天晚上，准备好吧。"

浅音仍旧十分好奇，却也没有再问，连忙应了声就出去准备去了。

第三十九章　倒戈相向

　　刚过了亥时，天便已经完全黑了下来，宫中也渐渐地静了，几声清响从殿门外传来。浅音一听见声音便伸出了头往外瞧去："公主，有人敲门。"

　　云裳端着一杯茶，点了点头："嗯。"

　　应完便不再搭理，不急不缓地打开茶杯盖子，轻轻嗅了嗅茶香。

　　门外的琴梦却十分焦灼，心中十分紧张。今日皇上一来，栖梧宫里面的人便忙了起来，没有人留意到她的行踪，她才得以跑了出来，不过却不能在这儿耽搁太久，就怕万一被发现了。且如今这清心殿里皇后的人也不少，自己一进这清心殿恐怕便会被浅音知道，若是她偷偷跑去告诉了皇后，可就大事不妙，所以，自己的时间实在是不多。

　　琴梦又敲了敲门，门才被打开。开门的人是琴梦熟识的太监："咦，琴梦姑姑，你不是在皇后宫中吗？怎么到这儿来了？"

　　琴梦咬了咬唇，抬起头露出一丝笑："皇后有事要我传达给公主，公主还没有歇下吧？"

　　"这么晚了？"那太监有些犹豫。

　　琴梦闻言，便变了脸色，皱了皱眉道："皇后娘娘要我出来办点事，若是耽搁了，你担当得起吗？"

　　那太监想了片刻，才将琴梦放了进来，关了殿门转过身对琴梦道："奴才也不知道公主有没有歇着，奴才去问问浅音姑姑……"

　　"哟，如今就认得浅音姑姑了，果真是人走茶凉呀。"

　　琴梦面上带着笑，眼中却满是冷意，凑近了那太监道："别忘了，你可也有把柄在我的手上呢。"

　　那太监闻言皱了皱眉，又迅速堆着笑脸道："奴才也不想啊，可是奴才是真的不知道公主有没有歇着呢，如果惊扰了公主，奴才也是万万担不起责的。"

"放心吧，我来担着便是。你只需要将我带到殿外，我对着殿里问两声便可，若是公主不肯见我，我转身走了便是。若是公主怪罪起来，我也只说是我威胁的你，这样行了吧？我还是那句话，若是你耽误了皇后娘娘的事情，那你可才是真正的担不起责呢。"

那太监闻言，点了点头："那姑姑跟着小的来吧。"说着便带着琴梦走到了内殿门外。

琴梦侧耳细听了片刻，隐隐听见云裳的声音，正想开口，便瞧见门被打开了，走出来一个人。琴梦定睛一瞧，才瞧见出来的人是琴依，心中一喜："琴依，公主歇下了吗？快带我去见公主，我有急事。"

"琴梦？"琴依皱了皱眉，"你这会儿不是应该在皇后娘娘那儿吗？"

"此事容我稍后再解释，我是真的有事儿找公主。"琴梦咬了咬牙，急促地道。

琴依打量了琴梦几眼，才走进了内殿，过了一会儿，出来说："进去吧，公主等着呢。"

琴梦连忙点了点头，面上露出几分喜色："谢谢琴依姐姐了。"说完便踮着脚跟在琴依身后走进了内殿之中，刚进内殿就瞧见有一个娇俏可人的宫女从内殿走了出来。琴梦瞧着她身上的衣裳，便知道，面前的女子就是如今皇后安插在清心殿的浅音。

琴梦盯着浅音看了几眼，浅音也望着琴梦。

"浅音你这是去哪儿啊？"琴依开口道。

浅音微微一笑道："前几日送到浣衣局洗的衣裳送过来了，我去将公主的衣服收拾好，熏上公主喜欢的桂花香，明天公主好穿。"

"去吧。"琴依笑了笑，浅音这才走出了大殿。

琴梦握了握手，这才匆匆忙忙走了进去，看见云裳便急忙跪了下来，对着云裳磕头道："公主，奴婢有事禀报，事关公主性命，还请公主让信得过的人去将殿门守住，不让任何人出入，不然，奴婢怕会出什么变故……"

"我的性命？"云裳皱了皱眉，"我在这清心殿好好的，怎么会有事儿呢。"

"奴婢愿以性命保证，奴婢所言每一句都是真的，希望公主听奴婢一句，去将殿门紧锁，禁止任何人进出。"琴梦又磕了几个头。

云裳沉吟了片刻，才点了点头，对着琴依道："去将浅音叫来，让她去门口守着吧。"

琴梦闻言，急忙道："公主，不能是浅音，一定不能是她。"

琴侬闻言，动作一顿，目光在琴梦身上停留了片刻，才开口道："公主，让奴婢去吧。"

云裳"嗯"了一声。琴侬准备出门，琴梦也转过身，一再叮嘱道："麻烦琴侬姐姐了，记得，任何人都不要放出去……"

琴侬答应了，琴梦这才转过身来，跪倒在地上，声音中带着几分战抖："公主，皇后要害你，奴婢曾经便是皇后派到公主殿中的人，奴婢的任务是取得公主的信任，然后找个法子，神不知鬼不觉地将公主除去。"

"你是说，母后要害我？"云裳喝了口茶，望向跪在地上的琴梦，神色从容。

琴梦连连点头道："奴婢在清心殿的时候，也做了不少对不起公主的事。皇后让奴婢盯着公主，只要是有关公主的，事无巨细，都必须禀报。公主还小的时候，皇上一直对公主疼爱有加，所以皇后娘娘没有找到机会下手，皇后娘娘只得教导公主做一些叛逆的事情，让皇上愈发疏远了公主。皇后将奴婢派到公主身边，几年前，公主中的毒便是奴婢下的。"

云裳沉吟了片刻："那既然如此，如今你已经到了母后的宫中，若你不说，这些事情本公主恐怕一辈子也不会知晓，你又为何要跑来告诉本公主呢？"

琴梦来之前便知道云裳定是要问这个问题的，忙道："公主回来之后，奴婢几次办事不力，加上这次在靖王府又将腿弄断了，如今虽然勉强能够行走，但是也是跛的，每逢阴雨天腿也疼得厉害，所以皇后将奴婢当作弃子，派了新的人到公主身边，等着新人得了公主的信任，公主渐忘了奴婢之后，奴婢便会彻底消失在这宫中。"

琴梦说到此处，又忍不住落下泪来："可是奴婢还不想死，奴婢家中还有父母。几年前皇后娘娘便是以奴婢的父母威胁奴婢听命于她，奴婢还想着能够等二十五岁放出宫好好孝敬父母。求公主帮帮奴婢。"

云裳盯着琴梦看了良久，才道："本公主为什么要帮你？若如你所言，你之前可是做了不少对不起本公主的事情。"

琴梦连连磕头："奴婢愿意永远听命于公主。这清心殿中哪些人是皇后的人，奴婢都知晓。奴婢可以帮公主一个一个除掉，公主想要奴婢做什么奴婢就做什么，绝不违背。"

云裳喝了口茶，望着窗外漆黑的夜色道："可是，本公主要怎么帮你呢？"

琴梦见云裳松口，心中十分高兴："公主只需向皇后娘娘将奴婢要回来便可，奴婢定当好好侍奉公主。"

"要回来？"云裳摇了摇头，"如果真如你所言，皇后是绝不会让你再回到清心殿的，因为，你知道的太多了。"

琴梦闻言，顿时慌乱了起来："那奴婢应当怎么办？公主，求你救救奴婢。"

云裳勾了勾嘴角："本公主听说，母后想要在自己的宫女中选个容貌出众的去侍候皇上？"

琴梦想起几日前听到的话，点了点头："奴婢也听栖梧宫中的其他宫人提起过这件事情，自从公主的及笄礼闹出那件事情之后，皇上就没有再去过栖梧宫。皇后着急，就想着在宫女中选个容貌出众善解人意的，去帮着她留住皇上。"

云裳微微一笑道："父皇若是厌倦了她，对她的这般行为应当会更抵触。本公主想，今天晚上，父皇定然不会留在栖梧宫过夜。你若是想要让皇后动不了你，本公主倒是有一个办法。"

琴梦大喜："还请公主明示。"

云裳笑了笑，压低了声音，俯下身子道："一会儿，父皇定然会十分生气地从栖梧宫出来，回勤政殿，到时候，你只需守在路上……"

琴梦听着云裳的话，眉头却忍不住皱了起来："公主，奴婢不想……"

云裳坐直了身子，端起搁在一旁的茶杯笑了笑道："你想与不想是你的事，只是，你若是错过了这次机会，恐怕，便再也没有机会了。你方才也说了，我这清心殿中，处处都是母后派来的眼线，若是他们将你来过清心殿的消息，传到了栖梧宫，到时候，本公主可真的救不了你了。这做与不做，全在于你，本公主也不强求。"

琴梦咬了咬牙，闭着眼想了良久，才又缓缓给云裳磕了个头："奴婢谢公主指点，公主大恩，奴婢没齿难忘。"拜了几拜，这才站起了身，出了内殿。

第四十章　无爱便无恨

外殿之外，站着一个人，正是浅音。浅音见琴梦出来，缓步上前："你叫琴梦吧，不是应当在皇后娘娘的官中吗？怎么跑到这小小的清心殿来了？"

琴梦咬了咬牙，努力挤出一丝笑："奴婢是奉皇后娘娘之命，来给公主传话的。"

浅音笑着盯着琴梦看了好一会儿："是吗？真是辛苦琴梦姑姑了呢。"说完便掀开内殿的帘子走了进去。

琴梦望着浅音的背影，脑中乱作一团，站了一会儿，才匆匆离开了。

琴梦一走，浅音便对云裳道："公主，你果真料事如神啊。尚香局的人说，前些日子，皇后娘娘屋里的人在尚香局让人悄悄给做过合欢香。而且，还专程将合欢香做成了皇后娘娘最喜爱的苏合香的味道。皇后娘娘莫非是想……将这合欢香用在皇上身上？"

云裳闻言忍不住笑了出声："这官中就父皇一个男人，除了用在父皇身上还能用在谁身上？"

"那倒也是，皇后这次可是花了不少工夫，也不知道被皇后选中的官女是谁。对了，公主，你让奴婢办的事情奴婢都办妥当了……"

云裳"嗯"了一声："万事俱备，就看琴梦的表现了。"

云裳喝了杯茶，便站了起来："给我找一件黑色的披风吧，我出去一趟。"

浅音连忙去找来披风，给云裳披上。云裳走出内殿，轻声道："你去把殿里的官人都引开，不用跟着我，我一会儿便回来了。"

浅音也不多问，连忙按照云裳的吩咐去做去了。

外面传来浅音叫官人们后殿集合的声音，云裳看着他们往后殿走去，才出了清心殿，消失在夜色中。

"叩叩叩……"敲门的轻响在夜色中显得有些突兀，云裳敲了几下，便听见门

131

后隐隐传来脚步声，门被打开了。云裳抬起眼，笑着道："郑嬷嬷，我来看看母妃。"

"是公主……"郑嬷嬷露出笑来，将云裳拉了进去，关上门。云裳才瞧见，里屋门前站着一个人，正笑盈盈地盯着云裳瞧。

云裳连忙几步走上前道："母妃。"

锦妃笑着拉过云裳的手："怎么这么晚了还来找母妃？"

云裳笑着道："自从回宫，便一直被人盯得紧紧的，都没有机会来看看母妃。母妃可好？"

云裳的手正好搭在锦妃的手腕之上，想到锦妃梦里莫名的病逝，心中闪过一丝焦虑，便趁着锦妃没有注意帮她把起脉来。

这原本只是临时起意的举动，结果却让云裳大吃一惊："母妃，你怀孕了？"

锦妃闻言愣了愣，低下头瞧见云裳的手，才微微一笑道："看来，你在父亲那儿学了不少东西啊。"

云裳却皱了皱眉头，有些魂不守舍地坐到椅子上，眼睛一直盯着锦妃瞧。

锦妃被她瞧得有些不自在了："干吗这样看着母妃？这个孩子，我也不知道应不应当留下，他来得太出乎我的意料了。"

云裳咬了咬唇，轻声道："母妃，你还爱着父皇吗？"

锦妃闻言一愣，沉默了良久，才道："原本以为我对你父皇，哪怕没有爱了，也还是有恨的，可是直至前段时间再见到他，我才发现，他早已经不是当年我喜欢的模样了。我对着他，竟然心中不起丝毫波澜，我想，许是不爱亦不恨了吧。"

"可是，母妃怀着父皇的孩子呢。"云裳沉吟了片刻，才道，"母妃，我今日做了一件事情，如今，我觉得我似乎是做错了。"

"嗯？什么事？"锦妃笑着望着云裳。

云裳转眼看向锦妃，微蹙着眉头道："最近两个月，父皇没有去过皇后的栖梧宫，皇后有些着急了，在她宫里找了个宫女，想要将那个宫女送到父皇枕边。皇后为了达到目的，还给父皇下了合欢香，我想法子让父皇察觉到了合欢香，但是，我派了个宫女扮作母妃的样子，去勾引父皇。"

锦妃闻言，愣了良久，最后却只是轻轻地叹了口气："裳儿，我多么希望你能够快快乐乐地长大，纯净无瑕。可终于，你还是卷入了这宫中的斗争中。"

"母妃，我是不是做错了？"云裳望着锦妃还未凸起的肚子，眼中有些内疚。

锦妃摇了摇头："你父皇的身边总是有各种各样的女人，最开始的时候，我很介意，于是，我到了冷宫，可是这么多年过去了，我也想明白了，他是皇帝，这不是他的错。

如今，他对我而言，也并没有那么重要。

　　"母妃这一辈子，做错了很多事情，最错的，便是因为自己的一时冲动，将你放在了皇后身边，让你受尽了委屈，也经历了太多宫廷之中丑陋的斗争。从我这次怀孕开始，我便在想，这孩子我应不应该要，下面的路我又应当如何走。方才，我想明白了，这个孩子，我要。以后，我也不会再退缩。我要为了你，为了我肚子里的孩子，变得坚强起来。"

　　云裳闻言，鼻尖有些发酸："母妃，不用怕，如今裳儿已经比以前强大很多了，裳儿可以保护母妃和弟弟妹妹的。"

　　"傻孩子，母妃可不愿意做一辈子的缩头乌龟。"锦妃笑着抚了抚云裳的手。

　　云裳笑了笑，眨了眨眼道："母妃，父皇知道你怀孕了吗？孩子多大了啊，会动了吗？"

　　锦妃闻言也忍不住笑了出来："傻气，才一个多月呢，怎么可能就会动了？我也暂时没有打算告诉你父皇，越早说，便越是凶险。我如今在这冷宫中，反而不太引人注意，也安全许多。"

　　云裳点了点头："母妃，我也有好些人潜入宫中了，我派两个机灵的在你身边守着，保证你的安全。宫里人都以为我身子不好，我也想法子弄些安胎药来给母妃喝喝。如今母妃是双身子的人，可不能太过操劳了。"

　　锦妃闻言，点了点头："我的裳儿果真长大了，做事有条有理，像那么回事了。"

　　"母妃取笑裳儿。"云裳勾了勾嘴角，站起身来，"已经很晚了，母妃你早些歇息吧，以后裳儿会经常来看你的。"

　　锦妃点了点头，让郑嬷嬷送云裳到门口。

第四十一章　暗夜野鸳鸯

　　云裳出了冷宫，便往御花园走去。按照她原本的计划，琴梦会在那儿遇见宁帝，然后，趁机勾引宁帝。如今，她改变主意了，虽说母妃口口声声说着不在意，她也不想那样的事情发生，让母妃伤心。

　　走到御花园，云裳才发现，自己似乎已经来迟了。

　　御花园中，琴梦正跪在宁帝的面前，身子瑟瑟发抖，一副弱不禁风的模样。

　　"书锦，你是书锦？"宁帝许是因为吸入了合欢香的缘故，脑中有些迷迷糊糊，只瞧见眼前有一抹身影，与记忆中自己心心念念的那人一模一样。

　　琴梦连连摇头："回禀皇上，奴婢不是，不是书锦。"

　　宁帝眯着眼打量了好一会儿，才道："你就是书锦，书锦也喜欢这么穿衣裳。书锦啊，你不是一直叫朕七郎的吗？叫七郎啊，不许叫皇上，朕不是你的皇上，是你的七郎，快叫七郎。"

　　琴梦颤颤巍巍地抬起眼看了眼宁帝，良久，才轻声叫了声："七郎。"

　　宁帝闻言，哈哈大笑道："看吧，你就是朕的书锦。书锦，朕好想你啊……"

　　说着，便蹲下身子，将琴梦抱了起来，大步往前面走去。

　　云裳跟在两人身后，手紧紧握成了拳头，看着宁帝抱着琴梦走进了一个没人住的宫殿。云裳也急忙跟了进去。

　　宁帝将琴梦放下，笑着道："书锦，今夜都没有月亮，你说你最喜欢看月亮星星了，可惜都没有月亮。书锦，朕终于又找回你了，朕好开心。"

　　琴梦咬了咬唇，轻声道："奴……臣妾也很开心……"

　　宁帝又笑了起来，盯着琴梦看了一会儿。琴梦连忙低下头，生怕露出什么破绽。宁帝连忙用手托住琴梦的下巴笑着道："书锦害羞了。"说着便凑了上去，吻住了琴梦的唇。

云裳在暗处皱了皱眉，看着宁帝吻着琴梦，两人衣衫渐渐凌乱。云裳咬了咬牙，从袖中拿出一枚黑色的丸子，扔到了地上，有烟雾慢慢升起，两人便晕了过去。

云裳从暗处走了出来，将琴梦身上的衣裳脱到只剩下肚兜，才站了起来，望着地上的两个人，心中有些乱，喃喃自语道："我不愿意打乱我的计划，可是我也不想让母妃伤心。这一枚幻影丹，会让你们在醒来的时候以为发生了些什么……"

云裳正欲离开，却听见头顶传来一声嗤笑："连自己的父皇都能算计，惠国公主还真是不简单。"

云裳闻言一愣，抬起头来，便瞧见屋顶上站着一个人。不用说，方才的一切定然已经落入了他的眼中。

云裳有些懊恼，咬了咬牙道："皇叔夜半三更闯进后宫之中，莫非与哪位后宫嫔妃有私情？"

靖王一跃，跳到了云裳面前。夜色太浓，云裳瞧不见他此刻的表情，却只看见一双亮得惊人的眼睛，目光冰冷。

"若本王不在，怎么能够瞧见这么有意思的事情呢？"靖王围着云裳走了一圈，"本王倒是没想到，公主一个刚刚及笄的女子，似乎对这男女之事倒是不陌生。方才竟然在那里脸不红气不喘地看了好一会儿。"

云裳闻言，心中有些怒意，却发出一串笑声："比不得皇叔。"

云裳盯着他的眼睛道："皇叔莫要忘了，我们可是有过约定的，如今也算是一根绳上的蚂蚱，又何必这样互相针对。"

靖王点了点头："公主说得有道理，不过本王最近一直在想，这宫中竟然会有公主这般聪明又有胆识的女子，倒一点儿也不像是皇家儿女，也不知道是不是冒充的。"

"你冒充一个给我瞧瞧？"云裳皱了皱眉，语气愈发不善起来。

靖王闻言，又笑了起来："罢了罢了，真是一只经不得逗的野猫儿。对了，本王听说，冬至那日，皇后要对付你，可要小心了。"

靖王突如其来的语气转变让云裳有些无法适应，愣了愣，才道："嗯，已经知道了。多谢皇叔提醒。"

靖王点了点头，又道："风头太露不好，容易让人把你当成靶子，适当时候，要学会嫁祸他人。"

云裳又是一愣，刚想说话，却见眼前人影一闪，哪里还有靖王的身影。

云裳皱了皱眉，细细思量了一下方才靖王的话，也转身回了清心殿。

第四十二章　措手不及

浅音见云裳回来，连忙上前道："公主回来了，明日早上的事情也已经安排好了。这一次，一定万无一失。"

云裳点了点头，转过身望向浅音道："你在宫中三年，你觉得，宫中的嫔妃若是以派系来论，是什么样的格局？"

浅音闻言，拉过云裳坐到椅子上："公主可算是问对人了，关于这个，奴婢还真的专程去查过。这宫中妃子也不算多，美人以上位分的共十七人，分三派。一派是以皇后为尊的，主要有陆昭仪、李淑媛、蓝贵嫔，还有花、琴两位婕妤。一派表面上与皇后也是和和气气，其实以淑妃为尊，主要有秦昭容、栩淑仪、婉贵嫔。还有一位连面上都不愿意给皇后娘娘好脸色的莹婕妤。莹婕妤之前曾经有孕，有一次请安的时候触犯了皇后娘娘，被皇后娘娘罚跪，孩子掉了。从此，莹婕妤便恨上了皇后娘娘，还曾经扬言，若是她出了什么事，定然是皇后所为。其余的人倒也没有什么明显的派系，也不怎么受宠，奴婢也没怎么留意。"

云裳点了点头，嘴里喃喃道："莹婕妤么……去将这个莹婕妤的事都查清楚了，给我报来，一定要细致，细致到这位莹婕妤喜欢什么，讨厌什么，平日里都做些什么样的事情，信任的丫鬟是谁……"

浅音连忙应了："奴婢尽快派人去打听。公主，夜深了，你先歇着吧。"

云裳"嗯"了一声，任由浅音侍候着梳洗完，便上床休息了。

翌日，栖梧宫。

正是嫔妃请安的时辰，皇后正在和前来请安的嫔妃说着话儿。

"皇上好些日子没有到栖梧宫了，昨夜好不容易来了，娘娘怎么那般大度，竟然还让皇上只待了一个多时辰便离开了呢？臣妾听说，皇上昨天晚上都没有回勤政殿呢，也不知道半路上被哪个狐妖媚子给勾搭走了。"说话的嫔妃嘴角泛着嘲讽，一双丹凤眼斜睨着坐在主位之上的皇后。

皇后微微一笑，一派从容："近日朝中事务颇忙，作为后宫之主，为皇上着想也是应当的，也请各位嫔妃稍稍节制一些，毕竟还是朝中的事情最重要。莹婕妤也莫要总是狐妖媚子狐妖媚子的挂在嘴边，若是被听见了总也不好。"

"皇后娘娘还真是温柔贤德，堪称我后宫之典范呀，臣妾佩服。"另一个女子连忙道。

莹婕妤笑了笑，眼中带着几分嘲讽："蓝贵嫔还真是捧场。"

这边正暗地里剑拔弩张，绣心却匆匆上前来凑在皇后耳边说了些什么，皇后皱了皱眉："怎么会这样？还不赶紧带本官去。"

"皇后娘娘，发生了什么？"蓝贵嫔连忙问道。

皇后站起身，面上带着怒气，自有一番威仪："前段时间惠国公主宫里的一个宫女因触犯了靖王，被靖王打断了腿，本官某日散步瞧见她欲跳湖自杀，心中不忍，便将她从裳儿手里要了过来，放在后殿里，还派人侍候着，没想到有人瞧见她昨天晚上偷偷出去与人私会，至今未归。这后宫，若是有了其他男人进来，可是了不得的大事，扰乱宫闱，本官倒是要去瞧瞧，究竟是何人如此大胆。"

众人闻言，顿时面面相觑，蓝贵嫔连忙道："惠国公主对自己的宫女也太疏忽了，竟然让自己的宫人做出了这般事情，实在是不妥啊。"

皇后闻言，点了点头："叫人去将惠国公主叫来吧，大伙儿也跟着本官一起去瞧瞧去。这宫中向来安宁，许久没出过这般荒唐的事情了，定要严惩以肃清宫闱。"

说着，皇后便带着众嫔妃出了栖梧宫，往报信的宫人所言的无人宫殿走去。

刚走到殿门口，便瞧见云裳带着两个宫女匆匆而来："裳儿见过母后，见过各位嫔妃。"

皇后瞟了云裳一眼："你方及笄，对男女之事还不甚了解，本来本官也不应当叫你过来的，但是这琴梦也曾是你的宫女，如今她出了此等事，与你也有些干系，若是事情属实，你恐怕也逃不过一个管教不严的罪责。裳儿，你可知道事情的严重性？"

云裳低着头，神情带着几分委屈："裳儿知晓。"

皇后点了点头，对着前面带路的太监道："给本官将门撞开。"

前面的太监连忙应了声，一拥而上，朝着殿门撞去，只听得"嘭"的一声，门开了。太监们连忙退到两旁，皇后便带着一群人走了进去。

殿前的屋檐之下，躺着两个衣衫不整的男女。皇后一瞧，怒道："还不赶紧给本官将这两个狗男女抓起来。"

官人连忙上前，将地上的两人扶了起来，却突然哆哆嗦嗦地转过身对着皇后道："皇……皇后娘娘，好像，是皇上……"

什么？皇上？

众人皆大吃一惊，正欲上前看个究竟，却听见一个带着几分沙哑的声音传来："皇后，你说谁是狗男女？"

皇后听见无比熟悉的声音，顿时呆了，待反应过来，才急忙跪倒在地道："臣妾不知是皇上，还请皇上恕罪。"

宁帝闻言，声音中带了几分怒气："滚出去，没事别来打扰朕和书锦。"

皇后朝后面挥了挥手，后面的嫔妃这才急急忙忙地出了殿门。皇后也急忙转身欲出门，却突然顿住了脚步："书锦？"

皇后回过头来，有些不明白地道："皇上，你身边的女子不是锦妃，分明是臣妾宫中的宫女琴梦啊？"

宁帝闻言，正欲开口怒斥，却瞧见自己怀中女子的容貌，顿时呆住了，良久才找回自己的声音，将琴梦一把推开："这是谁？朕的书锦呢？"

只穿着肚兜的琴梦幽幽醒转了过来，一时间似乎还没有看清眼前的状况，只轻声叫了声："疼。"待看清眼前几人的面容之后，才一下子脸色煞白，跪倒在地："奴婢见过皇上，见过皇后娘娘，见过云裳公主。"

宁帝望着琴梦，眼中满是杀意："怎么会是你，朕明明记得，昨儿个是书锦……"

琴梦闻言，眼角顿时滚落几颗泪珠："回禀皇上，奴婢前些日子因为伤了腿。不能侍候主子，被皇后娘娘接到栖梧宫。奴婢感恩皇后娘娘的厚待，可是觉得自己已是无用之人，心中凄苦，便寻了个没人留意的时机偷偷跑出了栖梧宫，想要去寻死的……可是谁想半路遇见了皇上。皇上一上来就抱住奴婢叫奴婢书锦，奴婢一直说奴婢不是，可是还是……"琴梦哭着道，还一面磕着头："求皇上恕罪，求皇后娘娘恕罪……"

宁帝闻言，额上青筋暴起，站起身来，可能是因为一下子起得有些急，身子微微趔趄了一下，待站稳了才指着皇后道："都是你，你给朕闻了合欢香……"

皇后跪倒在地，连连道："臣妾知错，臣妾知错。"

第四十三章　各自较量

云裳见琴梦将昨日自己教她的话一字不差说了出来，心中忍不住赞叹了一声，果真是个会演戏的，也难怪自己几年前差点就被她骗了。

"父皇……"云裳开了口。

宁帝这才注意到云裳，忍不住又皱了皱眉："裳儿怎么也在这儿？"

云裳回道："这琴梦本来是裳儿身边的宫女，前段时间裳儿去皇叔府上找神医治病，琴梦误闯了皇叔的禁地，被皇叔打断了腿，所以才被母后接过去的。"

云裳走上前拾起一件衣裳在琴梦身边蹲下，帮琴梦披上，转过头对宁帝道："父皇，事已至此，现在来追究是谁的错也晚了。这事琴梦也没有错，不如父皇你给琴梦封一个常在啊美人什么的，此事就此揭过，莫要为了这点小事与母后伤了和气。"

宁帝看了云裳许久，才道："便依裳儿所言吧。封为常在，皇后你瞧着哪个宫殿空着便安排住进去吧。"

说完，宁帝便理了理身上的衣裳，转身离开了。

皇后的目光在琴梦身上停了许久，眼中充满恨意："莹婕好的摇光殿还有个偏殿，你就住到那儿去吧。"说完也转身离开了。

待皇后的身影出了殿门，再也看不见了，琴梦这才软倒在地，眼中空空如也，似是被抽去了魂魄一般。

云裳微笑道："裳儿便在此恭喜常在了。琴依，浅音，将常在送到摇光殿去。"

琴梦抬起眼看了云裳一眼，轻轻道了声"谢谢"，便由着琴依和浅音两人扶着她朝殿门外走去。

云裳这才站起身来，嘴角勾起一抹笑："皇后娘娘，看着自己一手培养出来的人变成自己心尖上的一根刺，这种感觉很不好受吧。等着吧，这根刺会在你的心尖上生根发芽，然后变成能够伤你的一个利器。"

云裳笑出了声，在原地站了一会儿，才悠哉游哉地回到了清心殿。

云裳刚到清心殿不一会儿，琴依和浅音也回来了。琴依笑着道："这回不管如何，公主也算是救了琴梦，而且还让她一下子从奴才变成了主子，她定然会死心塌地地跟着公主的。"

云裳摇了摇头："琴梦这个人，永远都不会满足的，这样的人，很容易收买，但是也不要想着她会一直忠诚于你，她只忠于自己。"

"那公主你为何要帮她？"浅音有些疑惑。

"因为，这么来一出，她与皇后便再无合作的可能，皇后从此会将她视为眼中钉肉中刺，琴梦想要往上爬，就必须要依附于人，要与皇后做对。至少在这一点上，我与她的目标一致。"云裳眸中带着些戾气，转瞬即逝。

琴依点了点头，帮云裳倒好了茶，才道："公主前些日子让奴婢去查小林子的事情，奴婢已经查到了，也找到小林子了。他如今在浣衣局帮着打打杂，做些挑水啊制作槌衣棒之类的体力活儿。公主没有说，奴婢也就没敢去向他打听，只听浣衣局里的人说，他是七年前公主离开之后，被琴梦送过去的。"

"如此看来，小林子确实不是皇后的人。这些年倒是辛苦他了。不过，浣衣局这个地方……"云裳沉吟了片刻道，"你安排他与我见上一面，越快越好。"

琴依应了声："奴婢这便去安排。"说着便退了下去。

浅音又道："奴婢和琴依姐姐送琴梦到摇光殿回来的时候，听说皇后娘娘又被下旨禁了足。奴婢想着，今日之事，皇后定然不会善罢甘休，若是皇后问起来，奴婢应当如何答呢？"

"你便说，没发现我有什么异常便是了。还说，你曾经几次三番试探过，我似乎不知道琴梦是皇后的人，还对她的离去还有些惋惜，前段时间还念叨着想要去求靖王府上的雪岩神医帮琴梦看腿呢。"

"奴婢明白。"浅音微微一笑，心中有了打算。

刚过了午，琴依便来报："公主，华镜公主进宫了，刚刚陪着皇后娘娘吃了午膳，正往咱们这边来呢。"

云裳挑了挑眉："怎么？禁足已经解除了吗？"

"好像是呢。不过，公主，你之前在及笄礼上让她那般难堪，她这次来会不会来闹事的啊？"琴依有些担心。

云裳摇了摇头："若是她进宫便直奔清心殿而来，那我就得警惕了。可是，她既然是先去了栖梧宫，皇后定然会告诉她，让她不要来找我的事儿，毕竟，那日的事情，谁也不能说是我做的啊！若是她来清心殿闹，被父皇知道了，恐怕又得禁足一个月了。"

正说着呢，外面便传来了太监的通传声："华镜公主到。"

云裳连忙站起身走到门口，笑盈盈地望着刚刚踏进清心殿的华镜："皇姐。"

华镜也笑着，只是笑容却没有到达眼底，见云裳站在门口，便上前两步抓住云裳的手道："裳儿用过午膳了吗？"

云裳点了点头道："已经用过了，吃的桂花海蜇、云片鸽蛋、芙蓉糕。皇姐难得来一次清心殿，是有什么事吗？"

华镜点了点头道："过几日是我婆婆的五十大寿，我想着你自回宫也没机会和这皇城中的名媛淑女们好好见上一见，她们可是对我家温柔美丽又才华横溢的妹妹闻名已久了。母后说让我带你去瞧一瞧。"

华镜说着，见四下无人，便凑到云裳耳边道："裳儿迟早也是要嫁人的，你身为公主，以后若是有了驸马，也定然是正妻。正妻的话，这些宴席也定要学着操办的。我刚刚嫁人的时候什么也不懂，学了不短的时间，幸好没落人口实。这些日子我正好在筹办一场小宴，不如你到我府上去住上几日，我好仔细教你。"

云裳一脸惊喜："皇姐真愿意教裳儿？裳儿可是很笨的。"

"说什么呢，你可是我妹妹，我不教你还能教谁？"华镜娇声斥道，佯装着生气的样子。

云裳连连点头："嗯嗯嗯，裳儿愿意的，皇姐你等裳儿收拾收拾东西吧。"

说着又顿了顿，似乎想起了什么，叫了声："糟糕。裳儿最喜欢的一件衣裳送到浣衣局去洗了，我想要带那件衣裳呢。"

华镜见状，也没有生气："不急，明天皇姐再来接你便是了。"

第四十四章　人如旧

华镜一走，琴依便连忙凑了上来问着："公主，华镜公主这是想要做什么？"

"来者不善。"云裳闭着眼沉吟了片刻，梦中自己在及笄之后也是去华镜的公主府住了一段时日，那时候，华镜说，自己待在府中挺无聊的，所以请她去做伴。自己去了之后，华镜频繁举行宴会，每场都会邀莫静然，让自己与莫静然渐渐熟悉了起来，自己也愈发相信那个男人，回宫之后就去求了皇后赐婚。

只是如今，自己明明已将莫静然与华镜凑做了一堆，而且，父皇不是已经斥责了华镜喜欢办宴会的事情了吗？怎么她还是来了？

"要不了多久就是冬至了，不知道华镜在这个时候把我引出宫究竟是为了什么。算了，是狐狸总会露出尾巴的，待她露出尾巴，我便抓住尾巴使劲一拧就是了。"

说起华镜，云裳倒是想起，这个年份，似乎离华镜的驸马战死也不远了。云裳想着梦里发生的事情："去将浅音叫来。"

浅音匆匆赶来，云裳便道："西北边关将有变故，你派人将那边的粮草全都收购到手，通通运到离边关三十里的城镇放着，不管西北那边的将士如何，也不给一粒粮草。"

"可是，公主，边关的将士没有了粮草，那不是要打败仗了？"浅音闻言，有些诧异。

"本公主，要的就是那场败仗。"梦里，华镜的驸马是在年后死的，也是前线粮草耗尽，死在了战场上。这一回，她便要做个顺水人情，让华镜早些得到她应得的。

云裳微微笑着，站起身来，对着琴依道："走，本公主亲自去浣衣局走一趟。"

云裳带着琴依来到浣衣局。浣衣局中一派忙碌景象，琴依引着云裳走到一个中年女子面前道："熙嬷嬷，这是惠国公主，还不快些来请安？"

那中年女子连忙跪倒在地："奴婢给公主请安。"

云裳挥了挥手道："起来吧，明日皇姐要接本公主去公主府玩儿，可是本公主最喜欢的一条裙子今日送来洗了，你帮本公主找找，瞧瞧洗好了没有，本公主等会儿可得带走的。"

那熙嬷嬷连忙应了声。琴依便道："熙嬷嬷，奴婢和你去吧。"

熙嬷嬷与琴依出了门。不一会儿，门被打开，走进来一个太监打扮的人，只是身子已经有些佝偻，身上的衣裳也不甚干净。

"小林子？"云裳皱了皱眉，有些不确定地道。

那太监连忙跪倒在地："小林子见过公主。"

"小林子，你抬起头来。"云裳轻声道。

那太监闻言，愣了愣，才抬起头来。云裳才瞧见，他的左脸上，有一道深深的刀疤。云裳叹了口气，也不问刀疤的来历，只是柔声道："这些年，苦了你了，当初我应当将你一并带走的。"

小林子摇了摇头："奴才不苦，奴才瞧着公主如今能够健健康康地站在这儿，小林子便很开心了。"

云裳又叹了口气："我如今行动也不方便，你再忍些时候，过段时间，我便将你从这儿带走。到时候，我还让你做清心殿的管事公公。"

小林子倒伏在地，笑着道："公主，七年前，奴才不帮着皇后害你，是因为觉着不能对不起自己的良心，可是，她们却不愿意放过奴才。公主，一直到现在，奴才也不明白，她们为何要那般对奴才。"

云裳盯着小林子看了许久，才道："她们那般对你，你恨吗？"

"恨的吧，不过恨与不恨又如何。奴才是个记仇的，这仇奴才定然会报的。奴才一直在想，公主会不会想起奴才呢，没想到，公主这么快就找到奴才了。这份恩德，奴才也会记得。"小林子的声音中带着哽咽。

"报！"云裳扬声道，"这仇自然应当报！本公主便先帮你了却了这桩心愿，然后，接你回清心殿吃酒酿丸子。"

"公主，公主……"回到殿中，云裳正在想着小林子的事情，就听见浅音的声音传来。云裳猛地回过神来，抬起头望向浅音。

"怎么了？"

浅音皱了皱眉，有些疑惑地道："公主，你怎么了？奴婢方才叫了你好几声了，你怎么魂不守舍的？"

云裳摇了摇头，叹了口气道："我也不知道怎么了，总觉得好像有什么地方不对，总觉得有什么事要发生。算了，不说了，你方才说什么？"

浅音看了云裳好几眼，才道："先前太医院里我们安插的人来报，说约莫晚膳的时候，绣心带着一包药渣子去太医院问太医里面的药材是做什么用的，太医说，那是安胎的。当时绣心一听，脸色都变了。公主早上才让奴婢去太医院抓了药，太医院的人也多留了个心眼。绣心姑姑一走，就赶紧来报了。"

"安胎药……"云裳脸色一变，"不好，难道是母妃熬药之后的药渣子没有处理好被发现了？"

浅音连忙从袖中拿出一个纱布包着的药渣子递给云裳道："我们的人趁着他们不注意，偷偷装了点回来。公主你瞧瞧，这是不是你给锦妃娘娘开的药？"

云裳接过纱布打开闻了闻，点了点头："是，我开的药里面有一些不同于其他安胎药的东西，我一闻便知。怪不得今天华镜突然跑来说要我去她的公主府住上几日，原来是皇后怕我在，会碍着她的手脚。她定然是想要趁我不在对母妃肚子里的孩子动手。"

"公主，那该怎么办啊？要不奴婢通知宁浅姐姐，让她多派些高手来保护锦妃娘娘？"浅音急忙问道。

云裳摇了摇头："这后宫里，有些杀人手段，是根本瞧不见的。"

云裳站起身来："琴依，琴依……"

琴依匆匆从外面走了进来，有些诧异地道："公主，怎么了？发生什么事儿了？"

云裳连忙道："你想法子通知母妃，就说她怀孕的事情已经被皇后知道了，皇后恐怕会对她不利。我去告诉父皇，她有孕的事情恐怕瞒不住了。"

琴依听云裳这么一说，也吃了一惊，点了点头："奴婢这就去办。"

云裳转身便出了清心殿，直奔勤政殿而去。

第四十五章　喜讯传

到了勤政殿门口，郑总管却告知云裳，宁帝正在与丞相议事。云裳站在门口等了一会儿，见李静言从殿中出来，才跟在郑总管身后走了进去。

"裳儿怎么来了？"宁帝坐在桌案之后批阅奏折，见云裳走进来，便停了笔，抬起头来望着云裳。

"父皇……"云裳正要开口，却听见外面传来太监的通传声："皇上，锦妃娘娘觐见。"

殿中的两人俱是一惊。宁帝面上更多的是欣喜："宣吧。"

云裳转过头，瞧见穿着一身月牙白衣裙的锦妃走了进来，行走之间带着让人难以言喻的美，让云裳也忍不住呆了呆。

锦妃没有看云裳，只走到云裳身边，朝着宁帝行了个礼道："臣妾见过皇上。"

宁帝点了点头，只轻声道："锦妃许久不来勤政殿，此番前来，是为了……"

锦妃微微一笑，转过眼看了眼云裳，柔声道："回禀皇上，臣妾来是有事禀报。臣妾，怀孕了。"

云裳有些惊愕，母妃这般前来，竟是为了自己吗？她定然是不想让别人知道自己与她一直有联系，所以不愿自己来与父皇说此事，她定然是害怕自己会因此受到牵连。

云裳还未回过神来，便听见有东西落地的声音传来。云裳抬起头，只瞧见宁帝满脸的惊愕，手边的砚台翻到在地，手上沾满了墨汁。

宁帝良久才回过神，匆匆从桌案后走了出来，站到锦妃面前，脸上是难以置信的表情："书锦，你刚说什么？你说什么？再说一遍，朕没有听见。"

云裳瞧见锦妃微微一笑，声音轻轻柔柔地传了过来："皇上，臣妾怀孕了。"

"怀孕了，怀孕了，朕的书锦怀孕了。"宁帝一把抓住锦妃的衣袖，哈哈大笑道，

"朕的书锦怀孕了。"

云裳见状，忍俊不禁地道："父皇，你把手上的墨汁全都沾到母……锦妃娘娘的衣服上了。"

宁帝闻言，低下头看了眼自己的手，又看了看锦妃被染得到处都是墨汁的衣裙，有些不好意思了："朕只是太高兴了，太高兴了。"

锦妃看着眼前的人，眼中除了有几分追忆外，再无其他神采，闻言也只是清清淡淡地笑了笑："臣妾也是刚刚确认这个消息的。皇上知道的，臣妾身边侍候的郑嬷嬷会点医术，前些日子臣妾一直精神不济，郑嬷嬷担心，给臣妾把了脉，说是有点儿像。臣妾想着再过些日子确定了再来告诉皇上，免得皇上空欢喜一场。方才又让郑嬷嬷给瞧了，郑嬷嬷说，多半便是了。"

宁帝闻言，连忙扬声道："郑总管，传太医。"

说完便又转过头扶着锦妃在椅子上坐了下来："你这些年受了不少苦，身子一直不太好，朕让太医来给你开个安胎药，好好安安胎。"

锦妃点了点头，抬起头看了云裳一眼，眼中带着怜爱。

宁帝这才想起云裳还在殿内，转过头在云裳和锦妃之间来回瞧了瞧，才对云裳道："对了，裳儿方才还未告诉父皇，是来做什么呢？"

云裳笑了笑："也不是什么大事儿，先前皇姐说明天来接裳儿去她的公主府住上几日，裳儿想着，恐怕得有些日子不在宫中了，所以专程来和父皇道个别。却不想碰到这等喜事，恭喜父皇和锦妃娘娘了。"

宁帝听了云裳的话，微微皱了皱眉："你叫什么锦妃娘娘，叫母妃。"

云裳还未接话，却听见锦妃道："皇上，此事不能怪裳儿，毕竟，裳儿自小便跟在皇后身边，与臣妾生分也是应当的。"说着眼中竟带了泪："是臣妾的错。"

大殿中一时没人开口，过了好一会儿，才听见郑总管的声音传来："皇上，太医来了。"

宁帝连忙道："传。"

太医进了勤政殿，给锦妃把了脉，才跪倒在地："恭喜皇上、娘娘，娘娘这是有喜了。"

宁帝更是高兴万分，大声道："赏。"

太医被郑总管带了下去。锦妃看了云裳一眼，才道："臣妾虽算不得一个好母亲，此番再次怀孕，也是十分欣喜，只是，臣妾之前觉得臣妾住的宫殿安静，现在却觉着，有些委屈了孩子。"

　　宁帝闻言，点了点头："是委屈了孩子。你喜欢哪个宫殿？"

　　锦妃笑着摇了摇头："臣妾还是喜欢如今住的，只是现在怀着孕，不想委屈了孩子。裳儿之前一直承蒙皇后娘娘照顾，且皇后娘娘的华镜公主也是才华横溢，臣妾便想，皇后娘娘在教养孩子这件事情上定然是极其有经验的，所以想要住到皇后娘娘的偏殿中，顺便请教一下生养孩子的事情。皇上，你觉得如何？"

　　云裳闻言，心中只觉得豁然开朗，方才自己一直想着要怎样与父皇说，最后情急之下，也只想到让母妃搬到勤政殿，皇后的手再长，也很难伸到勤政殿来。只是那样一来，母妃定然会受到朝中和后宫许多人的非议。

　　可是，母妃竟然能够想到，搬到栖梧宫，让皇后来照料她。

　　皇后定然是最想要除掉这个孩子的人，可这样一来，若是母妃肚子里的孩子出了什么事情，大家第一个怀疑的必定是皇后。若是如此，皇后不仅不敢对这个孩子下手，还只能好好地供养着……

第四十六章　旧事难觅

　　"可是，皇后？"宁帝皱了皱眉，也觉得有些诧异。

　　锦妃微微一笑道："在入宫之前，臣妾与皇后娘娘也算得上是十分要好的姐妹。所以，臣妾才这般放心将裳儿交给皇后娘娘。皇上放心，皇后娘娘心慈仁善，定然会保臣妾和臣妾肚子里的孩子平平安安的。"

　　宁帝闻言，盯着锦妃瞧了良久，见她的神情不似作伪，这才点了点头："既然这样，那便让郑总管去将皇后叫来吧，朕得亲自交代交代。"

　　锦妃点了点头："皇上对臣妾的好，臣妾定会牢记。"说完又望向云裳道："裳儿不是要去华镜公主的府上吗？天色也不早了，先回清心殿收拾收拾东西吧。你身子不好，得好好休息才是。"

　　云裳自然知道，锦妃这是不希望自己在这个时候被皇后瞧见站在这里，便顺着锦妃的话点了点头道："那裳儿就先告退了。"

　　宁帝此刻心思都在锦妃身上，自然没有多加留意，点了点头便让云裳离去了。

　　锦妃与宁帝又说了会儿话，皇后便过来了。锦妃连忙起身向皇后行了礼，还未等皇后开口，宁帝便将锦妃扶了起来道："瞧你，也不知道爱惜自己的身子，以后，朕免了你的礼了，见任何人都不必行礼。"

　　皇后的手在袖中暗自握紧，指甲掐得手心生疼，面上却不动声色地看着两人，笑意盈盈地道："原来锦妃妹妹也在啊，不知道皇上唤臣妾来所为何事呢？"

　　宁帝在锦妃身边坐下，手却仍旧抓着锦妃的手，也不看皇后，只是淡淡地道："书锦怀了龙胎，她如今住的那个地方有些潮湿，眼瞧着马上就要入冬了，住着对书锦和孩子都不好。"

　　皇后的目光闪过锦妃的脸，眼中闪过一丝异色："这样啊，那恭喜皇上和锦妃妹妹了。锦妃妹妹既然有喜，自然不能再住在冷宫了。现在宫中嫔妃不多，空着的官殿也不少，锦妃妹妹瞧瞧自己喜欢哪一座，臣妾便让人整理整理，添置些东西便能住了。"

宁帝皱了皱眉："书锦身边侍候的人就剩下一个郑嬷嬷了，如今书锦的身子，只一个人侍候定然是不行的……"

皇后点了点头："臣妾回去便让内务府的人挑选几个得力的宫女太监，给锦妃妹妹送过去。"

宁帝却摇了摇头："新人用着总有些不合心意的地方，书锦怀有龙胎，也不该费心在调教下人上。朕的意思是，便让书锦住在你栖梧宫的偏殿吧。栖梧宫冬暖夏凉，最适合调养身子了。而且你那里的宫人也不少，找几个得力的侍候着就是。自从有了裳儿之后，宫里倒是好些年没有嫔妃生下一男半女了，此番书锦怀了龙胎，你身为后宫之主，自应当好生照料着，以保龙嗣平安。书锦安置在你的宫里，若是出了什么问题，朕唯你是问。"

皇后暗自咬碎了一口银牙，心中满是怒意，面上却仍旧笑得从容："皇上放心好了，臣妾自当好好照料着，一定让锦妃妹妹平平安安生下孩子。"

锦妃闻言，微微一笑，刚刚站起身，又被宁帝拉住了。锦妃回过头看着宁帝警告的眼神，便知道他是不想让自己行礼。锦妃嘴角勾起一抹淡淡的笑，对皇后道："那便有劳皇后娘娘了。"

锦妃怀孕的消息如同一颗石子投入了后宫这块原本平静的湖中，不过一盏茶的时间，便激起了千层浪。随之而来的锦妃将入住栖梧宫安胎的消息，更是让这件事情在宫中持续发酵。

已经是亥时了，各宫各殿的灯却都仍旧亮着。

云裳笑着望向栖梧宫的方向，嘴里忍不住啧啧叹道："怪不得外公说母妃是个相当聪明的女子呢，这才智，真真没有几个人能够赶得上。"

琴依也笑得十分开心："那是自然，这后宫中的这些嫔妃都是些乌合之众，没有一个及得上主子的，只是主子不愿意争罢了，若是主子想要，没有什么是得不到的。"

云裳闻言，也顿时起了几分好奇之心，转过身望向琴依道："对了，琴依，你跟着母妃多长时间了？"

琴依伸出手指头比了个七，有些自豪地道："奴婢五岁的时候就被主子捡到了，只是主子说，她身边乱七八糟的人太多，所以一直把奴婢放在别的地方养着。后来主子入了宫，奴婢才悄悄混进了宫里。"

云裳闻言，带着笑望着琴依道："那你给本公主说说我母妃和父皇的故事吧。"

琴依吐了吐舌头："其实奴婢也不是很清楚，不过既然公主想要知道，奴婢便说说奴婢知道的吧。主子和皇上是青梅竹马的情谊，那时主子的父亲还是皇上的太傅，所以主子和皇上也很亲，皇上很早就许诺说要娶主子，让主子做太子妃，做皇后……

"可是后来，李丞相在朝中的势力渐大，先皇让皇上继位之后娶李丞相的女儿为皇后，要不然就把帝位让给靖王爷，靖王爷也不是先皇的亲生儿子，只是个养子。皇上不甘，闹来闹去，皇上也还是妥协了，娶了现在的皇后娘娘。"

琴依叹了口气："主子舍不得与皇上多年的情分，不顾太傅大人的劝说，进宫做了锦妃娘娘。皇上本许诺独宠主子一人的，谁知没过多久，皇后娘娘便怀孕了。主子大怒，与皇上吵了一架，也不知道皇上说了什么，到底还是将主子安抚了下来。"

"后来过了几年，皇上后宫之中的嫔妃却一天一天多了起来。主子生公主的时候，皇上竟然在一个嫔妃的宫里喝醉了酒，没有来看望主子，主子便彻底死了心，自请搬进了冷宫。皇上以公主相逼，主子更是心凉透顶，这才索性将公主托付给了皇后……"

"怪不得……"云裳想起自己梦中的命运，叹了口气，"原来，我与母妃，都是命苦之人……"

只是，这一回，她定会让母妃过得好……

第四十七章　各怀心思

才刚过了辰时，华镜便来了："我还以为你还没有起床呢，没想到都用了早膳了，以前裳儿可是最喜欢赖床的。"

云裳闻言，掩着嘴伴笑道："皇姐莫要取笑裳儿了，裳儿如今都改了。现在已经好多了，每天都起很早的。"

华镜点了点头道："不错不错，那咱们便走吧？"

华镜带着云裳一行出了宫门，上了马车，没一会儿，马车便停了下来，外面传来华镜的声音："妹妹，到了。"

"先去你住的院子瞧瞧吧，这外面凉。按理说，你应该先去拜见老夫人的，只是现在这个时辰，母亲应当在午睡，我们就不去打扰了。待会儿吃晚饭的时候，我再为你引见。"华镜走在前面，一面走一面道。

云裳点了点头："早就听说驸马爷的娘亲也是一位女中豪杰，今儿个若是见了，裳儿定然要好好与老夫人聊一聊。"

华镜摇了摇头："哪有那么夸张？早些年，老夫人确实是一个脾气火爆的铁娘子，只是后来老爷战死，她也就消沉了下去。如今驸马爷在战场上，她更是每日吃斋礼佛，为驸马爷祈求平安。"

"可怜天下父母心。"云裳叹了叹，没再多言，跟着华镜进了公主府。

这位老夫人，自己在梦中见过几次，只是不知什么原因，那老夫人在梦里对自己不太友善，说话总是带着刺儿。

前些年华镜嫁了之后，自己也派人打听过，大致听说了一些事。那赵老夫人倒也是个值得钦佩的人，年轻时跟着自己的夫君上战场，在战场上杀敌无数。只是早年丧夫，后来便回家一心一意将自己的儿子抚养长大。华镜进门之后，倒也没怎么给这位娇生惯养的公主什么面子。一个家里容不得两个想要做主的女人，华镜与她也颇有些不对盘。

云裳眯了眯眼，这一回，既然华镜送上门来，自己自然要好好从老夫人这儿找找突破口了。

"这公主府比不得宫里那般华美，恐怕要委屈你了。"华镜笑着，亲自带着云裳去了为她准备的小院子。

云裳笑了笑："皇姐说的哪里话，裳儿在宁国寺不也过了这么些年。"

华镜的公主府虽说比不得宫里，却也应当算得上皇城中数一数二的了，至少，比靖王府好得多。

华镜带着云裳穿过亭台楼阁，走到一个院子面前："这个院子离后园近，后园中有湖有梅林。这天气渐渐冷了，梅花也打起花骨朵儿了，若是开了也是极美的，想着你应当会喜欢，便让人将这院子整理出来了。"

华镜正欲推开门，却听见一个声音响了起来，声音中带着几分不悦："有贵客来，公主也不与老身说一声，若不是老身听见下人们在说，还不知道惠国公主到了府上。若是惠国公主怪罪起来，老身可是有口难辩。"

听着这口气，应当是驸马的娘亲了。

云裳转过身，果真瞧见一个老妇人穿着一身暗红色襦裙，眉头轻蹙，目光锐利地盯着华镜与云裳。

见云裳回过头来，那妇人连忙行了个大礼："臣妇拜见惠国公主，公主金安。"

云裳见状，连忙上前扶起妇人，面上带着几分惶恐："老夫人这是做什么，您是驸马爷的母亲，是皇姐的婆母，也是裳儿的长辈，哪有长辈向晚辈行礼的道理？"

那老夫人笑了笑，顺着云裳的手站起身："老身这个长辈关系便扯得远了些，不过惠国公主是皇上亲封的一品公主，老身不过是个从二品的诰命夫人，虽然比华镜公主稍微高了那么一点点，与惠国公主还是有些差距的。老身自然应当见礼，不然别人说起来，还说我赵府的人不懂礼数。"

云裳心中微微一愣，这话，似乎有意在讽刺着谁，云裳瞧见身边的华镜的手悄悄握了起来，心中了然。

华镜走到云裳前面，笑着对赵夫人道："娘，你现在不是应当在午睡吗？怎么来了？裳儿是我请来的，母后说，裳儿早晚要嫁人，这后院的事情也得先知晓一些，免得日后嫁了人被婆家不喜，所以我才带着她来我们这儿住上几日。正好过些日子便是娘的寿辰，也好让裳儿熟悉熟悉这寿宴的筹办流程。"

赵夫人睨了她一眼，嘴角带着讽刺的笑："是吗？看来华镜公主在出嫁之前怕是没有好好学过的。"

　　云裳见华镜有些生气，连忙笑着道："裳儿来之前可是无数次听闻老夫人的大名。先前在玉满楼，靖王也说，赵府一门忠烈，无论男女，个个都是战场上的真英雄。刚才本来想让皇姐带裳儿来拜见老夫人的，可是皇姐说老夫人在午睡，担心打扰到老夫人，所以才没能来与老夫人请安，还望老夫人见谅。"

　　赵老夫人微微一笑，眼中却没有丝毫的笑意："无妨，这公主府中，本来就不是我赵氏的地盘。惠国公主性子和善，老身倒是喜欢。儿子不在，老身也无事可做，每日里唯有抄抄经书念念佛。听闻惠国公主在宁国寺中住了好些年，想来对佛法也深有体会，若是公主有空，不妨多来老身院子里坐坐。"

　　云裳连连称是，那赵老夫人这才转身走了。

　　待老夫人走远，华镜才有些讽刺地笑了笑："我这婆婆最近这脾气可是愈发奇怪了，自从驸马走了之后，便这样了。"

　　云裳知她只是觉着在自己面前被老夫人这般对待，怕失了面子，所以才这样说，便连忙应道："老夫人定然是思念驸马爷了，爱子心切，尚能理解。听说老夫人的丈夫就是战死的，所以驸马爷一到战场，老夫人才担心吧。"

　　"是啊。罢了罢了，不说了，先去瞧瞧你的屋子吧。"华镜推开门，走了进去。

　　"这院子一直没有人住，看起来冷清了些。不过之前我让人收拾的时候顺便让她们搬了些花花草草进来放着，现在倒像个样子了，只是比起宫里还是差了些。你瞧瞧可喜欢？"

　　云裳跟在她身后走了进去。院子里一条石子铺的路，周围种了不少花，且都是些应季的花草，依照颜色分开了不同区域，看起来倒是五彩缤纷，好不热闹。穿过满是花花草草的院子，再穿过一道垂花门，便是住的内院。内院看起来倒是清雅得多，只在角落里摆放了几盆白色的花，看起来倒不突兀。

　　进屋一瞧，屋里是典型的女子闺房的摆设，檀木桌椅，上面雕刻着梨花花纹，流露出几分女儿家的温婉。竹窗边，花梨木的桌案子上摆放着笔墨纸砚，一道紫色珠帘串成的门隔开了外室和寝室。

　　"挺好的，我很喜欢，谢谢皇姐。"云裳微微一笑。

　　华镜点了点头："那就好，就怕你不喜欢。好了，也折腾这么大半天了，你先歇会儿，待会儿晚饭的时候我让下人来叫你。我留两个下人在你院子门口，若是有什么事儿，你叫你的贴身宫女到院门口吩咐一声便好。

　　云裳点了点头："好。"

　　华镜道："那我便先走了，还有些事情需要处理。"说着便带着丫鬟离开了。

第四十八章　风雨欲来

浅音在院子里来来回回搜寻了一圈，才回来道："瞧过了，院外有七个人守着，院子里面倒是没人，料想是害怕公主排斥。"

云裳点了点头没有说话，倒是琴依开了口："这公主府中都是华镜公主的人，我们必须格外小心，免得着了华镜公主的道儿。"

云裳笑了笑："琴依你可没有母妃聪明。你瞧，母妃怀了孕，还专程到栖梧宫住着，为什么呢？因为栖梧宫是皇后的地盘，若是母妃在栖梧宫里出了事，不管如何，皇后总是脱不了干系的。我如今在华镜的公主府里面住着，若是我出了事，那倒霉的，就是……"

"华镜公主。"浅音嘿嘿一笑，"公主真是聪慧过人。"

云裳笑着望了望浅音，无可奈何地叹了口气，才又道："所以我的小命现在暂时应该还是安全的，不过华镜想尽办法将我弄到这公主府里，让我学什么筹办宴席的流程，现在我暂时不知道她想要干什么，不过，关于怎么对付她，我倒是有了点主意。"

浅音闻言，连忙凑了上来，眼睛眨巴眨巴地望着云裳："公主终于要对付那个女人了吗？"

云裳笑了笑："是啊，每次都是她对我出手，我次次都是兵来将挡。这一次，轮也该轮到我出手了吧？"

"公主有什么好点子？"浅音连忙追问道。

云裳勾了勾手，示意琴依和浅音上前。两人连忙凑了上来，云裳附在两人耳旁低声吩咐了些什么，两人闻言神色十分高兴。琴依笑道："老夫人对佛法倒是十分虔诚的。若是依公主的法子，那么她定然是会信的。"

云裳点了点头，心中暗自想着，有些事情，注定了要发生，那么她便不能优柔寡断，白白浪费了绝佳的时机。

主仆三人又说了会儿话，便歇下了。

第二日刚吃了早饭，华镜便带了人过来，摆好了阵势，让云裳学着："举办宴席，如果是马上要举行的小宴，都是请的一些才子佳人，那首先需要做的，便是给小宴确定一个主题。主题要雅，比如这次，华镜公主给这次小宴定的主调子，便是'浮生一梦'。确定了主题之后，一切的筹备便需要围绕这个主题来，比如小宴场地的布置、装点，还有一些氛围的营造。甚至是宾客出入场的方式，舞姬的舞蹈，每一道菜的名字，都要和这个主题丝丝相扣。"

云裳听熙嬷嬷说着，笑着转过头看向华镜："没想到只是一场小宴便这么复杂。"

华镜点了点头："是啊，这还只是一场小宴，像寿宴啊婚宴啊，便更为讲究了。当然，最为烦琐的，还得数宫中的宫宴。"

"每次我参加宴席倒是没什么感觉，没想到准备起来这么麻烦。"云裳叹了一声，又道，"皇姐，我听清儿说，这次小宴请了皇叔呢。皇叔会来吗？"

华镜笑着望着云裳道："你倒是就惦记着皇叔。请柬已经送过去了，皇叔说若是有空便来。"

"主要是这皇城之中，我认识的人也不多。那还请了些什么人呢？有没有其他我认识的呢？"云裳听见华镜带着几分揶揄的语气，便连忙道。

"认识的啊……"华镜顿了顿，"倒是有一个，你不说我还没想起来，你这一说，倒让皇姐想起了最近烦忧之事。不过，你先听熙嬷嬷说完，我待会儿再与你说。"

云裳点了点头，又凝神静气听熙嬷嬷讲解宴席筹备事宜，约莫讲了半个时辰，熙嬷嬷还没有停下来的意思："宴席筹办成功的关键，就是一些细节，只要细节处理好了，便是一场好宴。"

华镜见云裳已经开始有些倦了，便挥了挥手道："今日便先讲这么多吧，一次讲得太多了，她也听不进去，不如每日一点、每日一点地教，这样说不定好些。"

熙嬷嬷点了点头，退到了一旁。云裳喝了几口茶，才凑到华镜旁边道："皇姐方才说，有些烦恼，不知道是谁让皇姐这般烦恼？不如说出来让裳儿听听，说不定裳儿能够帮上忙呢。"

华镜点了点头，叹了口气，沉吟了良久才道："你还记得莫静然不？"

莫静然？云裳暗自冷笑道，莫静然，自己怎么会忘记这个人？面上却装作迷糊的样子："莫静然？这个名字听起来倒是有些耳熟，可是没什么印象。这是谁啊？"

"你这记性……"华镜笑了笑道，"你可还记得，之前皇姐一直说要给你介绍个才华横溢的公子哥？还有，你及笄之礼上，他可是为你弹了首曲子，什么佳人佳人的，听得皇姐都害臊呢。"

云裳心中冷笑，这才装作恍然大悟的样子："啊，原来是他啊！可是，他不是……"

华镜闻言，长叹了口气："你及笄那日，我也不知道我的香囊怎么会在他的手上，就被父皇给误会了。皇姐也是有口难辩啊，你相信皇姐吗？"

听华镜这般问，云裳连忙点头道："裳儿自然是相信皇姐的。"

华镜闻言，满意地笑了笑道："我现在苦恼的，便是这莫静然……不过，这事儿，裳儿倒真的能够帮上忙呢，不知道裳儿可愿意帮皇姐这个忙？"

帮忙？云裳眼中划过一道光芒，这可真是，难得呢。

华镜公主向来都是高高在上的样子，何时需要别人帮忙了？

云裳想到此，微微一笑："皇姐有什么事儿，尽管吩咐便是了，若是在裳儿力所能及的范围内，裳儿自当尽力。"

华镜笑了笑："瞧你说的，就像是我要让你去杀人放火一般，其实也只是小事而已。就是，你知道的，上次在你的及笄礼上因为那个香囊，我和莫静然被人误会了。后来我专程派人去向莫静然问过，他说是淑妃身边的一个丫鬟给她的，说是你送给他的。他一直对你颇有好感，便信以为真，一直贴身带着。"

"我也不知道淑妃怎么会有我的香囊，为什么要冒充是你的，还拿去送给莫静然。可她毕竟是父皇的妃子，我也不好与她计较这些。只是，因为那件事，一直有流言说我勾引莫静然，不守妇道。我毕竟是已经成婚的人了，这些乱七八糟的流言蜚语，实在是太过伤人。"

"啊？竟然还有人这么讲？这些人怎么这样啊？"云裳瞪大了眼睛。

华镜叹了口气："有什么办法，嘴长在人家身上，我虽然是公主，可是也不可能去将人家的嘴堵上，不让人家说吧。"

华镜说着，又转身看了云裳一眼，笑着道："就是因为这件事，所以皇姐想要请你帮个小忙。"

云裳点了点头："皇姐想要裳儿做什么呢？"

华镜沉吟了片刻，才道："过几天的小宴，我也请了莫静然，若是不请，定然又会被别人说什么欲盖弥彰了。可是，我又不太好与莫静然接触，所以，我想麻烦你，小宴的时候帮我招待招待莫静然。"

云裳心中了然："裳儿还以为是什么大事儿呢，原来是这个呀，皇姐尽管放心便是，裳儿定然完成皇姐交代的任务。"

华镜闻言，眼中溢满了喜悦："那皇姐便多谢你了。"

第四十九章　落笔问，人可安

两人谈得正欢，身后却突然传来丫鬟的声音："公主，该用午饭了。今日是初一，应当去饭堂陪老夫人用饭。"

华镜点了点头："这屋里的规矩，初一十五都得陪着老夫人用饭，我们先过去吧。"

云裳点了点头，带着丫鬟和华镜一起往饭堂走去。到了饭堂，老夫人还未到，华镜便吩咐人先将饭菜端了上来。饭菜刚上齐，老夫人就走了进来。

"吃吧。"老夫人沉声道，先端起了碗。

云裳和华镜这才端起碗，吃了起来。

刚吃到一半，管家便站在了门口，瞧见三人正在吃饭，并未打扰，安静地等着三人吃了饭，才上前一步道："禀告老夫人、公主，门口有一个和尚来化缘。"

"和尚？"华镜皱了皱眉头，"现在到处化缘骗人的和尚太多了，随便给碗饭打发走吧。"

管家应了声，正欲退下，却听见老夫人说道："那位大师可有说自己是哪个寺的？"

管家闻言，微微弓着腰道："回老夫人，他说他是宁国寺的。"

"宁国寺？"赵老夫人的目光淡淡地从云裳身上扫过。

云裳也抬起头来望向管家，脸上带着笑："哦？宁国寺的？倒不知道是哪位师兄。"

"那就带进来见见吧。"赵老夫人道，声音轻柔，却带着不容抗拒的威严。

华镜皱了皱眉，转过身子笑着道："娘，现在骗人的和尚那么多，你又信佛，若是被骗了可如何是好。"

赵老夫人望了华镜一眼："若是那和尚说他是其他寺庙的，老身定然不予理会，只是宁国寺……宁国寺是国寺，每一位师傅都是佛法精深的大师。况且，惠国公主在宁国寺呆了好些年，只需惠国公主一眼，便知道是真是假了。"

云裳也笑着点了点头："自然，宁国寺中的弟子裳儿都见过。"

见华镜没有再作吩咐，管家连忙退了出去，不一会儿，就带来一个年轻和尚，眉清目秀的样子，一进饭堂，便双手合十，诵了句法号："阿弥陀佛，贫僧悟谛，见过三位施主。"

云裳一见那和尚，便站起身来笑道："原来是悟谛师兄！师兄怎么下山来了？"

悟谛微微一笑："原来公主也在这儿啊。贫僧入寺已经三年，到了该下山历练的时候了，所以方丈便派了我们下山。"

"原来如此。"云裳微笑转过身对着赵老夫人和华镜说道："没错，是宁国寺里的悟谛师兄。师兄三年前上山，拜在兀那方丈的大弟子门下，在寺中藏经阁中守护经书。我常去藏经阁里抄经书，所以见过许多次。"

"藏经阁？听说宁国寺藏经阁都选武功最好，表现最为突出的弟子守护，想必师傅定然是寺中的佼佼者了。老身素来信佛，师傅不如在府上住下，与老身传授传授佛法。"赵老夫人闻言，眼中闪过一抹亮光。

悟谛连忙道："阿弥陀佛，方丈派贫僧下山是为历练，不为享受，请恕贫僧无法答应老夫人的请求。"

赵老夫人闻言，有些失望，却还是笑着道："如此，老身也不为难师傅了，只是老身听说宁国寺中的僧人测算本事十分了得，当年也是兀那师傅为惠国公主测算出下雨的时日的。老身有个不情之请，既然师傅不便住在府中，不如为老身测个字吧。"

悟谛闻言，想了片刻，才道："施主请说。"

赵老夫人吩咐人拿来了纸笔，在纸上写了一个"口"字："老身想请师傅帮老身测一测，老身的家人是否能够平安。"

悟谛看了一眼，提起笔，在赵老夫人写的那个"口"字中，添了一个"人"字，抬起眼望着赵老夫人道："施主写了个'口'字，想要问的是家人，'口'字中，加一个'人'字，是'囚'。施主心系之人，境况恐怕不会太好。"

赵老夫人闻言，面色瞬间变得煞白："那如何才能够救我儿子？"

悟谛望向纸上的"囚"字："若想救这口中之人，就得要将外面的框给拿掉，施主的儿子本应是有大作为的大人，却被困在这框中，说明他被比自己身份地位更高的人压制着，此人不仅压制了他，还会给他带来杀身之祸。"

被比他身份地位高的人压制着，赵老夫人猛地望向华镜，手抬起来颤颤巍巍地指着华镜道："定然是你，是你。"

华镜闻言，有些莫名其妙，皱了皱眉道："您这是做什么？什么是我？"

赵老夫人已经平静下来，眼神无比坚定："除了你，这府中还有谁是身份地位比英杰更高的人？自从英杰娶了你之后，便被你要求搬到这公主府中，处处被你压制，定然是你。”

华镜这才明白赵老夫人说的是什么，只冷冷一笑：“亏得本公主喊了你这么久的娘，你平日里对我冷嘲热讽，对着我摆架子也就罢了，如今竟然因为一个莫名其妙的和尚的片面之词，就不分青红皂白将过错全部扣在我身上。你儿子还好好的呢，你就这么信这个和尚的胡言乱语，他可是在诅咒你的儿子。”

云裳闻言，连忙上前道：“夫人，师兄只是见字测字而已，况且，驸马爷现在在战场上，远在边关，又怎会被皇姐所困呢？不如我们派人去边关打探一下驸马爷的境况，再从长计议，你看如何？”

赵老夫人目光锐利地望向华镜，听见云裳的话便冷冷哼了一声，拂袖转身出了饭堂。

“皇姐，老夫人只是爱子心切，你莫要往心里去。我先去送送悟谛师兄。我也不知道怎么打听战场上的消息，要不然皇姐你去求求母后，让她派人去打听打听驸马的消息，也好安了老夫人的心。”云裳轻轻挽住华镜的衣服，柔声道。

华镜冷哼了一声：“我自然要找人去打听赵英杰的情况，到时候定要让她瞧瞧，究竟是谁对谁错。”

说完也转身出了饭堂。

云裳望着华镜的背影，嘴角扬起笑意，直到华镜的背影渐渐消失，才转过身来对悟谛道：“抱歉啊，悟谛师兄。”

悟谛双手合十，念了句法号：“阿弥陀佛，罪过罪过。”

云裳微微一笑：“裳儿送悟谛师兄出去吧。”

云裳带着悟谛出了公主府，和悟谛道别后，转过头便瞧见在朝阳的映照下显得十分繁华的公主府，府门上的牌匾上写着“西平公主府”五个字。

琴依和浅音也顺着云裳的目光望去。浅音眨了眨眼，笑道：“公主，以后你的公主府应该会叫‘金陵公主府’吧？公主府一般以封地为名，想当初，华镜公主看见这个匾可是气坏了呢，哈哈。”

“调皮。”云裳看着浅音，眉眼弯弯。

第五十章　大幕起

一转眼，便到了华镜举办小宴的日子，华镜为了这场小宴倒也费了些心思，也确如她之前所言，基本全程的筹备都让云裳参与了。

小宴在浅心阁中举行。那浅心阁是一处别院，风景优美，却甚少有人去过，许多人都想要一窥究竟。也不知道华镜用了什么手段，竟然将浅心阁拿来举办这场小宴，让很多才子佳人都充满了期望。

一般而言，小宴都是中午举行，华镜却将时间定在了早上，云裳便起了个大早，跟着华镜到浅心阁去做最后的确认。

天色才刚见亮，便有人赶了过来。云裳派人将他们带到了一处雅致的竹林小屋中暂作歇息，待一切准备好了，才让人请客人们进场。

浅心阁中有一个湖，湖水终年冰凉，常年弥漫着淡淡的雾气，置身其中，感觉如仙境一般，倒也与华镜为小宴定的主调子十分符合——浮生一梦。

客人一个接着一个地到来，雾气弥漫之中，有轻柔的乐声响了起来，弹的是《飞仙曲》。

"这里真美啊……"云裳听见一声接着一声的赞叹传来，忍不住笑了，对着琴依道："我总不明白这些人的逻辑，明明什么都瞧不见，有什么美的？"

"公主，这边走，华镜公主已经在湖心亭等你了。"一个侍女匆匆跑了过来，见到云裳这才松了口气，抬起手擦了擦额上的汗。

云裳点了点头："好，我这就过去。"

待到了湖心亭，却连云裳也忍不住赞叹几分了，方才还仿若眼前蒙了一层纱，现在这湖心亭却突然看得十分清晰了，再看周围，却又似乎被什么隔了开来，是团团雾气。这种感觉，恍若置身云端。

"裳儿，小宴就快要开始了，还不快过来？"华镜对着云裳招了招手。云裳点了点头，朝着华镜走了过去："皇姐，这个地方真美，方才明明在雾里的，这湖心亭却仿佛在另一个世界，且能够看得见那雾中人的样子呢……"

华镜笑了笑："这便是这儿最奇特的地方了。好了，客人们马上要过来了，你也先落座吧。"

云裳点了点头，在主位上坐了下来。

接着便有人从雾中走了出来，一个个都在对着这奇特的景象啧啧称奇，华镜瞧着他们的神情，嘴角也忍不住显出笑意。

众人似乎都没有发现这雾气的秘密，云裳皱了皱眉望向华镜，却见她眼中带着几分得意，似乎一切尽在掌握之中。

"靖王爷来了。"华镜听见禀报，便站了起身走了过去，"皇叔。"

靖王点了点头，没有回答，华镜也没有在意，笑着道："皇叔能够来，华镜觉得十分荣幸。"

靖王走到云裳对面的位置上坐下道："尽欢想要来瞧瞧，却又没有收到请柬，本王便带他来玩玩。"

华镜闻言，微微一愣，这才瞧见了跟在靖王身侧的红衣公子。

兵部尚书王安的儿子，王尽欢。

皇城中出了名的浪子，却也是个练武奇才，与靖王洛轻言私交甚笃。

华镜笑了笑，抬眼看着王尽欢："是本公主疏忽了，忘记了给王公子发请柬，下一次一定亲自将请柬送到王公子府上。"

乐声渐渐响起，众人也纷纷从美景中回过神来，找到了自己的位置坐下。待人都差不多坐满了，华镜才扬了扬手，笑着道："今日很荣幸为大家办这个小宴，希望大家能够喜欢，本就是一场随性的宴会，大家不用拘束，随意玩乐便好。"

云裳只觉得有目光落在自己身上，抬起眼来，顺着目光的方向望去，便瞧见了一张熟悉的脸，莫静然。瞧见他，云裳才想起了之前华镜千叮万嘱让自己记得的事情，在今日的小宴中，代替她好好招待莫静然。

想到此处，云裳忍不住嘴角带着笑。真是十分有意思呢，似乎，好戏就要开场了。

第五十一章　花香有异

"这浅心阁中风景甚好，所以今日的小宴，第一件事情，不是比文，也不比武，咱们便先逛一逛这浅心阁吧。这浅心阁中，藏了一些字谜，诸位在观赏美景的同时，也可以找一找字谜，谁找到的字谜多，并且能够顺利解出来，待会儿，可是有礼物的哦……"

"上一次，我们的礼物是皇城中的一家酒楼。这一次，我们的礼物绝对不比上一次的差。本公主期待大家的表现。"华镜靠在椅子上，带着几分慵懒地道。

一间酒楼？

倒真是出手十分大方，有美景，还有美人，若是有些才华的，还能赢一份大礼回去，怪不得都说，华镜公主的小宴是极其受欢迎的。

众人闻言，都开始摩拳擦掌，跃跃欲试了。

华镜看着众人的反应，眼中闪过一丝得意，笑着道："湖周围还有一些美食，任大家取用。现在，大家就开始吧。"

"洛轻言，洛轻言，有好吃的，快，跟我走……"王尽欢闻言，眼中放光，连忙拉住靖王的手，便消失在了雾中。

接着，众人都散了开去，纷纷去看景，找字谜去了，只留下了华镜和云裳，还有，莫静然。

"莫公子，今日华镜实在是有些忙，照顾不周还请多多海涵，为表歉意，便让皇妹带你四处走走吧。"华镜站起身，走到莫静然面前站定。

"公主客气了。"莫静然笑了笑，转过身望向云裳，目光带着温柔。

若不是因为那场梦，云裳定然也会被这样的温柔给骗住，不过，她若是再相信这样的假象，那她也就辜负上天让她做了那么一场大梦来警示她了。

"裳儿，这儿也没有其他的事儿了，你陪莫公子逛逛吧。"华镜转过身对云裳道。

云裳点了点头，低着头，仿若十分害羞一般，轻轻地走到莫静然面前道："莫公子，这边请。"

莫静然连忙跟了上去。

华镜瞧着云裳和莫静然的身影慢慢地被雾色笼罩，莫静然手背在身后，似乎有些微微战抖。而云裳一直低着头，十分害羞。

华镜这才勾起嘴角："宁云裳，本公主倒要瞧瞧，这一次，你要如何逃过本公主的手心。"

"公主……微臣叫莫静然，不知公主可还记得微臣？"莫静然的声音在云裳身后响了起来，轻轻的，带着几分试探。

云裳笑了笑，掩去眼中的哀伤："记得，怎么会不记得。"

顿了顿，云裳又道："你在我及笄礼上，给我吹了一首曲子。虽然我不知那是什么曲子，不过还挺好听的。"

"公主喜欢吗？若是公主喜欢的话，那微臣以后可以经常给公主吹笛子。"莫静然的声音似乎有些激动。

云裳微微笑了笑，没有回应，只是指着身边的一棵树道："咦，莫公子，这儿有一个字谜呢？"

"嗯？什么？"莫静然似是没有反应过来，有些茫然，却又在话问出口的那一霎那想了起来，"啊，字谜啊……"

莫静然伸出手，正欲去拿，却见到一只手快速将那写着字谜的果子给拿走了："喂，洛轻言，你瞧，这上面有字谜啊？把字谜贴在我最喜欢吃的橘子上，真是烦人。诺，给你。"

云裳抬起眼，便撞进一双冰冷的眼中，云裳连忙笑道："皇叔……"

靖王微微点了点头，伸手展开了手中的羊皮纸："视而不见，掩口耳听。应当是，祈。对吧，莫公子？"

莫静然一愣，连忙道："是啊，是啊，就是祈。王爷才华横溢，微臣佩服。"

靖王没有说话，只是淡淡地看了云裳一眼，便错身从云裳身边走了过去。

"差一点儿便拿到了，方才那个字谜挺好解的。"莫静然显得有些懊恼，叹了口气，又转过身望着云裳笑道："公主，微臣在来的时候瞧见了一个字谜，不过刚才我不知道那是什么东西就没有动，微臣倒是还记得地方，不如公主跟着微臣一起去瞧瞧吧。"

云裳柔柔地笑着应道："好啊。"心中却想着，果然，这莫静然还是一贯的好胜。

　　云裳又想起方才在亭中的时候，她分明能够看清雾中人的神情和动作，心中咯噔了一下。如果自己没有猜错的话，华镜现在应该是独自一个人留在亭子里的。

　　"公主，你在想什么？"莫静然凑上前来，面上带着几分笑意，目光温柔地望着云裳，一张原本就十分俊逸的脸上更添几分温柔。

　　"无事，只是想着，这浅心阁还真是特别，刚才在亭子里分明一点雾气都没有，结果一走出来便几乎快要看不清路了。"云裳回过神，笑着道，手却悄悄地拉了拉浅音的手。

　　莫静然倒是没有察觉，笑着道："公主往这边走，方才微臣便是从这边来的，微臣来的时候瞧见路边一个假山中，藏着一张羊皮纸。"

　　云裳跟在莫静然的身后，朝着他所说的地方走去。

　　走了约摸半刻钟，云裳就察觉到有些不对，这雾气中隐隐带着香味。

　　"咦，莫公子，你闻到了吗？有香味……"云裳带着几分试探问道。

　　莫静然闻言，停下了脚步，狠狠吸了一口气，点了点头道："好像是有些香味，不过方才微臣来的时候瞧见园子里有不少花，应该就是那些花的香味吧？"

　　莫静然神色镇定，云裳却瞧见他背在身后的手微微有些战抖，梦里自己与他做了几年夫妻，对他的一些习惯十分熟悉，莫静然一说起慌来，手便会这般轻轻战抖。

　　莫静然在骗她？莫非，这花香有异？

第五十二章 这笔账，慢慢算

云裳皱了皱眉，自己对常见的毒药也算得上是十分熟悉了，可是却不知道这香味来自什么药。

这花的香味，恐怕不仅仅只是香这么简单。而且，周围似乎除了她和莫静然，并没有其他人。

没有其他人？

云裳停住了脚步，却并未回头，周围确实除了自己和莫静然，再也感觉不到有第三个人的气息。

那么，琴依和浅音呢？

方才明明她俩都还在的。

云裳咬了咬唇，不能回头，华镜在那亭子中能清清楚楚地瞧见自己的动作，若是自己回头，她便知道自己已经发现了。

可是，也不能对莫静然下手，华镜也会瞧见。

云裳四处张望，眼中一亮，果然如莫静然所言，远处有一座假山。

云裳指着那假山道："莫公子，这就是你说的假山吗？"

莫静然顺着云裳的手望去，连连点头："是呢，这就是微臣所言的假山。微臣并未骗公主吧？这假山后面就放着一个字谜，微臣这就去为公主取来。"

莫静然说着，连忙朝假山走去。

云裳连忙跟了上去。转过那假山，云裳却瞧见莫静然倒在了地上。云裳只觉得有一股风从身后袭来，连忙转身，拉住身后的人，一只手快速掐住他的脖子，另一只手迅速朝他颈后袭去。那人不曾防备，瞪大着眼倒了下去。

云裳皱了皱眉，瞧着地上的两个人，只觉得身子隐约有些不对劲，有种酥酥痒痒的感觉爬上心尖。

165

云裳四处瞧了瞧，发现后面有一个回廊，便急急忙忙躲到了回廊内侧。

嘴里还是有些口干舌燥，这样的感觉……

云裳苦笑了一声，是合欢药。

自己千防万防，却还是着了华镜的道。

之前也与华镜一起来过这浅心阁，帮着她布置东西，只是自己每次来的时候，浅心阁都是十分平常的样子。自己方才过来，瞧见浅心阁中雾气弥漫的景象，还以为只是浅心阁的湖水结了冰，起了雾，并未多想，如今便觉得，这雾实在是有些蹊跷。

只是现在察觉已经为时过晚，琴依和浅音都不见了踪影，自己只要一离开这假山的遮蔽，便一定会被华镜瞧见。

"嗯……"有声音传来，云裳有些吃力地撑起身子往假山后瞧去，只瞧见方才昏了过去的莫静然悠悠转醒，神志似乎并未清醒，伸手到处乱摸，猛地抓住了那被自己打晕过去的人的手。而后莫静然急急忙忙将那人的手抓住往自己脸上摸，身子也不由自主地靠了过去。

云裳咬牙望着莫静然已然失控的样子。

莫静然似乎觉得还有些不够，便将自己身上的衣裳扒了个干净，又将身下的人的衣裳都脱掉了，身子伏了上去……

云裳转过身子，靠在回廊的栏杆上，只觉得心中有一团火快要燃起来了一般。

"洛轻言，洛轻言，那边有一座假山，那上面竟然还放着吃的。"

一个声音传来，云裳脑中似乎清醒了几分，猛地回过神来，华镜在那亭子中能够看到这边的景象，却没有办法听到声音……

既然如此……

云裳咬了咬牙，稍稍拔高了声音："皇叔，救我……"

云裳瞧见远处两个人影若隐若现，却突然停了下来。靖王带着几分清冷的声音传了过来："方才你有没有听到什么？"

"听到什么？我没有听到啊？怎么了？"王尽欢似乎还在吃什么东西，声音有些含糊不清。

云裳怕吸引来别人的注意，不敢再拔高声音，只是又重复了一遍："皇叔，救我，我在假山后……"

这一回，连王尽欢也听见了云裳的声音。云裳听见靖王带着几分犹疑问道："云裳？"

"皇叔……"云裳只觉得全身的力气都快要被抽走，又轻轻应了一声。

　　那个紫色的身影朝着假山这边走了过来。

　　云裳想起方才之事，急急忙忙道："雾中有毒，屏住呼吸。华镜在亭子里看得到你们的动作，不要过来，你们往前走，屏住呼吸往前走……"

　　外面的两人急忙停住步子，屏住呼吸，又按照方才的脚步节奏往前走去。云裳抬起手，在手臂上狠狠咬了一口，在回廊栏杆的掩护下，弯着腰往前走了一大截，待闻不到那奇怪的花香味，云裳才停了下来，又调整了一下自己的位置，让自己的身形仍旧被那远远的假山挡住，才软倒在地，看着靖王朝着这边走来。

　　靖王一眼便瞧见了似乎十分虚弱的云裳，急忙两步上前，将云裳抱在了怀中："怎么了？你的丫鬟呢？方才你不是和那什么莫静然在一起吗？他呢？"

　　云裳笑了笑，只觉得额上有汗水滑落，良久，才找回自己的声音道："假山附近的雾气有异香，是合欢药。丫鬟不知怎么不见了，莫静然晕倒在假山后了。"

　　靖王闻言一愣，皱了皱眉，抱起云裳便要走。

　　云裳却拉了拉他的衣角道："皇叔身上可有解药？"

　　靖王从腰间摸出一颗药丸放在云裳的嘴里："这只是对付普通合欢药的，我不知道你中的是什么药，也不知道有没有效果，先试试吧。"

　　云裳点了点头道："你们到这儿消失了这么久，定然会引起华镜怀疑的，麻烦王公子出去吸引一下华镜的注意，我得想法子清醒过来。今儿个这台戏还未唱完，我怎么能退场呢。"

　　云裳说完，又抬起头望向靖王道："我之前来过这里，我知道那边有个小泉眼，麻烦皇叔扶我过去一下。"

　　王尽欢望着这两人，叹了口气，走了出去，四处张望了一下，便撩开袍子，一面四处张望，一面解开裤子，大有要随地小解的架势。云裳看得一愣，立马别开了眼睛。靖王连忙趁机抱着云裳朝小泉眼跑了过去。

　　那儿果然有一处泉眼，已经是冬日，泉眼周围都结了冰，只有一小股水还在流淌着。云裳急急忙忙上前，掬起一捧泉水，浇在脸上，身上的燥热才微微降了些。

　　云裳掰了一块冰块，直接从后脖子那儿扔进了衣服里，只觉得一股刺骨的寒冷从背心传了过来。云裳哆嗦了一下，这才清醒了许多。

　　"你想要怎么做？我帮你……"靖王的声音从云裳的身后传来。云裳又掰了一块冰块，扔进了衣服里，这才回过了头，望着靖王，面上没有一丝表情："这笔账，得慢慢算。"

　　云裳一面说着一面颤颤巍巍地站起来："皇叔先出去吧，待会儿若是久了不见皇叔，华镜定然会怀疑的，我随后就到。"

靖王深深地看了云裳一眼，走回了方才的位置，和王尽欢一同离开了。

第五十三章　网网皆落空

浅心阁中响起了一声惊叫："呀……"

华镜匆匆带着人赶了过来，就瞧见众人都围着一个假山。假山的旁边，还有一些散落的衣裳，华镜眼中带着几分按捺不住的笑意，面上却是十分焦急的样子："怎么了？出了什么事？"

"咦，这儿发生什么了？好像有热闹看。洛轻言，快过来看热闹，这儿出事啦。"王尽欢唯恐天下不乱的声音又响了起来。

华镜嫌恶地看了王尽欢一眼，转过头望向那假山道："发生什么了？"

周围的女子都似乎有些难以启齿，朝后面退了几步。一个男子走了出来道："那假山后面，实在是……太荒唐了。"

"荒唐？"华镜皱着眉，招了招手道，"来人，去瞧瞧假山后面发生了什么。"

一个侍从连忙跑了过去，只瞧了一眼，又急急忙忙地退了回来："公主，有两个人，衣服都没穿，似乎都已经昏睡了过去。"

华镜假装恍然大悟的样子，满脸怒气："竟然在我的小宴上行如此荒唐之事！来人，将那两个不知廉耻的狗男女给本公主抓出来！"

身后几个侍卫连忙跑了出来，往假山后走了去，三两下扔出了两个光溜溜的身子。一群女子"哎呀"惊叫起来，连忙捂住了自己的眼睛。

华镜也皱了皱眉，往旁边侧着脸道："成何体统！还不赶紧把衣服给他们盖上。"

侍卫连忙照做。"公主，好了。"

华镜这才转过头来，面上已经做好了大怒的表情，却在目光落在两人身上的时候变成了惊诧："怎么回事？怎么是两个男人？"

那地上躺着的两人，一个是在华镜预想之中的莫静然，而另一个，却不是云裳，而是一个皮肤有些黝黑的男子。

"我的天，这世道可真是乱得紧啊，这两个男人也竟然在光天化日之下，颠鸾倒凤了？"王尽欢连连惊叹出声。

"咦，这男子，不是那个什么莫静然吗？据说还是皇城第一才子呢？竟然这般胡来，真是知人知面不知心呐。之前我爹爹还说他曾经来我家提过亲呢，幸好爹爹没有答应……"一个女子的声音传来，接着便是众人议论的声音。

"哎，抱歉，请让一下。"云裳温柔的声音传来，"皇姐，你在这儿吗？我的丫鬟不见了，你有没有瞧见啊？"

华镜握紧了拳头，转过身望向朝着自己走来，一脸不知情的云裳："你怎么在这里？方才你不是与莫静然莫公子在一起的吗？"

众人闻言，纷纷将目光落在云裳身上。靖王定定地看着云裳，若不仔细瞧，不会看出，她的身体还微微有些战抖。

云裳有些抱歉地笑了笑，对着华镜道："抱歉啊，皇姐，之前你千叮万嘱让裳儿一定要替你招待好莫公子，说你若是与他呆久了恐怕会有流言蜚语……可是我和莫公子走到这边的时候，发现我的丫鬟不见了，我就急急忙忙地去找我的丫鬟去了。莫公子没有告诉你吗？对了，莫公子在哪里呢？"

华镜只觉得脑中有一股怒火窜了起来，即将把她的理智燃烧殆尽。华镜也没有仔细听云裳说的话，只怒气冲冲地道："我让你好好招待莫公子，你便让他这样？"说着便伸手指向一旁的莫静然。

云裳顺着华镜的手望了过去，惊愕地瞪大了眼："天啊，怎么回事？莫公子怎么会在这儿？他与这个男子怎么了？"

华镜咬了咬牙，没有说话，转身拂袖而去："将这里收拾干净，今天的小宴散了吧。"正欲离开，却听见有个声音从外面传了进来，带着几分焦急："公主，公主，不好了，出事了。"

华镜精心布置的局又一次没有把云裳网进去，心中已经十分不快，听到有人大喊"不好了"，更是怒火直窜，拔高了声音怒道："什么不好了？胡言乱语些什么？"转过身去，便瞧见一个侍从跌跌撞撞地跑了过来，一见到华镜就跪倒在地，面色苍白道："公主，出事了，方才公主派出去的侍卫来报，说驸马爷在战场出事了。驸马爷在一场战事中被敌军给团团围死在一座空城里，如今音讯全无。老夫人一听到消息就昏了过去。公主，这可怎么办才好……"

华镜一听，脸色顿时煞白，急急忙忙带着侍从离开了。

"前段时间，我听有人说，兀那方丈的亲传弟子给驸马爷的娘亲测字，就说华镜公主克夫，驸马爷恐怕会在战场上受困，结果那和尚被华镜公主赶了出去。华镜公主还和驸马爷的娘亲大吵了一架呢。"

"是吗？竟有此事？"

云裳望着华镜匆匆而去的背影，嘴角勾起一抹笑："华镜，总是被你算计，这一回，轮到我出手了……"

一场小宴不欢而散，华镜匆匆带着人走了，云裳望着众人纷纷散去，才觉得身子虚软得厉害，正想着找个地方坐一坐，便觉得有一只手揽住了自己的肩。

云裳转过头一瞧，只瞧见了一张冷若冰霜的侧脸。

"他们都走了，你还好吗？我送你回宫？还是去西平公主府？"靖王的声音仍旧是一贯的冰冷，只是云裳发现，他没有对自己用本王这个自称。

云裳愣了愣，才反应过来他在说什么，连忙摇了摇头道："我得找到我的丫鬟，方才一不留神，我竟没有留意到她们什么时候不见了。"

"可要我帮忙？"靖王放低了声音道。

"不用了。"云裳有些虚弱地笑了笑，抬起手来，从袖中摸出一个小拇指大小的玉制笛子，轻轻吹响。

笛音响了片刻之后，便有一个女子跪倒在了云裳面前："主子。"

云裳点了点头："宁浅，浅音和琴依不见了，你派人去找一找吧，我去你那儿坐坐。"

为首的女子扬起脸来，露出一张艳丽无双的面孔："是，属下这就去安排。"说着便站起身来，对着靖王点了点头，从靖王手中接过了云裳，扶住了她的身子。

云裳转过身，朝靖王微微笑了笑："今日多谢皇叔和王公子了，以后若是有用得上云裳的地方，尽管开口。"说完便朝两人点了点头，由宁浅扶着离开了。

王尽欢张大了嘴，一脸吃惊："洛轻言，你快掐掐我，看看我是不是在做梦，你快掐掐我。"

靖王转过眼像看白痴一样望着他，他才稍稍清醒了一点儿，却仍旧忍不住惊诧道："洛轻言，方才那个女人，是皇城第一花魁浅浅姑娘啊，那是浅浅啊……我的天啊，我为了见她一面可是想尽了办法都没能见到。没有想到，竟然在这儿见到了她。最没有想到的是，她竟然叫惠国公主主子？"

"嗯，是啊，你还不赶紧去多见几面，下次想要再见可就不容易了。"靖王冷冷地道。

王尽欢却十分认真地点了点头："对，你说的一点儿都没有错。"说完，人已经从原地消失了。

靖王皱了皱眉，喃喃道："德性。"

第五十四章　山道弯，弯曲长

宁浅扶着云裳出了浅心阁，穿过一条小巷，进到一个院子。院子只是平常百姓人家的院子，单单一个小院，周围有几间房屋。

宁浅伸出手为云裳把脉，过了一会儿，才放开了手，柔声道："无妨，那花只是一种会让人亢奋，产生幻觉的花朵。主子吃的解药也是好东西，所以现在已经无事了，只是身子强行与花香毒相抗，所以虚弱了些。"

云裳点了点头："那便好，我素来觉得我已经算是百毒不侵了，却没想到，还是中招了。"

宁浅笑了笑道："公主只是对一些普通的毒药没什么反应了，这又不是毒药。不过公主比起普通人而言，已经好上太多了，寻常人中了这花香毒，哪还能如公主这般保持神志清醒啊？公主回宫这么些日子，若不是偶尔有命令来，属下还以为，公主已经忘了属下了呢。"

云裳见宁浅撅着嘴，一脸的不开心，便笑道："瞧你现在的样子，若是被你那些客人瞧见了，还不知道得疯狂成什么样子。我也有苦衷呀，之前刚回宫，宫中戒备森严，我不了解情况，也不敢贸然行动。前段日子好不容易出了宫，也不敢轻意与你联系。你我身份都特殊，若是一个不小心，到时候，我们之前精心布置的，可就全毁了。"

宁浅见云裳这个样子，叹了口气："放心好了，属下在皇城也不是白混了这些年。如今，别的我不敢多言，这城中一大半的权贵也还是会听我一言半句的。"

"知道，知道，凭着浅浅你的美貌与才华，自然是能够让所有男人趋之若鹜的。"云裳笑着打趣道。

两人正说着话，便见门开了，琴依和浅音走进来，一见到云裳连忙扑了过来："公主，你没事吧？"

云裳摇了摇头："这不好好的在这儿坐着吗？"

云裳说完又抬起眼瞧了瞧琴依和浅音："你们二人没事吧？方才发生了什么？我都不知道什么时候你们两个便不见了。"

浅音皱了皱眉道："奴婢和琴依姐姐是在遇见了靖王爷和王公子之后，随着公主一起和那什么莫公子一起去取字谜的路上被抓走的。当时公主正在与莫公子说话，雾气有些浓。突然，奴婢觉得眼睛被什么东西熏着了，一下就瞧不见了。正想说话，便一个闷棍过来，将奴婢给打晕了。奴婢醒来的时候，是在浅心阁一处堆柴火的小屋里面，奴婢出去才发现，浅心阁已经没有人了，刚好遇见前来找我们的两位姐姐，这才跑了出来。"

琴依点了点头道："奴婢大致也和浅音差不多。"

云裳"嗯"了一声："这次的事也不用查了，定然是华镜搞的鬼。宁浅你帮我查一查，浅心阁那雾气究竟是怎么回事，我总觉得邪门得紧。"

宁浅应道："主子放心便是，这件事情，交给属下去调查。"

云裳点了点头，对琴依和浅音道："走吧，我们先回公主府，公主府里还有大戏没有唱，我怎么能够错过呢。"

云裳带着琴依和浅音回到公主府的时候，公主府里早已经乱作一团。云裳皱着眉，抓住一个急急忙忙的丫鬟问道："出了什么事了？跑这么急做什么？"

那丫鬟转过头见是云裳，这才连忙给云裳行了个礼："回惠国公主，方才老夫人听见侍从来报，说驸马爷被困在了边关的一座空城里已十多天了，便晕了过去。后来华镜公主回府之后，叫了大夫来给老夫人瞧了。老夫人吃了药才醒转了过来，一醒过来便与华镜公主吵了起来，说华镜公主是扫把星，就是因为华镜公主，驸马爷才会被困。华镜公主也发了怒，和老夫人吵了几句，老夫人便回屋写了血书，这会儿已经拿着血书去宫里见皇上去了，说要让皇上出兵去救驸马爷，并且请求皇上，让公主休了驸马爷。"

云裳虽然料到赵老夫人不是省油的灯，定然会好好地闹上一闹，却也没有想到，老夫人会直接写了血书去求见父皇。

这下，父皇可就难办了。

老夫人的夫君也是一个受百姓敬仰的将军，儿子如今被困边关，老夫人是父皇亲自封的诰命夫人，老夫人以命相胁，也不知道父皇会做什么样的决定。

不过，不管父皇做什么样的决定，这一次，她华镜的声名定然扫地。

这样想着，云裳便连忙又问道："那华镜公主呢？华镜公主如今在做什么？"

那丫鬟连忙道："华镜公主还在房中发脾气，说让老夫人尽管去告，尽管去求，她就不信，皇上会如了老夫人的愿。还说她哪怕就是扫把星，也要赖在这府里，让老夫人看着她把这府里弄得乌烟瘴气。"

云裳眯了眯眼，这个华镜，气疯了吧。

也对，方才算计自己不成，如今又被骂扫把星，参加小宴的人那么多，过不了多久，这满皇城都会知道，她华镜克夫，就是因为她，她的夫君被困在了边关。

那丫鬟匆匆走了，琴依凑了过来道："公主，我们现在去哪儿？"

云裳笑了笑："如今这会儿，若是我去找华镜，她正在气头上，指不定就逮着我拿我出气了。赵老夫人这么一闹，要不了多久，父皇就会派人来传她入宫了。既然如此，我何不直接去宫里，守宫逮兔，正好，这戏若是在宫里唱起来，还得多许多的配角儿呢。走走走，咱们回宫。"

云裳转身便叫人准备了马车，奔皇宫而去。

第五十五章　几连环，从中断

到了宫里，云裳也没有直接去勤政殿，而是去了栖梧宫。

一进栖梧宫，便瞧见绣心站在院子里指挥着宫女太监搬花。看见云裳，绣心愣了一下，连忙迎了上来道："惠国公主怎么进宫了。"

云裳连忙道："皇姐府中出了大事儿了，你快带我去见母后。"

绣心将信将疑地望着云裳道："皇后娘娘现在正在与锦妃娘娘说话儿呢，公主随奴婢来吧。"

云裳闻言，心中虽然有些吃惊，却也没有表现出来，跟在绣心的身后，走进了正殿。

果真皇后与锦妃都在，云裳看了锦妃一眼，才抬眼望向了皇后。

皇后见是云裳，朝云裳招了招手道："裳儿，你不是在华镜府上玩儿吗？怎么进宫了？"

云裳瞧见锦妃的手微微顿了顿，心中有一丝酸楚，面上却没有任何异样，急急忙忙地走到皇后面前："母后，不好了，皇姐府上出事了。"

"华镜？"皇后皱了皱眉，"华镜怎么了？出什么事了？"

"裳儿也不知道应当从何说起。"云裳的脸皱成了一团。

皇后笑了笑，抚着云裳的手道："别急，慢慢说。"

"此事得从前些日子说起。那日早上，有一个宁国寺的僧人来化缘，赵老夫人素来信佛，就请了那僧人进来给了些东西，僧人感恩，说要给赵老夫人测个字。赵老夫人不知听谁说宁国寺僧人测字十分准，便欣然应允。那僧人测了字，说驸马爷被困，还说困住驸马爷的是一个权势比驸马爷大，与驸马生活在一起的人。赵老夫人一听，就觉得那僧人说的是皇姐。"

"荒唐！"皇后皱了皱眉，低声斥道。

云裳连忙点了点头："裳儿与皇姐也觉得不可信，皇姐便与赵老夫人吵了两句。

175

为了证明事情不是如僧人所言，还专程派了人去边关打探驸马爷的消息。"

"今日皇姐在浅心阁设宴，宴会将散时，有侍从来报，说驸马爷在边关被困在了一座空城里，没了音讯。赵老夫人一听这个消息，更觉得那日僧人所言全部应验，于是怒火攻心，急急忙忙写了血书来求见父皇，求父皇派兵去救驸马爷，还要求父皇下旨让皇姐休了驸马爷。"

"什么？"皇后猛地拍了一下桌子，站起身来，"那赵家老太婆都这个岁数了，性子还是这般烈。本官倒是要瞧瞧，她究竟要怎样让皇上下旨让华镜休了驸马的！华镜呢？"

云裳连忙回答道："皇姐气极了，现在还在府中生闷气呢，我瞧着不对劲，专程来给母后禀报一声，就怕出了事。"

皇后皱了皱眉："这孩子，都火烧眉毛了，怎么还一个人生闷气，生闷气有用？"说着便站起身来，朝殿外走去。

云裳转过头望向锦妃，见她丝毫不为所动，便对着锦妃调皮地笑了笑。锦妃见状，有些无奈地摇了摇头。云裳这才安下心来，急急忙忙跟了出去。到了勤政殿外，还未进殿，便听见赵老夫人盛怒的声音："宁国寺的高僧亲自测字，说公主让我家英杰受困，若是不让公主远离英杰，英杰会不停地遭受灾难。皇上，我赵家世代为将，为保家卫国，流血流汗，哪怕是死也绝没有二话。臣妇不希望，因为一个女子，而让臣妇的儿子受尽磨难。"

宁帝的声音带着几分疲惫："朕已经下旨，让靖王亲自带着铁骑卫前去营救驸马。只是，驸马被困全因华镜的话，朕却是不敢认同的。"

"本官也不认同！"皇后跨进勤政殿，声音中带着蔑视，"当初若不是看在赵家男儿世代为宁国征战边关，且赵英杰确实是个男子汉的分上，本官也不会同意将华镜下嫁赵府。华镜下嫁的时候，你可曾说过一句不好？可是华镜到了你赵府之后，你却想尽法子处处刁难，如今更是随意找了个借口，便想要休了华镜。你口口声声是为了你的儿子好，你可曾想过，华镜也是本官的女儿，且她贵为公主，若是被你休弃，到时候，你又让她如何见人？"

赵老夫人闻言，面上带着几分倔强，跪倒在地道："臣妇无知，只知道，一个是名声，一个却是活生生的人命，自然是人命更为重要。"

皇后走到龙椅旁坐了下来，目光炯炯地望着赵老夫人，声音拔高了几分："你口口声声说，你儿子被困，是因为华镜，可是镜儿在这皇城中一步未出。分明是你儿子无能，在战场上打了败仗，却将责任推给一个手无缚鸡之力的弱女子，你赵家也真是好大的本事。"

宁帝皱了皱眉："行了，吵什么吵，现在是吵这些的时候？"说完又对赵老夫人道："朕该做的都已经做了，也已经派了人到边关去营救了，而且，你方才让朕下旨让华镜休夫的理由也太玄乎。赵英杰并未做错什么，为何要华镜休夫？各自退让一步，你先回府静候消息吧。"

赵老夫人仍旧跪倒在地上，朗声道："既然皇上不答应臣妇的请求，臣妇也不多求了。臣妇的儿子臣妇也不敢指望皇上派人去营救，臣妇自己去便是。臣妇二十年前能够随夫征战，今日便能够为子上边关。至于华镜，呵呵，皇上，皇后娘娘，你们的女儿是什么样子，臣妇不多言，你们自然应该清楚，她日日找些酒肉朋友风花雪月，对臣妇从来不闻不问，苛责下人，还不守妇道……臣妇只请求皇上下旨让华镜公主休夫。若是皇上不答应，那臣妇也不说什么了，只是，从今以后，臣妇决意再不承认她华镜是臣妇的儿媳。臣妇告退。"

赵老夫人说完，便站起身来，朝殿外走去。

云裳躲在廊柱后看着赵老夫人离去。虽然方才赵老夫人的理由有些太过牵强，最后这几句话却说得铿锵有力。

正当云裳出神的时候，却突然听见殿中的宫女惊叫："啊，皇后娘娘晕倒了。"

云裳一愣，有些回不过神来，这又是唱的哪一出？

虽然有些不明就里，云裳也跟在宫女身后，看着宫人将皇后扶到勤政殿后偏殿的床上躺了下来。

不一会儿，太医便匆匆赶来，急急忙忙地给皇后把了脉。片刻之后，太医的眉眼间便有了几分喜色，转身向宁帝跪了下来。

云裳皱了皱眉，许是太医的表情太过古怪，让云裳有一种不太好的预感，正这般想着，就听见太医说："恭喜皇上，恭喜皇后娘娘。皇后娘娘这是有喜了。"

皇后有喜？

云裳只觉得脑中有些迷糊，半晌都没有回过神来。这时，只听见殿中宫人齐齐整整的贺喜声："恭喜皇上，皇上大喜。"

云裳这才回过味来，什么？皇后怀孕了？

云裳转过头望向宁帝，却见他也是一脸的惊愕，半晌也没有瞧见他有什么动静。云裳道："父……父皇……"

宁帝有些迷茫地转过头来看着云裳。云裳只觉得手在袖中微微有些战抖："裳儿恭喜父皇了，裳儿又将要有弟弟妹妹了。"

　　宁帝仍旧有些出神，许久之后，才长长地"哦"了一声，便再没有其他的反应。

　　太医仍旧跪在地上，等了好一会儿也没有听见宁帝再说话，才又道："皇上，皇后娘娘肚子里的孩子一个多月了，一切都好，只是方才皇后娘娘有些激动，略微动了胎气，不过休养些时日也便没什么事了。"

　　宁帝点了点头，却没有说话，过了好一会儿，才急匆匆地转过身朝殿外跑去。

　　郑总管见状，也急忙跟了上去。

　　云裳见众人都望着自己，这才发觉，自己成了这儿清醒着的唯一的主子了，便挥了挥手道："这是天大的好事，都起来吧，有赏。"

　　众人这才站了起来。云裳转身对太医笑了笑道："虽然母后的身子没什么事，只是这怀孕了也得仔细着，你待会儿回了太医院，给皇后开一服安胎的药，送到栖梧宫去吧。"

　　太医点了点头，退了下去。

第五十六章　大礼

在云裳的梦中，皇后除了华镜之外，并没有第二个孩子。

为什么皇后在这个时候怀孕呢？

云裳又想起梦里母妃似乎也是一直呆在冷宫之中，到死，都未曾出来过，可是如今，母妃不仅从冷宫中出来了，并且也怀了孕。

莫非，因为自己干预了梦中的某些事，结果所有的事情都变得不一样了？

云裳正想着，就听见身后传来一声嘤咛。云裳连忙转过头去，见皇后睁开了眼睛，连忙上前道："母后……"

皇后皱了皱眉，抬手扶住额头，似乎有些不适。云裳上前一步道："母后，可感觉有哪里不舒服？"

皇后抬眼看了云裳一眼，轻声道："本官怎么会在这里？本官分明记得，方才是在勤政殿的啊，本官记得……"

云裳连忙道："母后，恭喜母后了，方才母后在勤政殿晕倒了，太医来看过，他说母后怀孕了呢。"

"怀孕？"皇后仍旧一副不明所以的样子，过了片刻才反应过来："你是说，我怀孕了？"

云裳连忙点了点头，撑着笑容道："是啊，母后怀孕了。"

皇后闻言，满脸的笑容："真好！这些年，后宫之中几乎无所出，本官瞧着皇室血脉凋零，心中着急，正想着为皇上选秀呢，没想到，先是锦妃妹妹怀孕了，如今，本官也怀孕了。"

云裳笑了笑道："父皇是有福之人。"

皇后显出极为高兴的样子："赏，都有赏。"说着又唤来绣心道："这儿睡着有些不舒服，本官害怕影响到腹中的胎儿绣心，扶本官回栖梧宫吧。"

绣心连忙应了声，扶着皇后下床，朝殿外走去。

云裳站在殿中，嘴角泛起一抹苦笑，当真是人算不如天算吗？皇后竟然在这个时候怀了孕！

"公主……"浅音轻声唤着，云裳才回过神来，点了点头道："走吧，我们先回清心殿。"

回到清心殿，云裳躺在软榻上，陷入了沉思。或许实在是太过巧合，云裳总觉得哪里不对劲，可是又说不出究竟哪里不对劲。

"公主，皇后怎么就怀孕了呢？"浅音喃喃自语道，"公主，你说，本来华镜公主因为今日之事，再加上我们刻意地煽风点火，过几日，华镜公主克夫的流言便会让皇城中的每一个人都知道，甚至，奴婢连童谣都想好了。可是，如今皇后一怀孕，必然会引起大家的议论，毕竟是一国之母，这可是天大的好事。到时候，大家自然就对华镜公主的事情关注得少了……"

云裳点了点头，叹道："是啊，她怎么就在这个时候怀孕了呢！巧合得像是安排好的一般，只是方才事出突然，她又哪有时间去安排？莫非，就真的只是巧合吗？"

云裳在清心殿的院子里躺了一个下午，却总是觉得，有些事情怎么也想不通。

云裳叹了口气，目光望向远处，琴依发现，那是栖梧宫的方向，便柔声道："公主还想不明白今天的事情呀？想不明白便不想了，总有一日会水落石出的。"

云裳摇了摇头："我不是想不明白，我是在担心，担心母妃……母妃十多年前被父皇伤了心，一度将自己关在冷宫之中，如今因为我出了冷宫，现在还怀着身孕，却又要再受一次打击。母妃她虽然总是说对父皇早已绝望，没有了感情，可是，也总是会担心的吧。"

琴依点了点头："先前皇上不是听太医说皇后娘娘有了身孕便急急忙忙地跑了吗？奴婢听人说，皇上去了栖梧宫。皇后娘娘当时在勤政殿的偏殿呢，可是皇上却去了栖梧宫，只能说明一件事，那就是，皇上是去瞧主子的，想必，皇上对主子总归是要在乎得多的吧。"

云裳"嗯"了一声，便又出神了。

琴依瞧出云裳心不在焉，也转开了话茬子："公主，奴婢听郑总管说，赵老夫人真的单枪匹马去了边关……"

云裳闻言，点了点头："赵老夫人倒是不坏的，虽然脾气奇怪了一些，但是对她的儿子，确实极好的。"

浅音闻言，也接过话来道："奴婢每次瞧着华镜公主被赵老夫人说得哑口无言的样子就觉得十分的痛快。这天底下，竟然还有人完全对华镜没有任何好感，处处针对，还让华镜不敢明目张胆地反击。"

云裳也微微笑了笑："浅音，你让人去问问，赵英杰的事情如何了。"

浅音点了点头："奴婢待会儿便让人带信出去。"

浅音给云裳拿来一条毛毯盖上，又道："过些日子便是冬至了，听说，皇后和华镜商量，准备在冬至的庆典上，公布皇后怀孕的事情……"

云裳微微一笑："她倒是知道怎样最吸引人注目。"

提到冬至的庆典，云裳又想起许久之前吩咐下去的一件事情，便道："我让人准备的东西准备好了吗？冬至大典要用的……"

浅音闻言，眉眼间带了几分得意："回禀公主，都已经准备妥当了，冬至那日，奴婢一定给皇后娘娘送上一份大礼。"

第五十七章 将她美梦打碎

外面隐隐有脚步声传来，三人便停止了说话。

"公主，浣衣局的太监给公主送洗好的衣服来了。"

琴依转身掀开帘子走了出去，云裳听见她的声音从外面传来："拿进来吧。"

云裳挑了挑眉，拿进来？

以前琴依可是从来不会让浣衣局的人进内殿的。

云裳抬起眼望向门口，便瞧见珠帘被掀开了，走进来一个有些瘦弱的太监："公主，衣裳已经洗好晾干了，奴才放在哪儿？"

"小林子？"云裳直起身子，轻声问道，"你怎么来了？"

小林子看了看屋中的两个宫女，见云裳并没有让她们离开的意思，便知道这两个宫女应当是云裳如今的心腹，便行了个礼道："公主，奴才有事禀报。"

云裳坐起来道："说吧，这儿没有外人。"

小林子点了点头道："奴才前些天听说，皇后娘娘怀了孕，可是，昨儿个栖梧宫的宫女送过来的衣物中，有一条亵裤上面沾了血迹。"

"在宫女的衣物中，那不是应当是哪个宫女来了葵水吗？"浅音轻声道，目光望着小林子。

小林子摇了摇头："那条裤子却与其他宫人的不太一样，它的布料是上好的苏锦，这宫中连主子都没有几个有，更别说是宫女了。"

云裳的眸子闪着光："我明白小林子的意思了。在这宫中，想要一个人消失很容易，想要一条带血的裤子消失却不是一件容易的事情，于是，它便混在了宫女的衣物中……只是，你是如何确定它是苏锦的？"

小林子笑得胸有成竹："别的奴才不敢说，这辨别布料的本事，奴才是绝对不会错的。奴才以前家中是做布料生意的，只因遭人陷害，所以才沦落至此。浣衣局中洗衣裳的一个宫女与奴才关系还不错，那日我们闲聊时她说起，皇后宫中的宫女的吃穿用度都应该是整个后宫中最好的，说她们今儿个洗衣服时发现，皇后宫中宫女的一条亵裤摸起来很舒服。奴才便留了个心眼，装作好奇的样子，跟着她去瞧了，奴才一摸便知道，那是苏锦。”

云裳听小林子这么一说，仔细想了想最近发生的事情，心中灵光乍现：“我就觉着，皇后怀孕的时机有些太过巧合了一些。如今我心中有了一个大胆的猜测。兴许……皇后根本就没有怀孕。”

云裳冷笑道：“皇后这一招用得真好啊。那日皇后被发现有孕实在是太过突然，我根本没有往这方面去怀疑。如果不是小林子，我恐怕就算是隐隐有些疑惑，也绝对不会发现的。”

“可是，公主，皇后这般做有什么用呢？她没有怀孕，怎么着也不可能生出一个孩子来啊！而且，因为怀孕，她还迫不得已要将皇后印章交出去，这不是得不偿失么？”浅音有些疑惑地问道。

云裳已经平静了下来，眸中仍旧带着兴奋：“我猜想，她这般做的目的是为了找机会做出孩子掉了的假象，然后，将这屎盆子扣在一个人身上。她想要栽赃的，多半是母妃。因为，现在后宫中唯有怀有身孕的母妃才是她的心头大患，可是母妃住在栖梧宫，她明里暗里，找不到下手的机会，所以才想到了这样的法子。”

“皇后这一招可真是够毒辣的，幸好被公主发现了，不然，主子可就危险了。”琴依舒了口气，“可是，要不要将这件事情告诉主子，让她加以防备呢？”

“告诉是要告诉的，不过，我得先去栖梧宫一趟。小林子说，那条带血的裤子是昨天发现的，那么，皇后的信期定然便是这两日。我记得，皇后来葵水的时候，总是会腹痛，我去瞧上一眼，便知道是怎么回事了。此事宜早不宜迟，我这就去。”云裳站起身来，“给我更衣。”

云裳换好衣裳，披了个披风，便匆匆出了清心殿。一到栖梧宫，便瞧见绣心坐在正殿中绣着花。云裳笑着走上去道：“绣心姑姑可真悠闲，母后在吗？”

绣心抬头瞧见云裳，连忙站起身来道：“皇后娘娘今日身子有些不爽，在寝殿中歇着呢。”

云裳闻言，面上露出几分担忧的神色来：“母后身子不好？怎么都不请太医呀，母后如今的身子可比不得寻常，她如今怀着龙嗣呢，若是稍有不是，谁担得起？我让我的宫女去请太医去。”

绣心连忙站起身道：“公主，不用了，不用了。不是什么大事儿，主子说，歇一歇就好了。"

云裳却颇不赞同："那可不成，得找太医，不找太医我不放心。"

绣心有些急了，正欲开口，却听见内殿传来皇后有些虚弱的声音："是裳儿吗？进来吧。"

云裳闻言，连忙走了进去，见皇后躺在床上，面色有些苍白，便急急忙忙地坐在皇后的床边道："母后的脸色怎么这么苍白啊？"

皇后微微笑了笑，叹了口气道："无事，这天气冷了，身子有些虚。"

"母后的脸色这么不好，也不请太医，若是被父皇知道了，不知道有多心疼呢，还是让裳儿叫人去给母后请个太医吧。母后如今怀着孕，一点小病可也马虎不得的。"云裳皱着眉头，一脸的关切。

皇后听她提起皇帝，眼中带着一丝恼怒，转过头对绣心道："瞧瞧，裳儿这是关心本官呢，你便去叫太医来瞧瞧吧。不然，若是不能让裳儿安心，今儿个都别想安宁了。"

绣心点了点头，退了出去。

云裳笑了笑道："还是母后了解裳儿。对了，母后，裳儿许久都没有瞧见皇姐了，不知道皇姐去哪儿了呢？"

皇后目光一直落在云裳身上，看了她半晌，才苦笑了一声道："驸马爷在边关出了事，她与赵老夫人虽然有些过节，驸马毕竟是她的丈夫，她心中着急，便不顾本官的劝阻，一个人跑到边关去了。本官也不知道她如今怎样了，可千万别出什么事啊。"

云裳连忙安慰道："母后可千万别再忧心了，你如今可是双身子的人。皇姐自小便聪明，是皇城中出了名的才女，定然不会打无准备的仗，母后不必担心。"

"但愿如此吧。"提起华镜，皇后的目光中倒是真实地流露出几分担忧来。

第五十八章　唱不了多久了

"娘娘、公主，太医来了。"门外传来绣心的声音，紧接着，绣心便带着一个穿着太医院官服的中年男子进来。云裳一眼便认出来，这便是那日在勤政殿偏殿诊断出来皇后怀孕的太医。

云裳站起身来，退开两步道："太医你快来瞧瞧，母后的面色为何这般苍白。"

太医放下药箱，从药箱中拿出一方丝帕搭在皇后的手上，给皇后行了个礼，然后便给皇后诊脉。云裳一直留意着太医的神色，却见他一面诊脉，偶尔抬起眼来小心翼翼地觑着皇后的神色。皇后不动声色地望着手上的锦帕，没有说话。

半晌，那太医收回了手，行了个礼道："公主无需担忧，皇后娘娘只是身子较虚，臣开一些补身子的药来喝着便好。不过，是药三分毒，皇后正怀着孕，微臣建议，还是以食补为好。"

云裳点了点头，笑着道："那行，你便少开些药。绣心姑姑可得记得监督好小厨房的人，让她们多做些补身子的膳食来，将皇后娘娘的身子养好才是最重要的事情。"

绣心应了声。皇后笑着道："这下子可放心了吧，本宫都说了没事了，你还劳师动众的。"

云裳笑着转过头对皇后道："体虚也是病呢，可大意不得。"

太医开了药便退了下去。云裳笑了笑："裳儿也先回清心殿了，母后可要记得按时吃药。"

皇后点了点头，云裳才笑逐颜开，退出了寝殿。

"公主……"浅音眼中闪烁着兴奋，正欲开口却被云裳打断了："这儿不是说话的地方，回清心殿再说。"

浅音连连点头，跟在云裳身后朝清心殿走去。

"呀，云裳公主……"刚转过一个弯，便听见侧面传来一个柔柔的声音。云裳转过头，便瞧见淑妃带着宫女从一旁走了过来。

看来，淑妃虽然刚刚掌管后宫，可是这手段却一点儿也不弱啊。若说这只是偶遇，自己是绝对不会相信的，自己刚刚从栖梧宫出来，她便急匆匆地赶了过来。栖梧宫周围不知道布了她多少眼线。

"云裳见过淑妃娘娘……"云裳微微蹲了蹲身子，向淑妃行了个礼。

淑妃笑盈盈地在云裳面前停住了脚步："这天儿越来越冷了，本宫还以为，这宫中只有本宫这个忙得团团转的人才会在这么冷的天到处乱转呢，没想到竟然遇见了云裳公主。云裳公主这是去哪儿呀？"

云裳微微一笑道："淑妃娘娘如今替母后掌管后宫，定然十分忙碌，淑妃娘娘辛苦了！裳儿只是随意走走，想着许久没有到栖梧宫给母后请安了，所以专程去给母后请安，可是一去便发现母后面色苍白，似是病了，云裳便张罗着给母后请太医。这不，才从栖梧宫出来准备回清心殿呢。"

"哦？"淑妃闻言，收起了面上的微笑，连忙问道，"皇后娘娘病了？现在如何了？这栖梧宫中的人是怎么侍候的，竟然这么大的事儿都没有来向本宫汇报。不行，本宫也得瞧瞧去。"

云裳连忙道："已经没事了，太医说，是母后的身子有些虚，开些补身子的药调理着，膳食也多加一些滋补的食物，养养便好了。"

淑妃听云裳这般说，这才舒了口气："那便好那便好，本宫这便去栖梧宫瞧瞧去，天儿冷，公主出门多穿一些。本宫今儿个专程让尚衣局的管事给公主添置了几件冬衣，过两天便做好了。"

"如此，裳儿便多谢淑妃娘娘照拂了。"云裳又行了个礼，目送淑妃朝栖梧宫的方向走去。

走了几步，淑妃突然回转身来，有些迟疑地看着云裳，似是斟酌了好一会儿，才轻声道："公主，若是下次去栖梧宫，还是去偏殿瞧一瞧锦妃吧，不管怎么说，锦妃也是公主的生母，养母再好，也不能忘了生母不是。云裳公主对皇后娘娘十分关心，也是个有孝心的，想来也不会厚此薄彼，锦妃如今也怀着孕，这肚子也渐渐的大了，比皇后娘娘，倒更多了些不方便。"

云裳一愣，半晌，才微微勾了勾嘴角，露出淡淡的笑意："淑妃娘娘说得对，下次裳儿定然注意。"

淑妃见云裳似乎并未走心的样子，却也不好再多说什么，便叹了口气，转过身渐渐走远了。

云裳见淑妃的身影渐渐消失不见，这才转身带着琴依和浅音回了清心殿。

琴依连忙帮云裳将披风解了下来，放在一旁，又将火盆子端得近了些。

"公主，淑妃娘娘这去栖梧宫，是做什么？"浅音有些好奇地道。

云裳勾了勾嘴角："还能做什么，一山难容二虎，更何况是两只都想要做主儿的母老虎。因着皇后有孕，前几日父皇将皇后印章交给了淑妃，让她代皇后执掌后宫，可是也只是代而已，这宫中，正牌的皇后，还是栖梧宫那位。若是皇后一朝得子，那淑妃忙活了这么长的时间，可都白费了。淑妃自然心急，只怕也暗中动了不少手脚，一听我说皇后身子不适，自然急着去瞧一瞧，是不是自己得手了。"

浅音嘿嘿一笑："淑妃娘娘的算盘可要落空了，皇后娘娘压根儿就没有怀孕，怎么会掉呢？"

云裳躺在软榻上："这话咱们自己说说就得了，日后，千万不要再提。"

"那咱们便瞧着皇后这般欺骗人？"

琴依从床上抱了条被子给云裳盖着："公主定然有自己的打算，皇后娘娘这一出戏，定然唱不了多久了。"

云裳笑了笑："是啊，唱不了多久了。"

为了找机会下手，云裳这段时间去勤政殿倒是勤快了些。

某天和宁帝身边的郑总管聊天说起冬至祭天大典的事情，郑总管便提到，往年都是皇后主祭，只是今年眼瞧着就要到冬至了，皇后却怀了孕，祭天大典辛苦，宁帝怕伤了胎儿，正想着要不要让淑妃来主祭。宁帝也隐隐跟淑妃提过此事，淑妃已开始准备祭服了。

云裳听闻此事，心便提了起来。

她意欲在冬至祭天大典的时候对皇后下手，若是换成了淑妃主祭，她的算计可就要落空了。

第五十九章　字字斟酌

　　云裳心中打起了算盘，去淑妃宫中的次数倒是多了一些，闲来请请安，说说话儿。

　　淑妃虽然觉着有些奇怪，只是自从她掌管后宫以来，无事前来献殷勤的人多了不少，便也没有特别在意。不过这样常来常往的，云裳在淑妃宫中遇见宁帝的时候也多了起来。

　　三四次下来，宁帝便也察觉到了，便笑着问云裳道："怎么这些日子老来淑妃宫中呀？"

　　云裳笑了笑，瞥了眼在一旁坐着吩咐下人准备午膳的淑妃，轻声道："裳儿在宁国寺中这么些年，与宫中的嫔妃都不怎么熟悉，这宫中也没有几个能够说上话的人，加上总听着父皇说，淑妃娘娘娴静淑良，便起了亲近之心。如今淑妃娘娘掌管后宫，裳儿便也想要过来学上一学，以免以后什么都不懂，闹了笑话。"

　　淑妃闻言，转过身对云裳笑了笑道："公主可是在取笑臣妾，论贤良淑德，臣妾可比不上皇后娘娘，公主自幼在皇后娘娘膝下长大，耳濡目染，定然也学了不少了。"

　　宁帝却摇了摇头："裳儿没有说实话，朕相信这是其中一部分原因，却不是全部。若是像你说的那样，什么时候不能来？朕也就瞧着你最近来得十分勤。"

　　云裳故意露了几分破绽，便是等着宁帝问这个问题。云裳闻言，便笑了出声，带着几分女儿家娇憨的神态："什么都瞒不过父皇，儿臣常来，是因为这个……"

　　云裳举起手中的茶杯，笑着道："这里面的是槐花蜜，宫里的御厨做得特别好喝，之前在母后那里也能喝得到。母后见儿臣嘴馋，偶尔也赏一些。最近在母后那儿喝不到了，裳儿不敢去问母后要，便偷偷地跑去问了御厨，他说槐花蜜是蜜蜂采了槐花花粉之后产出的蜜，宫中的槐花蜜是三门峡卢氏进贡的，每年也就那么几罐，之前母后那里有，现在只有淑妃娘娘这里才有。我是闻着槐花蜜的香味来的。"

　　淑妃闻言，有些吃惊云裳竟然会说出这么一茬来。这么一来，皇上定然觉得，自己掌管后宫，却将最好的东西都往自己的宫里塞，堂堂的惠国公主，竟然连想喝槐花蜜都得跑到自己这里来蹭，心中便有些惊惶，连忙望向宁帝，却正好瞧见宁帝带着几分冷的目光盯着自己。

"是吗？这槐花蜜这么好喝？"宁帝淡淡地将目光收回，虽然疑心云裳刻意告状，只是见云裳一副毫不知情的样子，便打消了这样的念头。

这宫中的女人，没有一个心思不深沉的，云裳却不一样，一是因为她是锦妃的女儿，还因为她从八岁开始，便送到了宁国寺中住着，不管如何，兀那大师的为人他是相信的。况且，寺庙之中没有钩心斗角，所以云裳的心思自然也单纯一些，想到什么也就说了。

云裳点了点头，笑容中带着几分纯真："淑妃娘娘宫里的，尤其好喝。"

宁帝目光微微沉了沉。淑妃见状，连忙上前道："臣妾倒是不知，竟有这么一回事。尚膳局的太监送过来的，给臣妾说这东西美容养颜的，是贡品，臣妾还以为宫里的妃嫔都有呢。女人哪有不爱美的，臣妾便想着，若是臣妾变美了，皇上也得多看臣妾几眼了，便没有细究。"

淑妃的软语温言让宁帝点了点头，既然是尚膳局的太监送来的，那便不关淑妃的事儿了，想必是尚膳局的太监见风使舵，见着淑妃开始掌管后宫，便想着法子巴结吧。

云裳闻言，却皱起了眉头："咦，裳儿还以为父皇让淑妃娘娘掌管后宫便应当掌管那几个什么尚膳局、尚衣局的，原来没有呀。"

宁帝笑了笑道："当然有啊，后宫不就是这么些个烦琐事儿吗，管着后宫上百人的吃穿用度，虽然看起来没什么，只是却十分累的。"

"啊？那尚膳局的太监竟然都没有将账本给淑妃娘娘吗？裳儿记得，之前母后管着的时候，都会有账本的呀，一共有多少什么东西都会记在上面的，一眼便瞧明白了。裳儿记得，上次母后还夸尚膳局的账本做得细致呢，定然是尚膳局的那些太监自己想要坐扣一些东西，瞧着淑妃娘娘刚刚上任，便从中作梗，没有将账本给淑妃娘娘。"

宁帝闻言，又皱了皱眉，对呀，后宫掌管的那几处地方的每一笔账都是会记下来的，淑妃既然掌管后宫，账本定然是在她手中的，可是她却说不知道槐花蜜有多少，还以为每个宫中都有……

这么说来，要么是淑妃自己独占了好东西，好么便是淑妃掌管后宫不力，没有仔细看账本。

淑妃听闻云裳的话，恨不得将云裳的嘴给缝上，这云裳公主究竟是怎么回事，怎么觉得今儿个似是故意与她做对一般。

云裳却又道："父皇，你可得治尚膳局的罪了。淑妃娘娘可是父皇亲自下旨让掌管后宫的呢，尚膳局那帮子人都敢阳奉阴违，幸好今儿个被父皇发现了，不然若是以后有人误会了淑妃娘娘，那可就有口难言了。"

宁帝看了一眼淑妃，见她脸憋得有些红了，心中自然有了一番看法，便点了点头道："是应当好好清理清理了。"

淑妃心中咯噔一下，却碍于宁帝在，不敢对云裳说什么重话，只得勉强扯出一丝笑意，轻声应了句："皇上说的是。"

云裳见淑妃这般摸样，这才一口将杯中的槐花蜜喝了个干干净净，站起身来对宁帝道："这天越发的冷了。还未到酉时天便暗了，儿臣得赶紧先回清心殿了，不然天再暗些，可就不好走了。儿臣告退。"说完便带着浅音匆匆走出了淑妃的宫殿。

云裳一走，殿中便安静了下来，半晌，才听见宁帝的声音传来，冷冷地，带着几分漫不经心："冬至祭天的祭服你准备好了吗？那可是大日子，得隆重一些。"

淑妃方提起的心才放回了原位，原本以为，宁帝要与她说起槐花蜜的事情，自己应对的法子还没有想好，心中紧张。却不想原来是问这个，想必宁帝并未在意云裳说的话，心中稍稍安定了一些。

"快要准备好了，按照惯例，是用的庄重的黑色。皇上的冕服已经准备好了，皇后的后服还在制作中……"淑妃微微笑着道。

宁帝点了点头，似是无意间想起，漫不经心地道："对了，过几日，皇后的肚子应当会稍稍隆起一些，你吩咐人做皇后的后服的时候，记得腹部要稍稍宽松一些，免得太紧，影响到腹中胎儿。"

淑妃闻言一愣，皇上此话是什么意思？之前他也提起过，说皇后怀孕，祭天礼数太过繁杂，怕皇后身子不适。言下之意，分明是想要让她代替皇后参加祭礼，自己让人准备后服的时候也是照着自己的尺寸准备的。这个时候，皇上却为什么说皇后的肚子会隆起一些，要稍宽松一些？

淑妃咬了咬牙，定然是方才之事让宁帝突然改了主意，心中恨极，却也只能装作顺从地轻声应道："是，臣妾明白了，皇上尽管放心便是。"

第六十章　凶字出

清心殿中，浅音连忙将云裳的披风解了下来，从一旁的宫女手中接过一杯热茶，递到云裳手中，笑着道："公主真是太了不起了，三言两语便让皇上对淑妃娘娘冷了几分。奴婢可是亲眼瞧着皇上的脸色越来越差的呢，淑妃娘娘可有得受了。不过，公主，咱们这般明目张胆的，淑妃娘娘铁定会嫉恨咱们，一个皇后就顶难对付的了，要是再加上一个淑妃，那不是更得步步小心了？"

云裳暖了暖手，便将茶杯放在一旁，走到软塌边坐了下来。宫女端上了热水，帮云裳脱下鞋子，试了试水是不是烫手，才将云裳的脚放了进去。

云裳舒服地吁了口气，笑道："淑妃经过此事，定然会向靖王汇报，没有靖王的允许，她定不敢轻举妄动。若是她与我对上，不仅是我们多了一个对手，她也是呢。"

浅音闻言，盯着云裳看了会儿，才捂着嘴轻笑了起来："公主也就是仗着王爷宠爱，所以才敢这般放肆呀。"

云裳闻言，飞快地转过眼："说什么呢，口无遮拦。"

浅音连连应"是"，眼中却仍旧带着笑意。云裳见状，知道自己越描越黑，便不再搭理她了。

浅音笑够了，问道："奴婢觉着，这样一闹，淑妃娘娘怕是不能代替皇后祭天了。不过，公主为何要帮皇后娘娘呢？"

云裳闻言，冷冷一笑："帮她？我怎么会帮她呢？只是，这祭天的戏，若不由她来唱，还怎么唱得下去，本公主可是给皇后娘娘排了一场好戏呢。"

浅音闻言，顿时恍然大悟："奴婢就说呢，公主早不招惹晚不招惹，偏偏这个时候去，原来如此。"

琴依掀开帘子进来："公主，冬至祭天大典的事情，奴婢都安排好了。多亏了浅音安插在尚衣局中的人，奴婢这次才这般轻松地便办好了。"

191

云裳点了点头："还有三日。这一次，当着文武百官的面，我一定要送给皇后一份大礼。"

三日的时间，一晃便过去了，冬至那日一大早，便开始窸窸窣窣地下起了雪。

天还黑着，云裳便被宫人叫了起来，穿上了祭天的公主礼服，坐上了步辇往天坛而去。

日出前七刻，便从钟鼓楼传来了钟声。云裳瞧见宁帝与皇后一同从左边的门走进来，缓缓走上天坛，走到一半的时候，便停下来拜了一拜，一旁的柴炉便烧了起来，乐声响起。

宁帝站起身，与皇后一起走上了天坛的最顶端，在天坛中间的神牌主位前跪了下来，上了香，又一一对着旁边的列祖列宗排位上香、叩拜，然后回到了神牌主位前，行三拜九叩之礼。

云裳的目光一直落在宁帝身旁穿着黑色后服，带着凤凰展翅金步摇的皇后身上。皇后的神情严肃，一直紧紧跟在宁帝身旁，一跪一拜，一丝不苟。只是，若是不仔细瞧，没有人会发现，皇后每走一步，每一次叩拜，身子都紧绷着，动作也有些缓慢，似乎十分吃力。

一旁的太监端着一个放着玉帛的托盘缓缓走上天坛，宁帝和皇后取下盘中的玉帛，走到主位和配位上将玉帛献上。接着，太监又端上盛放着牛羊等祭牲的礼器，宁帝和皇后一一进俎。

云裳瞧见，皇后在起身的时候，身子微微晃了晃，半晌才站直了身子，连宁帝也忍不住转过头瞧了一眼。云裳微微一笑，好戏，就要开场了。

"啊……"站在天坛底下的文武百官惊讶的声音渐渐响了起来，像是潮水一般漫延开去。众人的目光都定在天坛上的皇后身上。

宁帝正在行礼，听见越来越吵杂的声音忍不住皱起眉头，转过身，却见众人正望着他与皇后，还有些人开始指指点点。宁帝顺着那些人指着的方向望去，是皇后。

皇后的面色有些苍白，虽然已经是冬日，皇后的额上却有豆大的汗珠滚落下来，别的倒也看不出有什么异样。只是，文武百官离他们距离这般远，定然是看不见皇后满头大汗的样子的，那么，他们究竟在看什么呢？

宁帝本想继续举行祭奠，却听见天坛之下，有一个白胡子文臣跪了下来。宁帝远远地辨认出来，那是翰林院学士，宁帝听见他带着些焦急的声音传来："是天罚呀，天罚呀。"

宁帝再也顾不得祭天大典，两步走到皇后的身后，却见她黑色的后服背后，似是被水渍打湿了一般，呈现出不一样的颜色来，却是一个大大的"凶"字。

宁帝见状，猛地后退两步，面色瞬间变得苍白。

皇后不明就里，只是觉得，这后服太过厚重，捂得有些难受。

"皇上，怎么了？"皇后见宁帝露出那样的神色，有些不解，转过头却发现，天坛下的那些人不知为何，都在对着自己指指点点。

皇后望向站在天坛下面台阶旁的绣心，却见她一脸的焦急，见皇后终于望了过来，才连忙指了指自己身后。皇后才明白，定然是自己身后发生了什么，见宁帝和众人的神色，还应当十分严重。

皇后便再也顾不得其他，急急忙忙将后服最外面一层脱了下来，便瞧见背后那个显得十分突兀的"凶"字。

皇后一惊，连忙将那后服扔开，连连后退了几步，却一个不小心碰到了身后的牌位，牌位顿时倒了一片。

"皇上……"皇后满脸惊恐，却努力地将自己的情绪平复了下来，急急忙忙拉住宁帝的冕服袖子道："皇上，定是有人陷害于臣妾。皇上，你可得为臣妾做主啊……"

宁帝皱了皱眉，对着一旁的郑总管使了个眼色。郑总管连忙挥了挥手，上来几个太监，将皇后扶了下去。

宁帝见众人仍旧在议论纷纷，心中想着，若是此事被传了出去，民心定然会乱，必须将这些人的嘴堵上。宁帝转过头对郑总管说了几句话，郑总管便连忙走到天坛一旁道："今日之事，禁止谈论，若有发现，诛九族。"

下面的文武百官和后宫嫔妃连忙闭了嘴，安安静静地呆在原地。郑总管又匆匆走下了天坛，与淑妃说了几句话。淑妃闻言，点了点头，身后的宫女便离开了，不过一盏茶的工夫，宫女便捧着一个托盘走了过来。淑妃从托盘上取下一件黑色衣裳，是一件备用的后服。淑妃连忙将后服穿上，跟着郑总管走上了天坛。

"祭天典礼，继续。"郑总管的唱和声响了起来。天坛之上，宁帝与淑妃按照规矩一道一道地走着，仿佛方才什么都不曾发生过。

第六十一章　从未有过

祭天之礼结束，云裳跟在后宫嫔妃的身后往后宫而去。刚走到御花园，便瞧见一身戾气的皇后站在门口。皇后见众人过来，目光似把刀子死死地盯着淑妃。还未等众人反应过来，皇后便已经冲了过来，直接将淑妃扑倒在地。

"沈淑云，本官从未对不起你。这些年，哪怕是你深受皇上宠爱，本官也从未对你怎样。本官都已经将皇后印章交给你了，你为何还这般心狠手辣，在暗地里使这些阴谋陷害本官！"皇后虽然气极，可是说出的话却是波澜不惊的语气。

其他人连连后退了几步，生怕受到牵连。云裳见状，连忙大喊道："都在这儿看着干嘛，还不赶紧上去将母后和淑妃分开啊……"

却没有人敢上前。

正在众人皆沉默地站在原地，看着后宫中如今地位最高的两个女人在地上翻滚着打架的时候，云裳突然听见远远地传来一声布谷鸟的叫声。云裳勾了勾嘴角，面上却一脸的着急："你们还愣着干嘛，母后还怀着身孕，若是母后腹中的龙嗣出了什么事，你们谁付得起责任！"

话音一落，众人这才猛地反应了过来，想要上前，却不知从何下手。

正在此时，身后传来一个怒气冲冲的声音："都在这儿干嘛？"

众人回过头，便瞧见宁帝带了几个侍从走了过来。地上的皇后听到宁帝的声音，眯了眯眼，将淑妃抱住，却以淑妃在上，她在下的姿势，猛地摔倒在地上。

淑妃一怒，伸手掐住了皇后的脖子。

宁帝只瞧见淑妃将皇后扑倒在地，还伸手掐住了皇后的脖子。

宁帝虽然对今日天坛之上的事怒极了，瞧见淑妃此番作为，却也忍不住怒斥道："淑妃，你在做什么？

淑妃还未反应过来，已有人惊声尖叫了起来："啊，血……"

血？众人连忙望去，便瞧见皇后的身下渗出了一抹血迹，染红了皇后身下的衣裳。

"快，快，快……传太医啊……"云裳连忙大声喊道。宁帝也反应了过来，顾不得其他，连忙上前将皇后抱了起来，急急忙忙朝栖梧宫跑去。

进了栖梧宫，宁帝将皇后放在了床上。皇后微微皱起眉头，似是十分痛苦："皇上，孩子，孩子，臣妾的孩子。皇上，你要救救臣妾的孩子啊。"

宁帝不语，站起身来，来来回回焦急地在殿中踱步："太医呢？怎么还不来？"

郑总管连忙去催促，过了好半晌，才带进来一个白发白胡子的老头儿："皇上，太医，太医来了。"

皇后抬起眼一瞧，眼睛猛地瞪大了，目光急忙在人群中寻找绣心，却见绣心在一个角落，神色焦急地冲着自己摇头。

皇后连忙道："不，不，皇上，臣妾不要让太医看。臣妾的孩子好好的，臣妾没事。"

宁帝闻言，转过头厉声道："发什么疯，还不赶紧让太医瞧瞧！"

皇后连连摇头："臣妾之前一直是陈太医看的，他对臣妾的情况最为了解，臣妾要陈太医来给臣妾看。"

宁帝的眉头皱得越发深了，见皇后今日的反常情形，便有些不悦，转过身对着身后的侍从道："将皇后按住，让太医看诊。"

两个侍从连忙上前将皇后按住。太医见状，有些战战兢兢地走上前，将手搭在皇后的手腕上，面上却露出几分犹疑的神色，过了好一会儿，才转过身，猛地跪倒在地："皇上，微臣愚昧，从脉象看来，皇后娘娘并未怀孕啊……"

皇后脸色瞬间便变得惨白，似被人抽去了灵魂一般，倒在了床上。宁帝一时没有反应过来："什么，你是说孩子已经没了？"

那老太医却摇了摇头："不是，是皇后娘娘脉象显示，皇后娘娘不曾怀过孕，根本就不存在孩子掉了啊？"

宁帝这才明白了老太医的意思："你是说，皇后根本没有怀孕？"

太医还未回应，便听见皇后冷冷的声音传来："胡说八道，陈太医明明说本宫已经怀孕了，而且本宫近日嗜酸，定然是个龙子，你却说本宫没有怀孕？本宫知道了，定然是淑妃给了你好处，让你这般污蔑本宫。来人啊，将这个妖言惑众的老匹夫拉出去乱棍打死。"

"朕还在这儿呢，哪轮得到你说话。来人，去将太医院的所有太医都请过来。"宁帝冷声道。

皇后苍白着脸，听见宁帝的话，便又加了一句道："定然要将陈太医请过来，是他告诉本官，本官怀孕了的，让他来说说，究竟是谁在这儿胡言乱语。"

侍从匆匆出了内殿，皇后闭上眼，脑中一片空白。

过了一会儿，外面传来凌乱的脚步声，门帘被掀了开来，走进来好些个太医。侍从走到宁帝面前道："皇上，太医院中的太医都带来了，只是皇后娘娘说的那位陈太医，奴才实在是没有瞧见。"

"怎么可能？"皇后这才慢慢地明白过来，自己似乎钻进了别人设好的圈套之中，只是这设局之人，实在是太过高明，将她的一切都算计上了。

"挨个给皇后把脉。"宁帝不理会皇后的话，冷冷地吩咐道。

几位太医面面相觑，挨个走到床边给皇后把了脉，又默不作声站到了一旁，过了大约一刻钟之后，几位太医才把完了脉。

"如何？"宁帝问道。

几位太医对视了一眼，这才纷纷行礼道："皇上，臣等医术不精，实在是看不出来皇后有妊娠和落胎之象。皇后娘娘，没有怀孕。"

宁帝闻言，只觉得自己似听到了天方夜谭一般，半晌才哈哈大笑，又突然停了下来，冷冷地哼了一声道："看来朕久不理会这后宫之事，这后宫倒真是乱得可以，竟然连朕这个九五之尊，也像个猴子一般被耍得团团转。"

说完转头看了一脸呆愣的皇后一眼，拂袖离开了内殿。

第六十二章　岂一个乱字了得

这会儿，戏也基本看完了，云裳这才站起身，跟在宁帝身后，出了正殿。刚一出正殿，便碰到了正往这边走来的锦妃。

宁帝脚步一顿，站在原地等着锦妃，许是今日受到了太多的刺激，神色也不是很好："你怎么来了？"

锦妃扶着微微隆起的肚子，带着几分关切地朝着殿内望了望，才轻声道："臣妾方才从天坛回来，便觉得身子有些不适，早早地便让人备了步辇先回来了。刚刚才听宫人说皇后娘娘出事了，说瞧见好多太医都往这儿来了，妾身有些担心，便过来瞧瞧。"

宁帝愣了愣，抬起手摸了摸锦妃隆起的肚子道："无事，你如今双身子的人了，不要总是穿得这么少便出来，着凉了可不好。裳儿，带你母妃回宫吧。"

云裳连忙上前两步扶住锦妃，恭恭敬敬地道："母妃，儿臣送你回殿。"

锦妃点了点头，有些犹豫地回过身子，却连连回头望向宁帝，随着云裳回了栖梧宫。

这是云裳第一次走进锦妃在栖梧宫的偏殿中，见偏殿虽然比起正殿少了一些繁华，却也样样都是十分精致的，想来宁帝也费了不少的工夫。

云裳扶着锦妃在椅子上坐下，才四处看了看，自己也在锦妃对面坐了下来。

"今日之事，可是你做的？"锦妃微微一笑，轻声道。

云裳心知，既然锦妃敢在这儿这般说起这件事，就说明这里还是安全的，便放松了下来，笑着道："还是母妃聪明，是裳儿做的没错。"

"皇后怎样了？"锦妃低下头，手扶着腰笑了笑。

云裳抿了抿嘴道："身体自然是没什么大碍的，只是，她恐怕将永远失去父皇的信任了。"

锦妃微微一笑:"她这人一直便爱铤而走险,不过这么看来,上天不是次次都偏向她的。这次,却让她在你这个小狐狸手中栽了。不过,你可得把后面处理干净了,莫要让她查出来。她如今正在气头上,所以才会觉得是淑妃,等她静下心来细细想一想,便也知道不对了。"

云裳勾了勾嘴角,笑得跟一只偷了腥的猫儿似的:"母妃放心好了,女儿都已经安排好了。"

锦妃点了点头,不语。

云裳站起身来,走向锦妃,在她面前蹲下身子,抬起手摸了摸她的肚子,笑道:"母妃,你说,这是个妹妹,还是弟弟呢?"

锦妃闻言,笑出了声:"现在哪儿晓得,不过啊,我倒是希望是个男孩子呢。男孩子,能够保护你,你太辛苦了。"

云裳摇了摇头:"裳儿一点儿也不辛苦。"

云裳低着头,将脸贴到锦妃的肚子上听了会儿,眼中却隐隐有些潮湿。从前,自己从未产生过这样的心情,如今却突然觉得,有个人关心着自己,真好。

半晌,云裳才站起身,笑着道:"皇后的事情勉强告一段落了,女儿知道,以李氏家族的势力,父皇定然是不会夺去李依然的皇后之位的,至少现在不会。不过,短时间内,皇后应当对母亲构不成什么威胁。女儿也派了些人在母妃身边保护着,母妃尽管放心。华镜去了边关,这是一个好机会,我不愿意放过。皇后与华镜,一个都别想逃。"

锦妃低下头沉默了半晌,才点了点头道:"你向来是个有主见的,如今瞧你行事,我也放心。只是,我的女儿,母妃不忍你被仇恨蒙蔽了眼,母妃希望有一个男人,能够给你幸福。"

云裳闻言,脑中却浮现起靖王那张没什么表情的脸,不知道为何竟会突然想起他来,心中有些发虚,急急忙忙应着:"母妃放心,裳儿知晓的。"

两人又说了会儿话,云裳才回到了清心殿。先前琴依和浅音并未跟着云裳去栖梧宫,也不知发生了什么,只是御花园门口的闹剧却已经人尽皆知,两人自然也十分好奇,一见到云裳回来,便连忙围了上去,急急忙忙道:"公主,公主,后来怎么样了?皇上有没有发现皇后假装怀孕的事情?"

云裳将事情与两人说了,两人才大为解气。

　　浅音笑道："今日实在是太痛快了，就是不知淑妃怎样了。不过奴婢想着，淑妃与皇后这么一闹，这后宫可真要乱了。"

第六十三章　喜报频传

淑雅宫中，淑妃坐在椅子上不发一言。殿中，侍从和宫女跪了满满一地。

好一会儿之后，才从外面匆匆跑进来一个宫女，走到淑妃面前道："娘娘，栖梧宫被皇上派了侍卫守了起来，奴婢根本无法打探到里面究竟发生了什么。"

淑妃猛地站起身来："什么，侍卫？"

淑妃心中暗自想了好一会儿，才有些疑惑地道："不应该啊，皇后出了事，怎么会派侍卫守着呢？若是皇后肚子里的孩子没了，那应该被守起来的是本宫才对。毕竟，皇后先前那一招可算是极尽阴险的，当着那么多人的面，让大家都瞧着本宫将她摔倒在地，大家定然都会觉得，是本宫害了她。可是皇后肚子里的孩子若是有事，皇上也定然会来向本宫兴师问罪才是啊。"

"奴婢也没有看明白，不过，先前那个阵仗还真是吓人。先是太医院的一个太医过去了，后来不一会儿，便将太医院所有的太医都给叫了过去，奴婢还以为是皇后肚子里的小主儿不太好了，可是过了一会儿，皇上却怒气冲冲地从里面冲了出来，奴婢还未来得及去探听消息呢，栖梧宫便被人围了起来。"那宫女想起方才瞧见的情况更觉十分稀奇，连忙道。

"方才，除了皇后，还有谁在栖梧宫？"淑妃闻言，想了会儿才问道。

那宫女连忙回道："还有惠国公主。皇上将皇后送回栖梧宫的时候，公主也跟着去了。后来，皇上离开了有一会儿，她才走了。"

淑妃点了点头："咱们先按兵不动，明日再瞧瞧情况，若是情况还是这般令人看不明白，本宫便去趟清心殿。"

宫女点了点头，又回过头看了眼跪在地上的宫女和侍从，淑妃见状，便挥了挥手道："下去吧下去吧，看着你们跪在这儿就心烦。"

那群宫女太监连忙应了声，行了礼，一一退了出去。

　　待殿中没有其他人了，那宫女才轻声道："主子，皇上吩咐了人查今儿个皇后娘娘的衣服的事儿呢。"

　　淑妃微微一笑，眉眼间俱是幸灾乐祸："你不说，本宫倒忘了，今日咱们母仪天下的皇后娘娘，可是出了一个大丑呢。让他们查便是了，此事不是本宫做的，自然查不到本宫身上来，顶多皇上治本宫一个治下不严的罪，毕竟衣服总归是出自尚衣局，而本宫现在是后宫管事的人。不过，本宫倒是真想知道，究竟是谁替本宫出了这口恶气。这法子实在是高，高极了。虽然皇上强令众人不许谈论，不过，那些个爱嚼舌根子的臣子，回去定然会说，皇后是个灾星，天降凶兆呢。姒儿，他们可查出了什么？"

　　被淑妃叫作姒儿的丫鬟连忙回道："娘娘放心，就如娘娘所言，此事不关咱们的事，怎么也查不到咱们头上来。"

　　淑妃点了点头，嘴角带着冷笑道："只是，皇后今日的行事实在是有些失常，从未见过她如此失态，哪怕是出了这么个丑，她疑心本宫，也不至于这么冲动，况且，她腹中还怀有龙嗣呢。今日她的作为，分明是狠了心想要将龙嗣摔掉，然后嫁祸于本宫的。她这么做，究竟是为什么？"

　　如今淑妃的心中充满了疑惑。究竟是谁设了这个局，在皇后的衣服上动了手脚，让她在天坛之上，当着文武百官的面成了灾星？皇后又为何突然这么冲动，竟然不管不顾自己肚子里的龙嗣？

　　这一夜，宫里许多人没有睡着。

　　第二日，淑妃带着宫女到了清心殿。云裳正在翻看佛经，嘴里念念叨叨的，是淑妃听不太懂的佛语。

　　淑妃在一旁坐了会儿，云裳才似刚发现她一般，连忙笑着道："淑妃娘娘什么时候来的？裳儿方才竟未发现。"

　　淑妃笑了一笑道："来了不久，见裳儿在念佛经，便没有出声打扰。"

　　云裳笑着吩咐琴依给淑妃斟茶。

　　淑妃摆了摆手："不用了，本宫今儿个来是有事求公主的。昨天皇后娘娘与本宫有一些小误会，我们起了一些争执……本宫回宫之后，十分后悔，便想去请罪，又怕惹皇后娘娘生气，便派了人去皇后宫里问问情况，可是宫女却回来报说栖梧宫被侍卫围了起来。本宫心中担心，却又没法子问，今儿个实在是觉得心中难安，听闻公主昨日一起去了栖梧宫，公主可知，皇后娘娘怎样了？"

　　云裳闻言，低下头叹了一声："孩子……没有了……"

　　淑妃闻言，身子顿时软倒在椅子上，脑海中一片空白。怎么会呢？明明自己昨天根本没有用力啊，孩子怎么就没有了呢。

　　淑妃愣了半晌，才想起这是在清心殿中，便连忙勉强地笑了笑："本宫知道了，多谢公主，本宫坐了这么久，也该回府了。"

　　"那，琴依，帮我送送淑妃娘娘吧。"云裳轻声吩咐道，又叹了口气，低下头开始念着佛经。

　　待淑妃出了清心殿，浅音才"噗哧"一声笑出声："公主，淑妃娘娘现在最关心的可就是皇后孩子的情况了，你却偏偏骗她。瞧她方才的模样，脸色刷的一下子便白了。"

　　云裳笑了笑："我倒也不算是骗她，皇后的孩子，确实是没了呀。况且，父皇定然不会说是皇后假装怀孕，只会说，皇后的孩子，没了。李氏一族若是知晓这个消息，定然是会闹翻天的。这个时候，没有个顶罪羊怎么行，所以，对淑妃来说，她需要承担的，和皇后的孩子没有了，其实是一样的。"

　　浅音闻言，有些愕然："可是，明明就是皇后娘娘骗了人啊，而且，公主，淑妃娘娘可是靖王爷的人呢。"

　　云裳冷冷一笑："皇叔当初明明答应了我，不会对母妃下手，可是淑妃却擅作主张下手，这样不听主子吩咐的人，总是要受到应有的惩罚的。况且，以靖王的性子，这后宫中的眼线，绝不会只有淑妃一人。我虽然现今和靖王合作着，可是却不能保证，以后不会成为敌人。我也想要瞧一瞧，他靖王没了淑妃，在这后宫中，还有谁。"

　　浅音虽然不知道云裳是怎样想的，却觉得，主子说的总有她的道理，便不再说话。

　　"对了，那个什么陈太医，如今关在哪儿？"云裳眯了眯眼，突然想起这一茬儿。

　　浅音连忙道："就在栖梧宫的一处不怎么引人注目的偏殿里，锦妃娘娘身边主子布的人最多，奴婢想着，放在那里，也方便些。况且，皇后娘娘绝对想不到的……"

　　"嗯。"云裳点了点头："除了吧。"

　　"布谷，布谷……"外面突然传来布谷鸟的叫声，云裳转过身，挑了挑眉。浅音连忙将窗户打开，便瞧见一个纸团从窗户外飞了进来。浅音捡起纸团，递给了云裳。

　　云裳打开那纸团，只一眼，面色突然就变了。

　　"公主，发生了什么事？"浅音见云裳神色有些奇怪，说不上是高兴还是不高兴，便连忙问道。

　　云裳微微笑了笑道："宁浅她们追击华镜，华镜中箭，滚落悬崖下去了。"

　　"什么？"浅音顿时瞪大了眼，愣了半晌，"主子，华镜公主不会武功，又中了箭，还滚落了万丈悬崖，怕是活不成了……主子怎么这副表情？”

云裳抿了抿唇：“只是还有些遗憾，华镜死得实在是太轻巧了。”

她未曾料到，华镜竟就这么死了呢……

云裳半晌才缓过劲来，站起身说：“活要见人死要见尸，让宁浅她们想法子找到华镜的尸首，将尸首送回来我亲自见过了再说。如今朝堂内外都还乱着，这场风波因我而起，我自然应该亲自去平息。去勤政殿。”

第六十四章　步步皆棋

云裳到勤政殿的时候，却发现皇后的父亲李静言也在。李静言似乎脸色不太好，见到云裳更是冷冷地哼了一声，便转过头去。

云裳并未理会，径直向宁帝行了礼道："父皇，儿臣听闻，天坛之事在百姓中激起了不小的波澜……"

话还为说完，便听见李静言冷冷的声音传来："后宫不得参政，公主的母妃莫不是没有教你？"

云裳闻言，转过头对李静言笑了笑道："裳儿的母妃在裳儿幼时便没有在裳儿身边，裳儿一直是由皇后娘娘教导的。丞相的意思是，皇后娘娘教的不好？"

宁帝皱了皱眉："裳儿接着说吧。"

云裳便不再理会李静言，转过头对宁帝笑了笑道："儿臣倒是有一个法子可以让这些流言蜚语平息。毕竟，流言四起，有伤国本。"

"哦？"宁帝似乎并不以为意，"裳儿说说。"

"百姓之所以这般惶恐，无非是因为那个'凶'字出现得太过诡异，并且是在祭天大典之上，这时间地点也太过巧合，所以大家便觉得这是上天的警示。儿臣以为，想要破此法，便要以另一个象征祥瑞的征兆展示给百姓看。"

"象征祥瑞？可是，裳儿，要如何才能办到啊？"宁地叹了口气。

云裳笑了笑："天降凶兆是传出来的流言，这祥瑞，也不过全凭一句话。只是，说这句话的人，需要在百姓中威望极高，比如，兀那方丈。"

"兀那方丈？"宁帝闻言，顿觉豁然开朗，"是了，朕怎么忘了，若是兀那方丈说瞧见了天降祥兆，再想法子将那凶兆之事圆了，那自然一切便迎刃而解了。"

宁帝越想越觉得高兴："裳儿，你可帮了父皇一个大忙。来人。"

外面匆匆走进来一个侍从，宁帝道："速速去宁国寺将兀那方丈请来。"

侍从应了声，退了出去。

云裳见目的已经达到，加上李静言在此，他可是只狐狸，万万不可让他看出破绽，云裳便寻了个借口，退了出去。

云裳回到清心殿不到一个时辰，便传来消息，说淑妃娘娘谋害皇嗣，被皇上打入了冷宫。

云裳知李静言方才在勤政殿定是为了此事，便也没有感到意外。

后宫却陷入奇怪的平静之中，几乎所有的人都在暗自揣测着，皇后娘娘刚刚失了孩子，栖梧宫附近都是侍卫，没有人能够靠近，而淑妃又被打入了冷宫，那么，谁来主持这后宫呢？

所有人的目光再次转向栖梧宫，却想的不是皇后，而是住在栖梧宫中的另一位主子，锦妃。

锦妃虽然也怀孕了，可是皇帝对她的宠爱是明眼人都能瞧得见的，况且，这妃位之上的女子，也仅剩她一人。

云裳勾了勾嘴角，若是母妃能够掌管后宫，未尝不是一件好事。正想着，外面便传来通传声："公主，郑总管来了。"

云裳连忙起身迎了出去，笑道："不知郑总管来，所为何事？"

郑总管笑着对云裳道："公主，是兀那方丈进宫了，此刻正在勤政殿中呢。皇上让奴才来给公主通传一声，公主可要去见见兀那方丈？"

云裳闻言，眉眼间都带了几分喜悦："自然是要的，裳儿已经许久没有见过兀那方丈了。总管您稍候，裳儿去披一件披风就跟总管一同过去。"

琴依连忙回内殿，拿来一件披风，帮云裳披上。郑总管瞧了片刻，才笑着道："公主身上这披风，奴才若是没有瞧错，应当是靖王爷进献的吧？后来皇上赏给了公主。"

"嗯？"云裳假装惊讶道，"裳儿只知是父皇送给裳儿的，倒是不知道其他，原来这是皇叔进献的呀。"

郑总管闻言，点了点头，笑着跟在云裳身后，朝勤政殿走去。

勤政殿中，兀那方丈与宁帝正在对弈。云裳进来的时候，两人正下到激烈之处，云裳便没有打扰，站在一旁看了许久。半晌，才听见宁帝爽朗的笑声："方丈棋艺愈发精进了，朕输了。"

兀那抚了抚自己的白胡须，笑着道："阿弥陀佛，皇上定然是勤于政务，所以顾不得下棋了。如今，便是云裳公主，恐怕也比皇上的棋下得好了。"

宁帝这才瞧见云裳站在一旁，笑眯眯地瞧着棋盘："哦？朕倒不知，裳儿的棋艺这般好？"

"那当然了，裳儿的棋艺可是……"兀那正欲说是萧远山亲自教的，却觉背后传来一阵疼痛，心知定是云裳在偷偷掐他，便连忙改了口道，"可是贫僧亲自教导的。"

宁帝心中自是十分高兴："裳儿如今才华不俗，都是兀那方丈教导得好，朕还未好好谢过方丈呢。"

兀那笑了笑："阿弥陀佛，贫僧与公主投缘而已。最近之事，公主也写了书信给贫僧，贫僧大致知晓了，在一路上也听了许多。虽说出家人不打诳语，只是此事关系宁国国泰民安，便是佛祖怪罪，贫僧也需担着了。"

宁帝闻言，更是十分感激。

第二日，兀那便出现在了宁国皇城中最繁华的地方，僧衣不沾一丝尘埃，倒惹得百姓争相追随，偶有百姓问起，兀那便道："前些日子，贫僧观皇城方向，见有凶星降临，怕有事发生，便急急忙忙赶了过来，却不想，昨日傍晚，突然间漫天红霞，皇宫西边的方向，隐隐在发着光，确是凤星降世，附身在了宫中一位贵人的身上。皇城之中既然有凤星在，那凶星定然也无法掀起波澜，贫僧便也放心了，正欲出城呢。"

不过一日，兀那的话便像是滚雪球一般传遍了整个皇城，一时之间，各种传说便传了出来，倒是没有人提皇后之事，只是在提到凤星的时候，会顺便提起，那个凶星，应当是落在了皇后身上。

第六十五章　月光皎洁

"背着凶星的罪名，假孕之事被揭露，如今又被软禁了起来，皇后以后的日子，恐怕再难安宁。"琴依给云裳拢了拢盖在腿上的薄毯，眼中带着笑。

"安宁？"云裳笑了一声，"她若是得了安宁，恐怕就该轮到我不得安宁了。"

听琴依说起皇后如今的境遇，云裳又想起了另一事："说起来，华镜出事，皇后还不知道对不对？"

"应当是不知道的。"琴依道，"栖梧宫外重重守卫，不让任何人进出。饶是皇后再厉害，外面的消息想要传进去恐怕也不易。"

云裳闻言，坐直了身子："那可不行，这么大的事情，自然是应该同皇后娘娘说一声的，毕竟，出事的可是她的亲生女儿。"

云裳立刻便去向宁帝求了恩典。宁帝如今对云裳是有求必应，云裳便十分顺利地进了栖梧宫正殿。

到栖梧宫的时候，天已经黑了下来。

栖梧宫正殿如今冷冷清清，不复以往的热闹，只瞧见一个宫女在廊下擦拭廊柱。

听见脚步声，那宫女转过头来瞧见云裳，神情略微有些慌乱："云裳……云裳公主。"

云裳勾了勾嘴角："母后呢？我奉父皇旨意，来探望母后。"

皇后脂粉未施躺在床上，头发散乱，面色苍白，瞧着倒是老了许多。

见着云裳，皇后的眉头微蹙，眼中闪过一丝不悦："怎么是你？你怎么来了？"

云裳在床边坐了下来："母后，皇叔来信，说皇姐在边关出事了。"

"你说什么？"皇后猛地坐了起来，定定地看着云裳，脸上是难以置信的表情。

"是真的，此前因为皇叔帮我请来雪岩神医治病，我与皇叔稍稍熟悉了一些。加之我对边关民风民俗也十分感兴趣，所以他去了边关之后，偶会给我书信，送些边关的特产回来。便是他在书信之中与我提起的……"

"皇叔说，皇姐在去查找驸马爷下落时，被敌军发现受到围攻，皇姐中箭后跌落悬崖。皇叔已经派人去查找了，至今尚无消息。"

"不，不会的。"皇后脸色煞白，"不可能。"

云裳咬了咬唇："这么大的事情，裳儿可不敢说谎，我都已经得了消息，只怕很快便会呈报到父皇那里了……"

云裳看着快要崩溃的皇后，嘴角微翘："母后，皇姐虽然出了事，可是还没有找到尸首，兴许，皇姐还活着也说不定呢。母后你可千万莫要太过悲伤，千万要保重自己的身子。"

"是你，是你对不对？"皇后骤然抬起头来，脸上满是泪痕。

"母后说什么呢？什么是我？我是云裳啊，我哪有……那样的本事？"

皇后定定地盯着云裳，额上青筋暴起："我如今这样，你很得意吧？我倒是要瞧一瞧，你能得意多久。"

云裳只佯装听不懂她的话，退后了两步道："母后受了刺激，只怕有些神志不清了。母后还是好好休息吧，我便不打扰了。"

云裳出了栖梧官，抬起头来看了看天上的月亮，脸上笑容愈盛。

她能够得意多久？

至少……会比皇后和华镜的命久一些。

云裳看了会儿月亮，才转身往清心殿而去，转过一个拐角，却突然被人拽住了手，拉到了一旁的墙角。

"公主。"身后琴依的声音无比慌乱。

云裳已经借着月色瞧见了眼前的人。他怎么会在这里？

"公主？"

云裳连忙道："我没事，你去远处等着，我有些事情……"

琴依脚步一顿，听云裳这般吩咐，犹豫了片刻，却也只能依言走到了远处候着。

"趁着我不在，便打着我的名号做坏事？"男子的声音沙哑，还带着些笑意。

云裳听他这么说，就知方才她与皇后的对话全都被他听见了。

云裳有些面热，声音带着几分恼怒："皇叔不是应该在边关吗？怎么会在这里？皇叔什么时候回来的？"

"若是我不回来，哪里会知道，有一只小狐狸，又在背地里算计我？"

云裳有些窘迫，却又忍不住想笑："看来的确是不能背着皇叔做这种事情。第一次打着皇叔的名号解决了华镜的刺杀，便被皇叔发现了，如今又被皇叔抓了个正着，皇叔大抵是属猫儿的吧？"

"嗯。"洛轻言也笑了，"属猫的，专抓你这只做坏事的小老鼠。"

这话便显得有些亲昵了，云裳垂下眸子，不动声色地转开话茬："皇叔回来，是有军中要务向父皇禀报吗？"

洛轻言看了云裳一眼，不忍叫她为难："是，有些事情向陛下禀报，顺便入宫来瞧瞧。"

云裳点了点头，暗自舒了口气。

"一回城便听闻了不少趣事，惠国公主倒是愈发厉害了。"

云裳也不辩驳，只笑了一声："多谢皇叔夸赞。"谢完又问着："边关情形如何？"

"尚可，并无什么大事发生。驸马爷的行踪也有了一些线索，人应该还在。"洛轻言看向云裳，"驸马虽然娶的妻子不怎样，可是他自己，却算得上是一个良将。千金易得，良将难求，他若是能活着，那自然是最好的。"

云裳手指微微动了动，洛轻言突然与她说这些，是因为发现了端倪？知道了驸马之事与她有关？

云裳心中想着，面上却不动声色："是，我亦听闻过一些关于驸马爷的事情，他的确是一个难得的良将。他若是能够平安归来，那自然是再好不过的了。"

"嗯。"洛轻言点了点头，又道，"如今华镜公主凶多吉少，皇后又被软禁，你的仇，应该已经报了吧？"

"大仇得报？"云裳扬了扬眉。

洛轻言似乎也知晓云裳心中所想，接着道："仇可以继续报，只是不能让自己彻底沉溺在仇恨之中，也该看看，这世上也还有许多事情，值得你开开心心地活着。"

云裳转过头看向洛轻言："皇叔此话……何意？"

洛轻言静静地看着她，眸光温柔："我的意思是，今夜的月光很美很好，值得你好好看看。"

今夜无风，宫道上挂着大红色的灯笼，或明或暗的光，深深浅浅的影子。

夜空中月光皎洁，投映在他的眼中，果真极美。

此时此刻，一墙之隔的栖梧宫中，皇后的手紧紧地握着被子，浑身都在战抖着，眼中情绪交织，有后悔，有不甘，更多的，是炙热得仿佛让她血脉都沸腾起来的恨意。

而千里之外的边关，静静流淌着的溪水边，躺着一个人，那人浑身都是血，一动不动，只胸膛还在微微起伏着。

有脚步声响起，一双穿着黑色靴子的脚停在了那人面前……

夜更深了，夜色吞没了一切，只余下一抹皎洁的月光倾泻而下。